为了你们的进步,

妖精在此等候多时;

为了妖精的成长,

我们付出千辛万苦到此。

你是我的"雷音寺",

我是你的"三藏经"。

刘广迎 著

新华出版社

图书在版编目（CIP）数据

西游略说 / 刘广迎著 . -- 北京：新华出版社，2025.5
ISBN 978-7-5166-7970-8

Ⅰ . I207.414

中国国家版本馆 CIP 数据核字第 20250UC964 号

西游略说

作　者：刘广迎	责任编辑：林郁郁

出版发行：新华出版社有限责任公司
　　　　　（北京市石景山区京原路 8 号　邮编：100040）
印　刷：三河市君旺印务有限公司

成品尺寸：165mm×230mm　1/16	印张：19.5　字数：235 千字
版次：2025 年 7 月第 1 版	印次：2025 年 7 月第 1 次印刷
书号：ISBN 978-7-5166-7970-8	定价：78.00 元

版权所有·侵权必究

如有印刷、装订问题，本公司负责调换。

微店

视频号小店

京东旗舰店

微信公众号

喜马拉雅

小红书

淘宝旗舰店

企业微信

前言

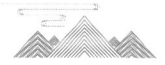

为什么要解读《西游记》

解读了《红楼梦》和《三国演义》之后，本来不打算再写类似的东西了，为什么又来解读《西游记》？其实就是听了好朋友的建议。俗话说："听人劝，吃饱饭。"我只读过一遍《西游记》，还是上小学的时候读的。如今再读，还真有不少意外收获。这学习也和种地一般，多锄一遍，收成便可能多一成。

如今，不确定性成了一个时髦的词儿。其实，佛陀在两千五百多年前就讲，无常才是世间真相。世界上的事儿，无非就是缘聚缘散引发的一系列现象而已。我解读《西游记》这件事，就是佛陀关于无常观与缘起论的一个小小例证。

我再读《西游记》，读得满脑子都是问号。比如：唐僧团队当中，唐僧是被下放"劳动改造"的，其余几位都是"服刑人员"；唐僧团队行不多久，就会有女妖精来纠缠，为啥老是重复这样的情节？书中满是菩萨、神仙、妖精，为啥数来数去也没几个人类？唐僧作为一个高僧，一有风吹草动就吓得滚下马来，为什么会如此不济？孙悟空大闹天宫的时候，谁都打不过他，可为啥西天取经的时候，他谁都打不过？每当孙悟空要打杀妖精的时候，天上就传出一个声音："悟空，休要动手！"这又是为什么？

还有，孙悟空身上是不是有 AI 的影子？可是，如果我要说，《西游记》已经给我们如何认识 AI 提供了线索，也昭示了 AI 与人类的未来，许多人可能觉得我是在瞎扯。

复有，佛陀讲空，说空是万有、空是自性。今天，量子物理学家们已经发现，虚空之中充满了量子级的物质与反物质的生成与湮灭，生成为粒子，湮灭为能量。粒子是分别、是表象；能量是统一、是自性。宇宙世界就是在漫长的生成与湮灭的过程中诞生的，也就是在虚无中产生的。由此看来，佛陀讲悟空是智中上智、慧中妙慧，的确与科学发现奇妙地相似。

在《西游记》里，作者表现出了无与伦比的想象力。可以毫不夸张地说，当今世界任何一部科幻小说与科幻影视作品都难与《西游记》相提并论，而当下的科学研究亦需要其想象力的指引。

吴承恩并没有机会接触到现代物理学，因此《西游记》没有现代物理学的基因。但我们并不能以此判定它不是科幻小说，因为，吴承恩用智慧洞察而来的"悟理学"，与早已存在于宇宙世界的物理学是相通的。只是还没有用实证与数学的形式把它揭示出来。物理学是大自然的创造，人类只不过是用实证与数学的形式把它描述出来而已。物理原理早就存在于物理学出现之前。

《西游记》中的智慧，对我们理解 AI、理解科技发展、理解多元宇宙、平行宇宙等，都会有很大的助益。

人类需要超越三维世界来理解当前面对的问题，并谋划未来的生产与生活。当下，人们面对的问题与冲突是人类有史以来从未遇到过的。个人内心世界的安顿问题、民族关系问题、国际关系问题等以全新的形态集中爆发，利益冲突、政治冲突、宗教冲突、文化冲突等借助全新的介质交叉激荡，带来风云变幻与刀光剑影，人们的焦虑普遍增多，幸福感坠入下行通道，危机随时有可能转化为灾难。

解决新问题，需要到"西天取经"。

唐僧团队为什么要到西天取经？"西天"是澄明之境，"佛"是根本智慧，"经"是路径方法。取经路上的"九九八十一难"则是到达澄明之境、获得根本智慧必须经历的过程，成佛是具有生命情感与生命智慧的生存状态、是生命的归宿。成不了佛，就要被打回去，重新来过，也就是轮回。没有智慧的生命，和虫子变成蛹，蛹再化为蝶一样，一年年地来回重复。

"西天"在哪里？在众生心里。请注意，它不在哪一个人心里，它在众生心里。独自一人，无佛可言。众生皆成佛，此岸便成彼岸。书中讲得明白，唐僧要取的是大乘佛经。大乘是众生之道，小乘是个体之道。大乘解决的是众生的生命系统，小乘完善的是个体的生命系统。众生的生命系统不完善，个体就只能挣扎着"扯淡"。

"西天取经"并不是于平面上由一个地方行走到另一个地方，而是由三维宇宙进入更高维的宇宙。认识不到高维世界，便不能理解道与佛，因而也就谈不上开悟与觉醒。我们看到的一切存在，都如同浮光掠影，只是一种经历、一种感觉、一种转瞬即逝的过去、一种因缘聚散形成的假相。这是从更高的维度才能看到、才能理解的。

比如，今天的人形 AI，我们知道他是假的"人"，可在猴子等动物眼里，便没有分别；我们看电视，知道屏幕上的影像不是真实的，但老虎等动物就不知道。因为我们是它们的创造者。佛陀看世界万象，也是类似的。因为佛陀是在更高维的世界里看人间。

人类过去追问与探索的重点是"这是什么"，今后要追问与探索的重点是"我们希望是什么"。人类借助科学技术，已经具有了改造环境与改造自身的能力，因而就有了新使命和新责任。这个使命大概就是探索构建宇宙命运共同体，挑起这付重担就是人类需要承担的责任。

今天，世上已无"世外桃源"，每个生命都与所有生命息息相关、与地球生态息息相关、与宇宙运行息息相关，没有任何生命可以逃离、可以"出世"，我们已经没有办法独善其身，只能像唐僧团队那样同心协力、克服困难、勇毅前行。

我们也知道，长路漫漫、雄关如铁，且遍布妖魔鬼怪、魑魅魍魉。我们还不太清楚的是，妖魔鬼怪不在别处，就在我们内部、就在我们心中。

破心中贼，只有"佛"。齐天大圣，能够大闹天宫，可还是无法降妖捉怪，遇到困难，还是得去请佛。吴承恩笔下的妖魔鬼怪，大多都有"后台"。藏在幕后的最大"后台"，其实就是我们自己。解决当下的诸多问题，根本的方法就是请"佛"。佛祖在菩提树下成道时说："奇哉，奇哉，大地众生，俱有如来智慧德相，但以妄想执着，不能证得。"

好了，就让我们重读《西游记》，重温唐僧师徒的取经成佛之路吧！

读《西游记》可以有多种读法

一棵果树,在虫子眼里是一个可以生存的地方,在小鸟眼里是一个可以栖息的地方,在猴子眼里是一个能够摘果子的地方,在果农眼里是一个可以换钱的地方,在佛陀眼里就是可以修行的众生之一。我们读《西游记》也是如此。用不同的视角,可以看到不同的《西游记》。通常来说,有但不限于如下几种视角。神话故事。不少人把《西游记》当作儿童文学作品,多数人则将其归类为神话故事。从这个视角读《西游记》,看到的是曲折丛生、悬念迭起的一系列故事和一系列个性鲜明、有趣好玩的角色形象。

科幻小说。《西游记》虽然没有以现代物理学定律为依托,但依然有着"科学幻想"式的奇思妙想。前面说过,科学是大自然的创造,是大自然的秘密。人类的所谓现代科学只是破译了大自然的小部分秘密,并不能说古人的理念里没有科学的影子。因此,从科幻小说的视角来读《西游记》是有道理的。从这个视角来看,《西游记》里的许多幻想都在变成现实。比如:千里眼、顺风耳、太空飞行、天宫等,均已从奇迹变成平常;隐身、分身、变形等,则正走在通往现实的路上。"火眼金睛"在医院等场所已经寻常可见,虚拟现实正走进人们的日常生活。

团队建设的形象化演绎。受市场经济和管理科学传播的影响,出现了一些从团队建设的视角来解读《西游记》的作品,颇受读者喜爱。这个西天取经团队,在成员数量、特长、性格、阴阳与五行四象等诸多方面的搭配,的确值得研究、学习与借鉴。唐僧这个角色，给现代社会组织选择什么样的人做"一把手"，以及"一把手"应该怎么做，提供了非常好的诠释。

社会现实的隐喻性揭示。《西游记》里的主要角色，大都不是人，讲的大多不是人间的事。但是，作者让读者参悟的正是人间现实。妖魔鬼怪、魑魅魍魉、猪猴牛马、神仙道佛等都是互通的，或者说是既对立又统一的。有本事的孙猴子是受排挤的，平庸的猪八戒活得很快活，老好人沙和尚是稳定的基本力量。

生命智慧的故事性阐述。人的一生要从哪里走向哪里？在儒家看来，就是从人走向仁人、圣人；在道家看来，就是由人走向仙人、真人；在佛家看来，就是做回那个本来的自己；在上帝看来，就是得到上帝的宽恕，回到上帝身边。或许在吴承恩看来，人间并没有形而上学意义上的人，而只有外形相似的人，所以，他试图给人寻找一个新的形而上学的东西。他把这个过程叫做"取经"。为什么是佛经？因为佛并不是神，而是形而上学意义上的人。

突破三维世界看人间、看宇宙。《西游记》里的大千世界是无量三千大千世界，每个大千世界里都有多姿多彩的生态样貌。在高维宇宙里，老子那不可言说的道，可能是清晰可见的；佛陀的无上正等正觉，可能就是基本常识；庄子的逍遥游，大概仅仅是智慧生命的日常；而所谓的现代科学技术，可能只是如蚂蚁、蜜蜂等小伙伴所具有的雕虫小技，远不如幼儿园里的儿童游戏。

由三维世界进入更高维宇宙，由生命走向智慧生命，便是人生道路。什么样的生命算是智慧生命？释迦牟尼给出了形而上学的诠释，也做出了身体力行的实践。在佛陀看来，由此岸返回彼岸是智慧生命的唯一归宿，因为人就是在彼岸出走后迷失的。

现代人，知识越来越多，智商越来越高，智慧却越来越少。穿得人模狗样和穿得没有人样，都同样活得越来越没有人样。其中一个重要的原因，就是对形而上学意义上的人没有共识、缺少追寻。

我们对餐桌有一个形而上的共识，因此我们关于餐桌的交流、交易才得以有效运转。否则，你要购买餐桌，他可能给你提供的是书桌。你非说这是书桌，他坚持这就是餐桌，大家必然起冲突。

对形而上学意义上的人没有认识，自己和自己就会起冲突；对形而上学意义上的人没有共识，人与人、团队与团队、国家与国家之间就会起纷争。

怎样取得关于形而上学意义上的人的共识？《西游记》里说得清清楚楚，就是从认识到自己不是"人"开始。

好一个《西游记》，于俗语俚言间，暗藏天机；从怪诞奇幻中，揭露真相；在戏谑笑谈处，昭示心法；无一处不虚幻缥缈，又无一处不存在真实妙有。其中有身体修炼之术、心智修炼之法与心性修炼之道，其中有事法、世法、道法，其中有过去、当下、未来，得其要旨，生门可开，未来可期，"如意金箍棒"亦可得也！

读罢《西游记》，当知一切我见、人见、作者见、受者见等种种见，都会使人一叶障目、不见泰山，皆可使人生起执缚，难得解脱自在。我知即我障。

无常有序道安在，浪花飞溅水常闲。天道玄机藏言外，言仙说怪有真传。人生正是"西游记"，悟彻妙义守本原。行路切忌"航天器"，焚香净心把书观。一部西游心中住，哲学物理皆等闲。心间若有三藏在，不羡鸳鸯不羡仙。《西游记》是走向未来记，也是智慧生命的未来记。

我是你的小妖精，你是我的如来佛。

目 录

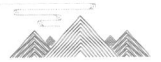

前 言

为什么要解读《西游记》　　　　　　　01
读《西游记》可以有多种读法　　　　　05

第一章　人非人

"佛二代"唐僧　　　　　　　　　　　1
"野孩子"孙悟空　　　　　　　　　　3
猪队友猪八戒　　　　　　　　　　　　4
没甚手段的沙和尚　　　　　　　　　　6
吃了白马的白龙马　　　　　　　　　　7
眼见喜与身本忧　　　　　　　　　　　8
五方揭谛与四值功曹　　　　　　　　　10
悟空、八戒、沙僧与白龙马　　　　　　11
请注意这个人　　　　　　　　　　　　12
广智与广谋　　　　　　　　　　　　　14
恋家鬼是什么鬼　　　　　　　　　　　15

为啥是清风、明月	16
黄风大王的开路先锋	18
神通广大的狮子精	19
白骨夫人出幻身	20
精细鬼与伶俐虫	22
万圣龙王与九头虫	23
杏花也怀春	24
宝象国公主	26
牛魔王与铁扇公主	28
小钻风	29
金鼻白毛老鼠精	31
刁钻古怪与古怪刁钻	32
辟寒大王、辟暑大王与辟尘大王	33
寇洪寇员外	35
人间喜仙孙猴子	37
小妖们	39
国王们	40
妖精、神仙与菩萨	41
观音菩萨	43
人	45
非常名	47
唐僧师徒	49
如来佛	51
说说唐僧团队的名号	53

第二章　物非物

太上老君的炼丹炉咋不靠谱	55
那幅圯桥进履的画儿	57
唐僧肉是个啥	58
为啥要吃唐僧肉	59
紧箍咒是个啥	61
三个金箍儿	62
五宝相会	63
净瓶与柳枝儿	65
两口赤铜刀与三股钢叉	65
芭蕉扇为啥能灭火	66
好稀罕的人参果	67
紫金红葫芦怎么能装那么多人	69
寻常一根针	71
冲天冠与无忧履	72
白森森的圈子	74
一只金铙困悟空	75
乌金丹与无根水	77
紫金铃的"三铃"	78
那条无底船	80

第三章　地非地

东方神州傲来国	81
花果山水帘洞	82

天界是什么情况	84
灵台方寸山	85
双叉岭与两界山	87
蛇盘山与鹰愁涧	88
黑风山与黑风洞	89
福陵山与云栈洞	90
浮屠山与乌巢禅师	91
黄风山上黄风怪	92
"三岛"是何所在	93
黑松林里逢魔怪	95
碗子山与波月洞	96
平顶山与莲花洞	97
压龙山与压龙洞	98
宝林寺里有宝临	99
枯松涧与火云洞	100
车迟国里寻正道	101
智渊寺与三清观	102
宝象国、乌鸡国与车迟国	104
通天河是何	105
金兜山与金兜洞	107
解阳山与破洞儿	108
女儿国是个什么地	109
毒敌山与琵琶洞	112
哪里来的火焰山	113
积雷山与摩云洞	114
祭赛国里僧背"锅"	116

荆棘岭与水仙庵	117
小雷音寺的声音	118
七绝山与稀柿衕	119
朱紫国里找东西	120
盘丝洞与濯垢泉	121
狮驼岭与狮驼洞	123
比丘国与小人城	124
陷空山与无底洞	125
从灭法国到钦法国	127
隐雾山与折岳连环洞	129
玉华洲与暴纱亭	130
豹头山与虎口洞	131
竹节山与九曲盘桓洞	132
舍卫城与布金寺	133
凌云渡与独木桥	134
此岸与彼岸	135

第四章　事非事

即是逐渐来的也罢	137
从哪里来还到哪里去	138
贞观十三年	140
变	141
所举者何神	143
八卦炉中逃大圣	144
如来佛的手掌	146

唐太宗地府还魂	147
放生金鱼	150
西天取经	151
取经第一难	152
你我与舍得	155
观音禅院藏巨贪	157
妖精筹办佛衣会	159
高老庄上招女婿	160
乌巢禅师传心经	162
如何长生不老	164
孙行者大闹五庄观	166
孙悟空的开放观	167
四圣试禅心	168
菩萨们作局	169
唐僧的N种艳遇	170
清风、明月开口骂	172
鬼也怕恶人	174
乌鸡国王落井	175
三打白骨精打的是啥	177
师父错怪你了	179
偷吃人参果	180
孙悟空为何干不过红孩儿	182
借力降河妖	184
懒人如何有懒福	186
车迟国猴王显法	188
如今实不要你了	189

无火处无经	191
孙悟空三借芭蕉扇	192
唐僧扫塔的讲究	193
在行者掌上写了一个"禁"字	194
好道也羞杀人	195
变得好	196
把一头拴在妖怪的心肝系上	197
分瓣梅花计	199
心猿木土授门人	200
假合真行擒玉兔	201
见上溜头泱下一具死尸	203
还差一难	204
妖怪为何都回了原单位	205

第五章　理非理

一路向西	207
征服还是招安	208
顺而知止乎	209
顺而不止又如何	211
唐僧说假话了吗	212
当一天和尚撞一天钟	214
抓风而闻	215
说出取经人	216
好苦啊	217
你这老儿忒没眼色	220

要还要	221
外道迷真性	223
你这单身如何来得	225
走错路了	226
只怕你无我去不得西天	227
我独成功	228
烦如来为我辨个虚实	229
我的宝贝原不轻借	230
就来扯娘娘玉手	231
更无一个黑心	232
是"雏儿"不是"把势"	235
看三事如何	236
为你不识真假误了多少路程	238
悟空解得是无言语文字	240
行过的路怎说不知	241
妖魔鬼怪都有后台	242
为嘛给了一套无字经书	245
由问命到修性	247
由人到佛	248
从有为到无为	250
谁制造了孙悟空	252
真假美猴王的真相	254
与缺点共存	256
小人与贵人	257
长本事与持本心	258

第六章　神非神

三界无安宅	261
金箍棒为啥如意	262
孙猴子与人工智能	264
瓶装大海	266
呼风唤雨	267
虚拟现实	269
天庭移动互联网	270
四海之内一日游	271
神仙们的玩乐	273
孙悟空的七十二变	275
定	276
本身、法身与分身	277
虚拟世界的现实生活	278
天庭的生活	280
构建超验世界	282
主要参考书目	286
后记	287

第一章　人非人

"人非人"，是天龙八部的总称。八部众都是佛的眷属。

吴承恩笔下的人是开放性的、具有无限可能性的，是人又不是人，或者说是迷失的人。成为人是人的使命。使命达成，需历千难万险。

"佛二代"唐僧

别看唐僧好像没什么能耐，可也是一个标准的"官二代"，还是"佛二代"。唐僧父亲状元出身、江州州主，名叫陈光蕊；母亲温娇，是丞相殷开山之女。唐僧小名叫江流儿，从小在金山寺长大，到十八岁时削发修行，法名玄奘。他有一位顶尖顶尖的师父，叫如来佛。而且在如来佛的徒弟中排行老二，法号"金蝉子"。

坐拥名师的唐僧，因为听课不认真，被贬到大唐，一不给资源，二不给本事，却要承担去西天取经的重任。从东土大唐到西天有着十万八千里的路程。"十万八千里"是什么意思？其实我们常用这个句子，表示现实与目标相差得太远，根本不可能办到。唐僧领了这么一项任务，不讲困难、不要条件，独自一人就上了路。路上虽然收了四个徒弟，可这四位都是什么货色？个个都是"服刑人员"，连神仙都管不好他们。唐僧不问过往，一听是观音菩萨安排的，便欣然接受。这样看来，唐僧不仅背景很深、后台很硬，组织观念也超级强。最终，唐僧在取经路上，历经千难万险，不放弃、不抛弃，硬是把理想变成了现实。

这便是智者培养下一代的方式，这也是佛门望子成龙的故事。

看看今天，多数"官二代""富二代""知二代"等，他们拥有什么资源？过的是什么生活？凡间的父母，孩子要星星，恨不得给月亮。有几个不是娇生惯养？有几个不是居高临下？可以说，非娇即骄，比例不小。

做家长的多舍不得子女受苦，但舍不得便得不到。所以，家长们多是一辈子跟着子女操心受累，却很难如愿。家长们也不是不想撒手，可一放手，孩子似乎就不在所谓"正路"上走，便急忙再次抓紧小手。

成人是从不是"人"起步的，成长是由"泥坑"奠基的，成熟是在风吹雨打中孕育的。你得给他吃亏的机会，你得给他犯错的空间，你得让他独自接受生活的再教育。《小猪佩奇》里有这么一句话："孩子们喜欢泥坑！大家都喜欢泥坑！"就连那灿若仙子的荷花，不也是从泥坑里长出来的吗？不经过"泥坑"，一辈子都是"坑"，不是"坑人"，就是被"坑"。

当然，也必须看到，唐僧的师父也不是什么都不给他。给了什么呢？给了两大法宝：信念与慈悲。要看到，唐僧的后台也不是完全不关心他。唐僧师徒一旦遇上能力所不能及的问题，菩萨们一定会或明或暗地提供帮助。但是，这种帮助一定是在唐僧团队经过百般努力之后，而不是超前包办代替。

菩萨是让徒弟们不放弃、不抛弃；凡人是把子女捧在手上不放弃、不抛弃。你若真心希望子女成人、下属成事，你就得给他们做人做事的"主权"。

后台很重要,怎么做后台更重要。父母与师父很重要,怎么当父母怎么当师父更重要。

"野孩子"孙悟空

我说父母、后台是重要的,吴承恩可不这么看。为此,他整了个孙悟空给我们看。

小时候听大人们说,孙悟空是从石头缝里蹦出来的。看了《西游记》之后,才知道孙悟空是由石头"生养"出来的。从哪里出来、怎么出来的不重要,重要的是孙悟空是没有父母的,是个地地道道的"野孩子",天与地就是他的家。

没有父母意味着一无所有,得靠自己求生存。孙悟空漂洋过海、千辛万苦寻了个师父,可师父却把他赶下山去,还断绝了师徒关系,不允许他说自己的师父是谁。这就是不给他当后台,断了他的人脉关系。孙悟空是最彻底的"无产者"。最初,不仅没有父母、没有师父,还没有"人样"。吴承恩很有意思,给这位一无所有的猴子,弄了个名字叫"悟空",仿佛大有深意焉!无中生有,"空"中有无限可能性。怎么才是悟"空"?知道空是妙有、真有、万有,然后把"空"与"有"都空掉。如今,科学家们已经知道,宇宙及其万物,都是在"空"中而生的。

吴承恩在孙悟空身上注入了道家与佛家的思想观念,也是对儒家思想的部分修正,还有对人性饱含善意的反思、讽刺与批判。就是这样一个无父无母、无依无靠的生命,在自然中、在江湖上野蛮生长,成了美猴王,成了齐天大圣,成了有情有义的行者,成了为众生除妖解困的长老，成了到达智慧彼岸的觉悟者。

孙悟空几乎是在犯错误的过程中逐渐成长起来的。他经常受到很多蔑视，屡次受到处分，被施以多种酷刑，多次"入狱服役"，还被判处过死刑，但执行未遂。在生活的暴击下，本领越来越大，名声越传越远，成了打不死的"小强"。吴承恩啊吴承恩，你这究竟是何意？

孙悟空身上有着牢固的平等观，对那些纲常伦理、等级秩序一概蔑视。神仙吃得蟠桃，俺老孙为何吃不得？神仙吃得人参果，俺老孙为何尝不得？请注意，老孙吃蟠桃，却忘不了花果山上的猴子们。老孙偷吃人参果，忘不了不在场的沙和尚。孙悟空的这些行为，情义是表面，平等是内在。孙悟空的平等观是野生的，因而是真挚的、朴素的，不掺杂任何功利。

孙悟空的一生就是从无到有的一生，是把不可能变为可能的一生。

孙悟空啊孙悟空，你这个野孩子，你究竟要说明什么？

猪队友猪八戒

不怕妖精对手，就怕猪一样的队友。这类句子好玩，却并无实际意义。凡事都得具体问题具体分析，不能一概而论。比如，猪八戒就是好队友。

猪八戒原本在天界做元帅，因犯了错误，被罚到人世劳动改造。在投胎的时候，走错了地方，转世为猪。你看，这位天蓬元帅是不是长了个猪脑子？可见天界的选神用神也是有问题的。

长了个猪脑子，还没有好嗓子，照样也能成为好队友。猪八戒在唐僧团队中的作用，是非常有特色的。猪八戒的核心特质是憨与乖。憨厚朴实又乖巧可爱。用他自己的话说，就是"我是个直肠的痴汉"。直，通智。虽然孙悟空总是喊他"呆子"，可他并不呆傻。猪八戒在取经路上，真正冲锋在前的时候不多，发挥关键作用几乎没有，但他的重要作用就是对在危机关头起关键作用的孙悟空有作用。猪八戒就是孙悟空的移动"娱乐宝"，一路之上，孙悟空总爱拿他开涮取乐，顺带着给大家调节气氛。猪八戒不仅不恼，还自觉不自觉地积极配合。乐于接受别人拿自己开玩笑，甚至是戏弄嘲讽，还可以自嘲以娱乐大家，这也是一种大智若愚吧！如果没有猪八戒这个"娱乐宝"，你说这一路上得多无聊，说不定连唐僧也会疯掉。

看看我们的实际生活中，那些在一起玩得开心的团队，是不是都有一位猪八戒这样的队友？甚至一个饭局，如果没有"猪八戒"的参与，也会显得沉闷无趣，人们恨不得赶快结束。一个团队里有一位"猪八戒"，那可是一份取之不竭用之不尽的精神福利啊！

千万不要低估了猪队友的价值。他们可能解决不了关键问题，没有他们你可能根本遇不上够档次的关键问题。

小说里给唐僧团队安排一个猪八戒，还有更深一层的用意。孙悟空在花果山过着自由自在的田园生活，猪八戒在高老庄追求有饭吃有妞泡的世俗生活。孙悟空喜无拘无束，猪八戒热爱美食美色。但是，这并不影响他们共同走上成佛的路，而且佛与他俩一样远近。

没甚手段的沙和尚

是金子总会发光的。金子追求特殊性，但沙子不同。沙子追求统一性。是沙子总会入伙的。

"沙"喜欢融入团队，不太突出自己。沙和尚不利于团结的话不说，争功摆好的话不说，不利于达成目标的事不干。

沙和尚平时干活不少，论功劳的时候又不好找。像现在单位里从事行政事务、后勤服务的员工，平常日里天天忙活，一天下来连喝口水的工夫都没有，上厕所都得一路小跑，可等到写工作日志或工作总结的时候，却根本没有多少值得落到字面上的东西。

干专业的能积累经验增长本领，干行政后勤的便只能积累埋怨增长皱纹。这样的活似乎谁都能干，但能干好的都不是一般人。沙和尚就不是一般人。

沙和尚的核心特质用两个字来概括，就是韧与和。韧性不是坚硬坚强，而是有力道、有弹性、可持续。"和"是平和、和气，从而形成合力。沙和尚是团队的强力"黏合剂"。孙悟空闹情绪的时候，沙和尚来劝慰；猪八戒很丧气的时候，沙和尚来鼓劲；唐僧无可奈何的时候，沙和尚坚定地站在他身边。

沙和尚能认清自己的实力，明确地找到自己的定位，本本分分地干好自己的工作。他知道自己降妖除魔比不了大师兄，乖巧可爱玩不过猪八戒，他就专心看好行李，适时地给师兄们加加油鼓鼓掌，当好后勤，做好观众。

人不怕本领不够强，就怕心态放不正，心理太拉胯。别人在前头冲杀，你在那里点评，谁心里能舒服？谁看你会顺眼？凡是拉稀的团队，都是运动员太少，解说员、评论员、监督员太多。慢慢地大部分人都去干评论员了，就成了狗咬狗，满嘴毛。

一个团队少了沙和尚，还能好好玩吗？一定会出现三个和尚没水吃的局面。

到了论功封赏的时候，猪八戒还表示了不满，沙和尚的奖赏最低，可他啥话也没说，这样的员工多么难得呀！

话说回来，组织安排工作的时候，说都是工作需要、都是重要工作，可到了奖励提拔的时候，又说人家没有专业，或者业绩不够突出，这是不是有些不太合适呢？

吃了白马的白龙马

白马非马，真龙也。

白龙马原本是条龙，吃了唐僧的白马，自己变成了白龙马，成了唐僧的"脚力"。

唐僧的白马是凡马，能力不够，与承担的任务不匹配，所以得换。唐僧的白马是李世民送的宝马，跟着李世民驰骋沙场，能力是有余的，与唐僧去西天取经，就无法胜任了。人人皆可成才，但也要分是什么才、用到什么地方合适。这又需要在实践中去检验。一旦"验明正身"，就得果断决策，迟疑不得。当断不断，必受其乱。白龙马是神马，修行的任务，当然可以承担得起。

所谓的用人不当，主要不是所用之人，能力不足、修养不够，而是用非所长也。能力与修养皆可生长，前提是要有合适的土壤。土壤不对，才从何处长？德又从哪里生？想那白龙，没有合适平台之时，在天搞出火灾事故，在地经常兴妖作怪，领了菩萨的任务之后，忍辱负重，默默前行，终得正果，不就是一个鲜明的例证吗？

马是古代的交通工具。唐僧的马，也是一种隐喻，意为脚踏实地的实践行动。做事与修行，须从实处用力，在实处作为，久久为功，方得始终。

白龙马，本为龙，形为马，即龙马精神。有了龙马精神，事可成，经可取，道可得。

眼见喜与身本忧

孙悟空跟了唐僧之后，先是遇见一只老虎，让他一棍子打死，后来又碰上一群山贼，又让他一棍子一棍子地给打死了。

有人说，孙悟空大闹天宫的时候，谁也打不过他，到了保唐僧取经的时候，他谁也打不过。然后，就有人解释说，孙悟空大闹天宫的时候，碰上的都是打工的，他们只要不死就能拿到工资；保唐僧取经的时候，碰上的都是自主创业的，他们不拼命就赚不到钱。

这话不能说没道理，可多少还是有些误解。孙悟空刚开始保唐僧的时候，碰到妖怪，也是可以一棍子打死的。可吴承恩要解决的问题之一，就是不能一棍子打死。为什么？

咱先看一段正文。

唐僧与悟空遇上了山贼，要他们留下买路钱。悟空的胆量大，不容分说，走上前来，叉手当胸，对那六个人施礼道："列位有甚么缘故，阻我贫僧的去路？"

那人道："我等是剪径的大王，行好心的山主。大名久播，你量不知，早早的留下东西，放你过去；若道半个不字，教你碎尸粉骨！"

悟空道:"我也是祖传的大王,积年的山主,却不曾闻得列位有甚大名。"

那人道:"你是不知,我说与你听:一个唤做眼看喜,一个唤做耳听怒,一个唤做鼻嗅爱,一个唤做舌尝思,一个唤做意见欲,一个唤做身本忧。"

悟空笑道:"原来是六个毛贼!你却不认得我这出家人是你的主人公,你倒来挡路。把那打劫的珍宝拿出来,我与你做七分儿均分,饶了你罢!"

那贼闻言,喜的喜,怒的怒,爱的爱,思的思,欲的欲,忧的忧,一齐上前乱嚷道:"这和尚无礼!你的东西全然没有,转来和我等要分东西!"

列位,这六位是何等人物?这便是我们感知事物的六个通道:眼、耳、鼻、舌、身、意。佛家称为"六根"。"六根"生"六尘",即:色、声、香、味、触、意。俗人受"六根"所限,导致"六尘"不净,感知不到事物的真相,理解不了生命的真相,因而被"六根"所左右,自己成了"六根"的小厮。所以孙悟空常说:"我出家人才是你的主人公。"

眼看喜,耳听怒,鼻嗅爱,舌尝思,意见欲,身本忧,皆为虚幻。俗众都是被"六尘"蒙蔽的,是很难摆脱出来的,所以就会犯错误,而且自以为非常有理、十分正确,因而相当勤奋、异常刻苦地走在错误的道路上,每前进一步,都会被戴上成功的帽子,时不时地为鲜花与掌声所陶醉。你看,美猴王弄了个弼马温的职务,不就高兴得跟猴子似的吗!西行路上,孙悟空打的妖精,不在别处,就在自己心里,是自己的心魔,因此是不可能用武力解决的。故而,孙悟空一棍子给打死了,唐僧便要教训他几句。并非唐僧糊涂,而是孙悟空没看透。

"六根"难断,"六尘"难净,犯错难免,那该如何对待?不能一棍子打死嘛!"惩前毖后,治病救人",才是人间正道。断"六根",除"六尘",但要慢慢来,要逐渐修,不能一棍子打死。你都一棍子打死,就没有人了。如果宇宙中只有佛,没有众生,佛的价值也就没有了。

人人皆可成佛,不可能人人皆佛,因此,人人都在成佛的路上。

五方揭谛与四值功曹

唐僧西行路上,时有六丁六甲、五方揭谛、当值功曹等出现。他们的任务就是为唐僧保驾护航。谁安排的?观世音菩萨。

如此看来,要干大事,没人帮忙不成,没有大领导帮助不成,没有高人协助不成。既要借力,也得借智。

或许这么理解也可以:"六丁六甲"就是资源,是物质条件上的筹划与准备;"五方揭谛"就是总体趋势、客观形势,是对形势的分析把握;"四值功曹"就是时间、地点,是对时机的研判与选择。

道家真人也有这样揭示的:"六丁六甲"是火,"五方揭谛"是"五行","四值功曹"是季节时间。这些方面构成了修行修仙的时机与火候。火候的把握要分毫不差,差之毫厘,谬之千里。

出来做事,得琢磨一下自己有没有"六丁六甲""五方揭谛"是个什么情况、"四值功曹"有没有到位。搞不透彻,盲目行动,是要吃大亏的。

所谓天时、地利、人和没有一样是可以等来的,得自己主动才行。唐僧要不是发大愿去西天取经,哪里会有菩萨相助。

悟空、八戒、沙僧与白龙马

唐僧是犯了错误被贬,到人间接受"再教育"的。孙悟空则是屡错屡犯、屡教不改的刺头。猪八戒、沙和尚与白龙马也都是有污点的"劳改犯"。

猪八戒的错误是对嫦娥实施了性骚扰,因此被免了天蓬元帅之职,发配到人间接受再教育。沙和尚是打碎了琉璃盏,属于失职渎职,被撤了卷帘大将之职,发配到流沙河服刑。白龙马因弄了个火灾事故,造成了重大财产损失,被发配到凡间劳动改造。

这三位与孙悟空一起,都得到了观音菩萨的关爱,安排他们再就业,负责护送唐僧到西天去取经。

吴承恩为啥弄了一群有污点的人,到西天去取经,而且还都进入了智慧之门?

人性、人性,还是人性。

是人就有污点,是人就会犯错误,是人都会有种种的不堪。所谓不把人当人,最关键的是如何对待人的污点、人的错误。你站在道德制高点上,拿着手电筒、显微镜、望远镜之类的东西去检视人、去嘲讽人、去指责人,就是不把人当人看。并不是说,不能用这些玩意儿去看人,监督是非常重要的,是由人性逻辑规定的;而是说,当你用这些玩意儿去看人的时候,你有没有扪心自问:"我能够经得起这样的审视吗?"这是其一。其二,你是心怀善意还是揣着别的目的。没有善意,何来善果?鼓励与监督、奖励与惩处,都必须心存善念,才能得到善果。救一个人远比杀一个人更有意义。如此去做,就是慈悲为怀,就是弘扬佛法,就是既把别人当人也把自己当人。

猪八戒，戒的是什么"色"？不以表面看问题，这便是悟能；沙和尚，以善心待人，所以能悟净、才和畅；白龙马是俯下身来待人，因此才成龙。

被发现错误与没有被发现错误的人，被判刑的人与没有被判刑的人，在人性上没有本质区别。除了那些被剥夺了某些权力的人，大家都是平等的。像菩萨那样关爱众生，像唐僧那样接纳众生，才有文明的进步与跃升。

请注意这个人

《西游记》里，有一个配角，镜头很少，台词不多，却相当关键、必不可少。

这个人十分了得。理由是：有理想、看得远、想得透、做得好；选人选得准，用人用得好。一句话：职责范围内的事，做到位；职责范围以外的事，不瞎掺和。

何以为证？

西天取经，取的是什么经？大乘佛经。当时，大唐流传的是小乘。小乘是自救的，讲的是自我修炼、自我净化、自我提升、自我得道；大乘是普度众生的法门。众生是相互关系的众生，只有自我完善是不够的。得先有超脱世间的大觉悟，才能以护念众生的大慈悲，施以度世间众生的大方便。

我们有"诸子百家"，特别是儒家与道家已经构建了中华民族基本的文化结构，为啥还要拿来一个佛家？有这么一段历史故事：十四世纪前叶，元文宗与一位来自古天竺国的高僧会面。其间，这位高僧问大臣陆春："你们为什么奉行土得掉渣的儒学，远离如此华贵的佛学。"陆春是这样回答的："佛家是金，道家是玉，而儒家是稻粮。"稻粮解决的是温饱，"玉"代表着情感世界的湿润饱满与人生态度的自然洒脱，"金"则代表着精神世界的通达和超越。稻粮是须臾不可或缺的，而"金玉"是生命建立在生存基础之上的更高的精神性生存状态。

做出西天取经的决策，若没有理想、没有远见、没有开放的胸襟，是不可能的。

正确的决策做出后，成事的关键就是用人。派谁去呢？思来想去，定了唐僧。唐僧的特点不在此不赘述，单说说这人是怎么使用唐僧的。

他不惜重金，从高僧那里购买袈裟和九环锡杖，送与唐僧。袈裟是什么？是身价与职责。锡杖是什么？是稳定与坚定。我们经常用二分法，形式归形式，内容归内容。事实上，形式和内容共同构建了实质。唐僧和袈裟、锡杖组成了西天取经的行动者。执法人员要穿制服，运动员要统一穿上带有标志的队服、结婚要穿上婚纱等都是一样的道理。

穿不穿婚纱都一样成婚，但给新人的体验却是完全不同的。这种体验会影响到以后的生活。没有穿上婚纱的女生，一旦碰上事情、受到刺激，便会把这事拿出来，说道说道。这种说法，又会进一步影响到夫妻感情，带来叠加效应。婚纱是西方人的传统，多是洁白的拖地长裙，代表着纯粹与浪漫。中式婚礼，新人多穿红色的中式服装，代表喜庆热烈与秩序规矩。不同的形式中有不同的内涵，带来不同的效果。

回到正题上来。他送了袈裟与锡杖，还要送行。他没有千般嘱咐、万般叮咛，也没有送了一程又一程，只送了两样东西，都紧扣一个目的。

马一匹与酒一杯，酒里外加土一捏。表达的意思就是快去快回。这就是智者与智者的相处模式。

你说说，这个人是不是相当会使唤人？这个人是不是相当重要？

这个人便是人人皆知的唐太宗李世民。

广智与广谋

观音禅院里，住着一位老和尚，老和尚有两位徒弟，一位叫广智，一位叫广谋。

老和尚看到唐僧的袈裟，觉得是一件无价之宝，一心想据为己有。广智和广谋就给老和尚出主意，说是放火把唐僧师徒烧死，这袈裟不就是咱的了！

结果呢？人没烧死，袈裟没得到，却把一座好端端的禅院给烧了，老和尚觉得没脸活下去，就自杀了。

分明是无智无谋，作者为啥要在此安排下广智与广谋？智谋是啥？宝贝也！观音禅院是啥？宝地也！原本生活在宝窝子里，本来就拥有宝贝，却认识不到，反倒去外求，去抢他人的宝贝，这便是聪明反被聪明误，假聪明而真糊涂。

现在搞企业的，个个求贤若渴，自家成千上万号人看不见，天天惦记着别家企业的人才，用尽手段，去挖去抢，还美其名曰"人才竞争"。其结果往往是，把人家的人才给弄废了，把自家的人才给弄瞎了。

人才流动是好事。可别忘了，其根本是"流动"。"流动"是人才主动而为，硬撬是被动而为。倘若你家的土壤很好，人才自然会生出来，也自然会流过来。你自己那么多人，都出不了人才，须知你这儿土壤不行。土壤有问题，外面的人才来了，也不能生根发芽、开花结果，必然导致人财两空、名利双亏。毁了"禅院"、散了"和尚"，这样的案例可真不少。

智谋是法宝，核心在于使用方法。这个"法"得遵循道。

恋家鬼是什么鬼

猪八戒饭量大，又贪吃，一路之上忍饥挨饿、十分闹心。这一日，行至傍晚，见路旁有一村舍，猪八戒说："我老猪也有些饿了，且到人家化些斋吃，有力气，好挑行李。"悟空听了便道："这个恋家鬼！你离了家几日，就生出抱怨！"

恋家鬼是什么鬼？

唐僧也说猪八戒："悟能，你若是家心重呵，不是个出家的了，你还回去吧。"

灵台方寸山上，祖师对孙悟空说："你从哪里来，还从哪里去。"这里，唐僧对猪八戒说"你还回去吧"。两位说的是一个意思吗？

祖师让孙悟空回的，是本源、道心，"回去"就是回到"真一"。唐僧要猪八戒回的，是尘缘、尘心，"回去"就是回到"幻相"。所恋之家，是一个幻相，并非真实，那么恋家的主体，便与鬼魂无异，所以称恋家鬼。"出家"就是归于本元，入住无心之心。猪八戒"出家"不久，离家不远，很容易回去。

这里的"家"，并非指高老庄，也不是指一切实在之所，而是指那颗认假为真的心、染了尘埃的心。在道佛看来，就是人心。人心要"勤拂拭"，佛心是"无一物"。神秀的"不让染尘埃"是人心至境，而慧能的"何处染尘埃"是佛心初临，所以五祖弘忍就偷偷地将衣钵传给了慧能。

为什么不光明正大地传给慧能？因为神秀一直想做衣钵传人，而神秀之心是人心，人心靠不住，容易生妄念，妄念又会生恶行。如果神秀知道师父将衣钵传给了慧能，就会加害慧能。

人心修养再高，只是干净一些，可依旧是人心，很容易走回头路。所以说，人心就是"恋家鬼"。如何算是请走了"恋家鬼"呢？先是要找回自己的本心，然后要清楚本心是空，空亦是空，才能养成无心之心。无心之心就是与天地万物同心。

诗曰："心动意迷志不专，修行往往被他牵。劝君戒惧勤防备，莫起风尘障道缘。"

为啥是清风、明月

清风明月在文学作品中，经常是同时出场的。黄庭坚的《鄂州南楼书事》中，有"清风明月无人管，并作南楼一味凉"。王维的《伊州歌》里，有"清风明月苦相思，荡子从戎十载馀"。晏殊的《燕归梁·双燕归飞绕画堂》内，有"双燕归飞绕画堂。似留恋虹梁。清风明月好时光。"

这两个事物同时出现，大多会勾出相思相恋，引来自由浪漫。或者说，它们来了，就意味着情感上线了、理性关机了。这种场景适合抒情调情生情，不适合论理管理评理。可是，《西游记》里，偏偏要清风明月出场，去做管理评理的事，这才出了大事。

事情的经过是这样的。

当时，镇元大仙收到元始天尊的帖子，邀他到上清天上弥罗宫中听讲混元道果。镇元大仙很喜欢培养后辈，门徒不计其数，如今在山上学艺的还有四十八个徒弟，都是得道的全真。镇元大仙就带领四十六个上界去听讲，留下两个绝小的看家：一个唤作清风，一个唤作明月。

镇元大仙临行前，把清风、明月叫到跟前，叮嘱道："近日有一个东土大唐到西天取经的团队，要经过这里。我和他们的团长有一面之缘，你们把咱的人参果给那团长两个，以表心意。他的几个团员不好对付，你们要多加注意。"

唐僧团队果然来了，清风、明月摘了人参果，趁悟空哥仨不在，送给唐僧吃。唐僧见那人参果状如婴儿，不肯吃，清风、明月就将人参果拿回房间。拿回来自己吃了就完了，可他俩多嘴，嘲笑唐僧没见识，不知道人参果的珍贵和好处，恰好让猪八戒听到了。这个吃货岂能放过此等好事？但猪八戒滑头，把情报告诉了孙悟空，撺掇大师兄去弄两个尝尝。悟空就去偷了人参果，叫来沙和尚，三个人享受了一把偷嘴的愉悦。

清风、明月在值班巡视中发现少了果子，断定是让唐僧团队的人给偷了，就找团长唐僧理论。言来语去，把孙悟空给惹恼了。悟空就把树给推倒了。你看，本来是少了几个果子的事，却因处理不当，变成了连"本钱"都赔光了的事。

镇元大仙明知道会出事，他有那么多弟子，为啥偏偏只留下清风、明月呢？一个比较合理的解释是：故意！唐僧师徒是来历劫的，不经磨难怎能在此顺利通关？

我们看战争片，经常会看到这样的场景：主帅叫过一员不太会动脑子的猛将，吩咐说："你前去交战，只许败，不许胜。"为啥专用不带脑子的？因为对方不会怀疑他作假。有时候，领导不想把事做成，又不能明说，怎么办？选一个一定会把事办砸的人去负责，还要告诉他务必把任务完成好。

清风、明月不只是两位仙童的名号，还隐喻了场景、人物与事情的不协调不匹配。

黄风大王的开路先锋

在"黄风岭唐僧有难"一回中，有一个老虎精，号称黄风大王的开路先锋。行军作战，都有先锋官，属于打头阵的，一般比较能打。但是，他开路向何方开，打仗要跟谁打，是自己做不了主的。

且说那开路先锋出来巡山，发现了唐僧师徒，欲拿回去向大王献上一顿美餐。孙悟空、猪八戒又岂肯答应。猪八戒上前应战，孙悟空随后助力，虎先锋怎能抵得，便使了个"金蝉脱壳之计"，打个滚，现了原身，正是一只猛虎。孙悟空、猪八戒追着来打，那虎抠着胸膛，剥下皮来，苫盖在卧虎石上，脱了真身，化阵狂风，径回路口，把唐僧给掳了去。

尘世中人，都有一位开路先锋，在前头搞"内卷"。读书的，争名次；工作的，争位子；混社会的，争面子。可以说是，无人不争，无处不争，无时不争。究竟是谁在争？不是"先锋官"在争，也不是哪个人要争，是那颗尘世之心要争。尘世之心是谁的？它没有主人公。我们经常说到欲望，误以为是自己的欲望在主导，其实是被社会潮流所左右。尘世之心本质上是"社会之心"。孙悟空常说："我是你孙外公。"尘世中人骂人，一般会说："我是你爷爷！"或者说："我是你祖宗"，没有人说："我是你外公！"孙悟空为何如此说话？尘世之人的想法，本质上不是自己的，而是"孙外公"的。"孙外公"的意思就是外人、外来的。尘世中人把外来的当成自己的，所以孙悟空还说："你不晓得，我是你的主人翁！"

开路虎剥了皮，苦在卧虎石上。尘世中人，"日三省吾身"，自以为找到了自我、认识了自己，其实如同开路虎剥了皮，依旧回到原路，还是要掳唐僧，替他人卖命、给他人打工。

须知，受难的不是唐僧，而是开路虎。猪八戒打死的不是开路虎，是自己的尘世之心。为啥是猪八戒而不是孙悟空？因为猪八戒要在此"戒"掉自己的尘心。猪八戒争先，是以戒为先。不戒，难定，无慧。戒的目的，不是灭掉"七情六欲"，而是找回本心。本心澄明，智慧万千。

神通广大的狮子精

且说那乌鸡国国王托梦于唐僧，诉说自己的不幸遭遇。唐僧听了便说："你何不到阴司阎王那里去告状？"国王道："他神通广大，官吏情熟。都城隍常与他会酒，海龙王尽与他有亲，东岳齐天是他的好朋友，十代阎罗是他异性兄弟。因此这般我也无门投告。"

好一个狮子王，管天的、管地的、管水的、管生死的，都与他有交情。

《西游记》似这般以虚幻映现实的段子很多。权贵勾连，官官相护，栽赃陷害，强取豪夺，图财害命，篡位谋权等丑行，古今中外，比比皆是，反映此类社会现实的文艺作品也是多如牛毛。

但是，吴承恩的用意似乎并不局限于此。要知道，人们看到此类故事的时候，产生的情绪都是指向他者，也就是痛恨那些胡作非为之人，并不会向内反思自己。若是扪心自问，我、我们与他们有区别吗？

如果只看表象，似乎区别是显而易见的。我们没有那样的交情，也没有那样的恶行。倘若深究自己的内心，就会发现区别并不存在。因为我们都是有情之人，都或多或少地关照过他人，以及希望得到别人的帮助。这个情，有时候带来温暖，有时候造成伤害。特别是自己出现过失过错的时候，我们大多想到朋友，渴望他们看在多年的情分上，减轻或免予惩罚，很少去考虑公平。正是由于我们都是施予者，同时又是遭受者，社会才成为我们讨厌的样子。

作者由大及小，由他及我，由虚及实，引导我们体察自己的内在之情，如何发动，流向何处，成就何业。

世间的许多美好来源于情，世间的许多丑恶同样来源于情。亲情、友情与爱情，都会带来不公、造就恶行。我们能够像痛恨狮子王那样来观照自己的情之所向吗？

光明与黑暗一体两面。正所谓：道是无情却有情。

朋友啊！不要狮子大开口，太"痴情"了！

白骨夫人出幻身

话说那唐僧师徒在五观庄吃了人参果，个个添了精气神，本为天大的幸运。可转瞬之间，便入歧途。正是世事无常，乐极生悲。

师徒四人走在高山小路上，唐僧饿了，吩咐悟空去化斋。悟空说："师父好不聪明。这等半山之中，前不巴村，后不着店，教往何处寻斋？"唐僧便骂悟空恃功自傲，生了懒惰之心。悟空无奈，跃上云端，见正南高山上有桃子，便去采摘。

唐僧真的"好不聪明"，悟空这一走，妖精便看到了机会。这山中妖精"白骨夫人"，就化作送饭的俊俏女子，来到了唐僧面前。猪八戒一见人长得好看，便动了凡心。

孙悟空采桃回来，一眼便认出妖精，举棒便打，那妖精使了个"解尸法"，预先走了，留下一具假尸体。唐僧道："这猴果然无礼！屡劝不从，无故伤人性命！"悟空道："师父莫怪，你且来看看这罐子里是甚东西。"沙和尚扶唐僧近前来看，哪里有什么食物，尽是长蛆、青蛙、癞蛤蟆。唐僧就有三分信儿，猪八戒唆嘴道："哥哥是怕你念什么《金箍咒》，故意使个障眼法儿，变做这等样东西，演幌你眼，使不念咒哩。"唐僧听了，果然念起咒来。

尘世之中，此类事情，何其多也！领导对贤臣能将，往往多有疑虑，再加有人捕风捉影、添油加醋，必生否定之心，定有疏远之行。

那"白骨夫人"，又化为老妇人，再变身老翁，均被悟空识破，又留下两具假尸。唐僧不辨真相，将孙悟空赶走。孙悟空流泪而去。

作者让"白骨夫人"分别化身美女、老妇、老翁，啥意思？男女皆假、老幼皆假也！在此提醒众生，不可为有形之身所迷惑，不可被表面现象所迷惑。众生以假示人者众矣，然骗得了一时，骗不了一世；骗得了俗众，骗不了智者。此乃作者对众生的当头棒喝也！

唐僧为食欲所困，猪八戒为美色所迷。不以悟空为善，反以悟空为恶，认骗子为真人，以假象为真实。亏得悟空清醒，师徒才免遭杀身之祸，教训何其深刻！

此一劫，对唐僧、猪八戒来说，上的是"持戒"一课。此乃"六波罗蜜"之"尸波罗蜜"，专度"毁犯"。此处提醒众生，"持戒"的功夫一刻也放松不得。

精细鬼与伶俐虫

孙悟空被那银角大王用三座大山压住，惊动了值班的功曹，叫来了土地、山神，诸位山神各自将三座大山回归原地，解了悟空之困。

银角大王回到莲花洞，安排精细鬼与伶俐虫带着法宝，去把压在三座大山下的孙悟空给弄回来。两个小妖带了啥法宝，能够拿得了孙悟空？两位小妖带了两件宝贝：一件是紫金红宝葫芦，一件是玉净瓶。只要将宝葫芦底朝天，叫你的名字，你但凡一应声，就被装进去了。

孙悟空知道那宝贝的厉害，就变作一个老真人，故意用金箍棒将小妖绊了一跤，借机搭话。其中过程，就不在此啰唆了。总之，就是孙悟空用假葫芦换了那真葫芦和玉净瓶，得了两件宝贝。

精细鬼和伶俐虫为啥会上当受骗呢？个中心理，人人皆有，就是想占便宜。孙悟空用毫毛变了一个假葫芦，对小妖说："我这个葫芦可装天装地。"那小妖自然不信，就让孙悟空演示一下。孙悟空就请了哪吒来当托儿，表演了一场大型"魔术"。小妖见了，信以为真，就和孙悟空交换了葫芦，觉得自己占了大便宜。

精细与伶俐，核心都是算计，皆为尘心动念，同是"五蕴"所起，均与天道相悖。只要是尘心动念，便生妄想，皆生烦恼，都会造业。由此可知，上当受骗，不是骗子太狡猾，不是自己太愚蠢，而是自己太过精细过于伶俐。便宜得来便宜失，精明自招精明人。

过于精细即为鬼，十分伶俐便成虫。

万圣龙王与九头虫

在祭赛国，唐僧师徒遇上了蒙冤受虐的僧人，经过一番勘察调查，终于发现，原来盗窃金光寺舍利子的是乱石山碧波潭的万圣龙王和他的姑爷九头虫。万圣龙王碰上齐天大圣，好日子算是走到终点站了。

这万圣龙王与九头虫，一个太贪，一个太恶，怎能有好结果！何以见得？

"圣"就是极高的、崇高的。比如，圣明便是极其英明，圣上就是极为崇高，圣人就是极其完美。"圣"便是极致了，他还要"万圣"，这不是贪又是什么？这个万圣龙王贪的不是财富也不是宝贝，而是名声。他偷的是"光彩冲天"，并不是金银珠宝。

"九头虫"，既言头之多，又言"脑"之小；意思就是心计很多，心胸很小。这类货色往往会投人所好，且手段恶毒，禽兽不如。猪八戒见识了九头虫的手段后，心惊道："哥啊！我自为人，也不曾见这等恶物！是甚血气生此禽兽也？"悟空道："真个罕有！真个罕有！等我赶上打去！"悟空跳在空中，举棒照头就打。那怪物"嗖"地打个转身，掠到山前，半腰里又伸出一个头来，张开口如血盆，把猪八戒一口咬着鬃，捉进碧波潭水内而去。

有想当"万圣龙王"的，必有"九头虫"前来配合。硬需求制造强供给，强供给又进一步扩大与提升硬需求。这种供需循环升级会形成怎样的结果呢？"如今照耀龙宫，纵黑夜如同白日。"就是黑白不分、是非不明、真假难辨。如果哪一个要分黑白、明是非、辨真假，那九头虫便会"半腰里又伸出一个头来，张开口如血盆相似。"

人皆希望有个好名声，这便是尘心在动。尘心动，本心失。本心是澄明的，不需要外求美誉。本心不在，肉身就会走错路。名声和财富一样，抢不得，贪不得，爱不得。"圣、龙、王"占一个字就很难得了，这个万圣龙王，占了三个还不够，还得再加上"万"，这不就是找死吗？孙悟空当头一棒，就把他的脑袋给打碎了。这一棒是打给尘世中人看的。如果你的名字前头，有许多形容词、有许多头衔，那就得好好警醒啦！

孙悟空高举"齐天大圣"大旗的结果，不是在五行山下压了五百年吗？这个"压"，其实也是一种保护哩！

杏花也怀春

在唐僧团队雷音寺历劫之前，吴承恩又安排了一个铺垫，给唐僧上了一段文戏，满园春色，吟诗品茶，红袖添香，面对柳永、东坡式的生活，是坚持追求理想还是享受当下快活？

这段插曲，妙得很嘞！

唐僧团队刚刚替佛门洗了一桩不白之冤，继续向西而行。正是时序易迁、季节更替，又早冬残春至，不暖不寒，正好逍遥行路。这一日，师徒行至一条长岭，岭顶上是路。唐僧勒马观看，那岭上荆棘丫叉，薜萝牵绕，虽有道路痕迹，左右却尽是荆刺棘针。唐僧道："徒弟，这路怎生走得？"悟空说："怎么走不得！"猪八戒自告奋勇，变身巨人，前面开路。师徒艰难前行，不觉傍晚将至，忽见一处空阔之处，通路上有一块石碣，上有"荆棘岭"三个大字，下有两行小字，写的是"荆棘蓬生八百里，古来有路少行人"。唐僧下马，说是徒弟们都累了，就在此处歇息一宿，明日再走吧。

次日上路，又至傍晚，恰好又有一处空地，中间有一座古庙。忽来一阵阴风，庙门后转出一位老者，手持拐杖，足踏芒鞋，后面跟着一人，头顶一盘面饼，跪下道："大圣，小神乃荆棘岭土地，知大圣到此，特备蒸饼一盘奉上，聊吃些儿充饥。"八戒欢喜，过去取来便吃，孙悟空大喝："且住！这厮不是好人。看棍！"那人见了，化作一阵阴风，将唐僧掳起，飘荡而去。哥仨分头寻找，不想猪八戒和沙和尚分别被藤蔓精与树精拿住。孙悟空凭变形之术，得以脱身，救下沙和尚与猪八戒。

唐僧从昏迷中醒来，看到茂林修竹、月明星稀，更有草舍石屋，"木仙庵"三个字若隐若现。真个是：漠漠烟云去所，清清修仙人家。唐僧一时身心放松、气血和畅，不免情动驰怀，随口吟出一句诗来，不想引出一声喝彩、遇上一片桃花。

随着一声喝彩，走出四人，俱是隐士模样，皆有雅致之风。行过见面之礼，作了自我介绍，四人说是邀唐僧吟诗会友，不负相识之缘。五位接力赋诗，相互吹捧，唐僧兴致盎然，赋诗论禅，口吐莲花，滔滔不绝。有些学问、有些见识的人，一般不说，说起来不一般，看似有深度，实质上也是克服不了卖弄的念头。所谓智者不言，唐僧此时的段位还不够。

正在兴头上，重点来了！只见石屋之外，有两个青衣女童，挑着一对绛纱灯笼，后引着一个仙女。那仙女拈着一枝杏花，笑吟吟地进门相见。仙女生得：青姿妆翡翠，丹脸赛胭脂。星眼光还彩，蛾眉秀又齐。反正是，纯天然的，胜过今儿用美颜的。

四位向杏花仙女引见了唐僧。仙女玉手把盏向唐僧献茶，秋波频送，春意荡漾。那四位一起撺掇仙女吟诗助兴，正中仙女下怀，便吟道："上盖留名汉武王，周时孔子立坛场。董仙爱我成林积，孙楚曾怜寒食香。雨润红姿娇且嫩，烟蒸翠色显还藏。自知过熟微酸意，落处年年伴麦场。"

仙女说得很明白，你看那些古人，立业也好，立言也罢，有什么用呢？不如爱怜"雨润红姿娇且嫩"。仙女委婉地表达完了，知道还不够，接着就走到唐僧身边，一边往唐僧身上磨蹭，一边说："趁此良宵，不耍子待要怎的？"唐僧一时慌了。四老嚷嚷着愿做媒人、证人。唐僧不从，众人不允。正在此时，就听悟空高喊"师父"，四老与杏仙只好隐身而去。

这一段，吴承恩要说什么？

花草树木，皆可成人得道成仙。他们是妖吗？是又不是。他们和人一样，有着七情六欲，有着闲情逸致。这里面体现的是佛家的生命观。我们今天很重视生态保护，觉得有了很大进步，但与佛家的生命观相比，还差着十万八千里，依然需要"西天取经"。

取经路上，考验的不是唐僧团队，而是对整个人类的拷问。一路修行的，也不只是唐僧师徒，还有一路之上的花草树木、虫鸟蚊蝇、鸡犬鹅鸭、豺狼虎豹与鱼鳖虾蟹。

众生度我，我度众生；无众生可度，亦无我可度。度可度，非常度。

宝象国公主

波月洞里，唐僧遇到了宝象国公主，为其所救。

那宝象国三公主，十三年前，被黄袍怪掳至波月洞，与其做了十三年的夫妻。列位，可记得《西游记》里有许多"十三年"。此处又是"十三年"，何意？我们知道唐僧的生父叫陈光蕊，公主的乳名叫百花羞。作者为何如此安排？

唐僧遇见公主，就是遇见走失的自己。

唐僧在公主帮助下，逃出波月洞，离开碗子山，到了宝象国，把三公主的书信送达了国王。国王请唐僧搭救三公主，唐僧说自己并无手段，却有两个徒弟可以。猪八戒、沙和尚进得殿来，国王见两位丑陋，心下生凉。猪八戒卖弄了一番手段，国王这才欢喜，请猪八戒抓紧去救回三公主。猪八戒刚走，唐僧不放心，又叫沙和尚去给猪八戒做个帮手。

猪八戒与黄袍妖战不多时，自觉体力不支，自知不是对手，便叫沙和尚上来应战，自己脱身跑了。沙和尚更不是黄袍怪的对手，很快就被其拿下。

黄袍妖知道那宝象国国王已经得知三公主的消息，便化被动为主动，欲前往宝象国去认岳父。三公主说，你这等模样，还不把我爹爹给吓坏了，还是别去了吧。黄袍妖说，我变个俊儿的如何？说罢，摇身一变，就变成了一位"美俊英"。

黄袍妖变作"美俊英"，到了宝象国，称是国王的三姑爷。国王一见"美俊英"，心下便喜。又听了"美俊英"一番假言虚语，国王又信了大半。"美俊英"趁机又说唐僧就是老虎精，如今变作取经模样，欺骗主公。国王说，既然如此，你让他现了本相。"美俊英"就使了个"黑眼定身法"，那唐僧真个变成了一只斑斓猛虎。黄袍妖成了"美俊英"，真唐僧成了猛虎精。此时，已是黑白颠倒、真假互换。

这儿多处关涉"丑、俊、美"，便是一再提醒世人，具象皆是幻相，不可把幻相当真实。

"黑眼定身法"是什么法？骂人的法。一个人被冤枉了，会怎么骂人？"你眼瞎呀？"或者说："算我瞎了眼！"唐僧看不到真相，冤枉了孙悟空，便是眼睛"失明"，就是心似猛虎。

猪八戒听了白龙马的计策，请回了孙悟空。孙悟空打败了黄袍妖，救回了三公主，唐僧也得以现了原身。

见到公主，唐僧脱险；离开公主，唐僧被变为猛虎；救回公主，唐僧得以现了原身。公主谓谁？主公是也！何谓主公？自己的本心是也！何以见得本心的失而复得？驱逐孙悟空与孙悟空回归可以为证也！

唐僧见了孙悟空，谢之不尽，连说："亏了你也！亏了你也！"其中，有知错，亦有感谢。足见"主公"已归正位也！

牛魔王与铁扇公主

牛魔王与铁扇公主，牛魔对铁扇，魔王配公主，那是相当厉害的一对组合，也是《西游记》里相当重要的一家子。

他们的儿子红孩儿，年龄不大，心思狂野，戏耍悟空，要吃唐僧，不惧天兵，让菩萨给收了去。牛魔王的弟弟，号称如意真仙，在解阳山破儿洞，守着个落胎泉，把个"破洞"当如意，为了侄子的事，对悟空刻意刁难，让悟空打得好惨。

牛魔王与铁扇公主，把儿子、弟弟与悟空的纠葛，视为新仇旧恨，偏不把那扇子借与悟空，落得个人财两空，差一点就命归黄泉。

这一家子把贪、嗔、痴占了个全套，可以说是聚齐了"三毒"。

红孩儿是贪。贪啥呢？妄想吃唐僧肉。这唐僧肉要是能吃得，还能等到你这娃娃？贪，不在欲取何物，也不在欲取多寡，而在不切实际。我们常说贪得无厌，如何理解？不少人觉得问题出在"无厌"，永远不知道满足。其实这是误解。一个人见了财富就生厌，遇上权力就生厌，听到名誉就生厌，这日子还有办法过吗？

如意大仙是痴。他把那解阳山当作如意地，把个破儿洞视作神仙府，身处祸患之中，心入颠倒之乡，不仅全然不知，反而以祸为福，非"痴"不能如此。"痴"的重点不在不放手、不在迷失自己，在于以假当真、以害为利、以祸为福。

牛魔王、铁扇公主是嗔。冤枉了别人，却坚信自己是受害者，把账记在别人头上，时刻想着结算，这就是"嗔"的表现形式之一。牛魔王、铁扇公主夫妇便是如此，自己的孩子惹事、弟弟不省事，可这夫妻俩却迁怒于孙悟空，只要一见面便是恨上眉头、怒上心头。

现实生活中有很多类似的情况，他们把故事的某一段剪辑出来，作为全部事实，生生把一个咎由自取的故事演化为新编窦娥冤。要害是：他们自己对此深信不疑。

烦恼、灾祸来自贪、嗔、痴，贪、嗔、痴又是从哪里冒出来的？求不得、看不透、放不下。

红孩儿，想吃唐僧肉，求之不得，引火烧身。如意大仙看不透"破儿洞"的真相，硬生生让那泉水变成了祸水。牛魔王与铁扇公主放不下过去那些事，不能向前看、不能观大局，赔了钱财又折兵。

记住教训，可以让自己以后少栽些跟头；放不下仇恨，一辈子也爬不起来了。

小钻风

唐僧师徒行至八百里狮驼岭，遇到一老者报信，说是这山上有个狮驼洞，洞里有三个魔头，好生厉害。唐僧闻言十分害怕，竟哭将起来。悟空见状，只好请师父下马坐下，教猪八戒与沙和尚用心保护，自己上岭打探情况。

孙悟空纵筋斗云，跃上高峰，仔细观看，发现了一个小妖儿。悟空摇身一变，变了一只苍蝇，轻轻飞在他帽子上，侧耳听之。就听那小妖口里念道："我等巡山的，各人要谨慎提防孙行者，他会变苍蝇！"悟空听了，暗自惊疑道："这厮看见我了？"原来，那小妖并不曾看到悟空，只是那魔头不知怎么就吩咐他这话，叫他这等胡念。

悟空又变成一个小妖，与那小妖言谈套话。那小妖问悟空可有牌儿。悟空说："我怎么没牌？但只是刚才领的新牌。拿你的出来我看。"那小妖揭起衣服，将贴身带着的金漆牌儿，扯与悟空看。就见那牌子正面有三个真字，是"小钻风"。

这"小钻风"是巡山报信的，四处打听事的。在当今网络时代，"小钻风"就是那些"八卦"博主、造谣"网红"，他们在"金主"面前摇尾乞怜，在各种"小号"里胡咬乱叫，获一时之利，图一时之快，但终归只是一个小妖，成不了大气候，经不住时间的检验。

佛家将身、口、意三业，分为身三业、口四业和意三业，共十业，并提出"十善戒"，即：不杀生、不偷盗、不邪淫、不妄语、不两舌、不恶口，不绮语、不贪欲、不嗔恚、不邪见。"小钻风"们犯的就是口四业。

作者安排上"小钻风"这一段，便是警告众生，不行正道，靠小打听刺探消息，用"小喇叭"传播谣言，不仅成不了正事，还会引来灾祸。以口谤人，定遭口谤。只要你发力，一定会有反作用力。

金鼻白毛老鼠精

孙悟空到玉帝那里递了状子，告托塔李天王管教不严，其女儿下界做妖，拐带人口，掳走了西天取经的唐僧，要和唐僧生孩子过日子。天王听了很愤怒。说是女儿只有一个，才刚七岁，正在家呢！这泼猴真是胡说八道！

哪吒说，您老人家还有一个干女儿呢！天王问："叫什么名字？"哪吒说："他的本身出处，唤作金鼻白毛老鼠精；因偷香花宝烛，改名唤作半截观音；如今饶他下界，又改了，唤作地涌夫人是也。"

作者干吗要给这个老鼠精起这么多名字、安这么多身份？

老鼠精，既是老鼠又是妖精；半截观音，离证入菩提也就是一脚门里一脚门外的事了；地涌夫人，便是一个地地道道的媳妇儿。

老鼠是怎么成精的？在灵山修炼出来的，人家是在顶级学府里见识过的。这是说：环境很重要，人文环境更重要。偷了香花宝烛，就改名唤作半截观音。"香花宝烛"是光明、智慧，看到了光明，"吃"下了智慧，可不就是"半截菩萨"吗？这是说，读书重要，读谁的书重要，跟谁读书更重要。首选当然是佛陀的"原著"嘛！读书是好事，偷书就不对了，所以要罚他到人间。到了人间，就得找对象、生孩子。但是，你生拉硬拽就不好了。男欢女爱，神仙不怪，可也得两情相悦才是。这是说，千万别干"剃头挑子一头热"的买卖，否则是会被"剃光头"的。

老鼠可以成精，老鼠精可能成为妖精，也可能成人，还可能是"半截菩萨"。妖精比老鼠还坏，"半截菩萨"就比人强多了。其实，说来说去，还是在说人。人是一个完全开放式的存在，好到哪里去，或坏到哪里去，都是难以想象的。

人皆讨厌老鼠，可人人都似老鼠。既有"偷油"的习性，也有追求智慧的本性。佛陀观人，与人看老鼠相似，但佛陀不生厌恶，而生慈悲。不只对人慈悲，对老鼠亦慈悲。老子认为，上天不仁，视万物为刍狗。老子是说，上天是平等的、没有分别心的。佛陀也是平等的、无分别的，可不是视万物为草芥，而是认为万物皆有慧根。佛陀因看到众生丢失了慧根而心生慈悲。

老鼠就是人的镜子。

刁钻古怪与古怪刁钻

豹头山上，有两个小妖精，一个叫刁钻古怪，一个叫古怪刁钻。

黄狮精偷了悟空兄弟三个的兵器，计划搞一个庆祝活动，展示一下三样神器，就安排刁钻古怪和古怪刁钻去采购物资，以作宴席之用。这两位在路上絮絮叨叨，议论着大王的艳福及"钉钯会"筹备之事，很不幸的是，正好被孙悟空听到。那孙悟空使了个定身法，将两位定住，回城叫上猪八戒、沙和尚，让沙和尚扮作卖猪羊的，悟空与八戒变身两位小妖，就进了虎口洞，取回了兵器，打跑了黄狮精，打死了一众小妖精，火烧了虎口洞。

刁钻古怪与古怪刁钻无意之中成了孙悟空进入洞穴、夺回兵器的突破口。

刁钻古怪、古怪刁钻，便是心术不正、歪点子很多。一意唯利是图，一味邪思乱想，专行歪门邪道。然，思愈多而道愈远，终归是背道而驰、渐行渐远。

虎口洞里的小妖们都被悟空哥仨给打死了，可那刁钻古怪与古怪刁钻，被孙悟空定身之后，思虑不得，动弹不得，因此避过了这场杀身之祸。邪念生，性命丢；邪念止，性命保。生死亦在一念之间也。

心眼歪歪了，想法太多了，便成了自己的天然漏洞。

辟寒大王、辟暑大王与辟尘大王

看到这一回，又想起了国足。国足搞热身赛，专拣"软柿子"捏，捏来捏去，手上越来越没力气，慢慢就找不到"软柿子"可捏了，近来已经进入被过去的"软柿子"给捏着玩的状态。

国足真得好好看看观音菩萨是怎么给唐僧师徒安排"比赛"对手的。观音菩萨是怎么安排的呢？

围绕综合素质的修炼，有一个系统的安排。先提高哪个方面，后提高哪个方面，很明确。然后依据要达到的目的来安排妖精。比如，先看唐僧有没有诚心，再看唐僧有没有决心。一个主要领导有了这两条，基本条件就够了。启程之后，练戒练定练意志，然后是练眼界练担当，进而是悟道见性生慧，其中包含着对时机、火候、方法的精益，总体看是一个持续精进的过程。

针对短板弱项安排妖精，以达到事半功倍之目的。针对唐僧团队在与妖精"比赛"的过程中暴露出来的问题，安排相应的妖精出场，以补齐短板，或强化弱项。比如食色问题，比较容易反复，菩萨就布置了各种不同的场景，安排个性不同的妖精，持续提升唐僧师徒对"食色"的把控能力，以修炼如如之心。

不捏软柿子，也不捏太硬的柿子。唐僧团队遇到的妖王，没有一个是好对付的，但也不是实力悬殊。有的经过百般努力后，可以战胜；有的虽然自己解决不了，但可以通过请"外援"来战而胜之。老是捏"软柿子"，虽然舒心，却会退化。

重视锤炼看不见的品质。世上最重要最珍贵的东西，都是看不见摸不着的。这些东西，有的很玄妙很宏大，比如道、太极、灵性、良知、认知维度等；有的很微妙很微小，比如张弛、进退、增减、取舍、废用等，其中都有火候与时机的把握与运用。

"金平府无夜观灯"这一回，安排辟寒大王、辟暑大王和辟尘大王出场，重点围绕着"张弛"来做文章。

唐僧师徒历经千难万险、千辛万苦，终于到了天竺国，进了金平府，入住了慈云寺，即将到达大雷音寺，唐僧就松了一口气，不再日夜兼程，却是留下来，待三日后的上元节观灯。就在这灯市之上，唐僧被辟寒大王等三位大王掳进了青龙山玄英洞。

经过了几多寒暑，历尽了无数纷扰，眼见得柳暗花明，正是需要快马加鞭、谨慎精益的时刻，而唐僧却松弛下来，这是一个很危险的状态，很容易前功尽弃。就像跑马拉松，快到终点的时刻，必须调动全部能量，加速向前，一旦松劲，就会被他人超越。修炼功夫也像蒸米饭，快要开锅的时候，突然减火，后面再怎么烧，这饭也夹生了。

大家知道，足球比赛，二比零是一个危险的分数。啥原因？和唐僧因快到大雷音寺就放松了对自己的要求，被妖精捉了去，是一样的道理。

辟寒、辟暑、辟尘是一生的功课，不可一曝十寒，需要张弛有度。

寇洪寇员外

作者在这里搞了一个所谓善恶的效果对比。

在灭法国，国王觉得和尚对他不恭，发誓要杀一万个和尚，杀到九千九百九十六个和尚的时候，唐僧师徒到了。

在铜台府地灵县，有一位寇洪寇员外，日子过得红火，决意接待一万个僧人，以表信佛行善之心，接待了九千九百九十六位僧人之时，唐僧师徒四人到了。

那个杀僧人的国王，只是让悟空给剃了光头，其他啥也没少，照样当他的国王。可这位行善的员外，却让盗贼伤了性命。不是说"善有善报，恶有恶报"吗？这分明是"好人不长寿，祸害活千年"嘛！

怎样理解这种安排？

换一个视角：善恶其实有真假。

国王大张旗鼓地杀和尚，他的恶是明的不是阴的，恶中有真；国王、嫔妃、官员等让孙悟空使了法术，剃了光头，从此认识了错误，也是真心悔改，真心从善。内心不阴暗的人，多是知错就改，改就真改。

员外大张旗鼓地敬僧，表面上是行善，实际上是爱慕虚荣，是在给自己脸上贴金，善中存阴。那些僧人不过是做了他的道具。你只要不配合他，他就会翻脸，甚至反目成仇。他的所谓善是假的，自然也就是恶的。唐僧师徒临行前，他组织了盛大的欢送仪式，看上去热情礼貌，实际上是在作秀。凡是轰轰烈烈做慈善的，都是"醉翁之意不在酒"的，其心也就不是善的。

再换一个视角：善恶之间有转换。

至阳生阴，至阴生阳。快到"一万"的时候，阴阳开始转换了，善恶开始交替了。一个单位，坏到一定程度，会向好的方向转变。一个人坏事做多了，心里也会发虚，就希望通过做好事来求得内心的安宁。一个机缘，便可能激发一个转折，进入另一个洞天。

还可以换一个视角：恶中有益，恩中有害。

灭法国国王杀害僧人，给孙悟空大显神通、弘扬佛法带来了一次机缘，使得悟空有机会给朝廷上下上了一堂生动的佛法教育课。有人说，没有战争就没有和平。其实即使有和平，人们也无法像经历过战争的人那样感受到和平的美好。我们可以把社会中的某些恶，看成一年四季中的冬季。在寒冬里，万物萧杀，又孕育万物。没有冬的严酷，便难有春的生机。没有经过冬天，春天又算得了什么？

寇洪把唐僧师徒照顾得无微不至，面子里子都给得足足的，却给唐僧师徒带来了牢狱之灾。恩中有害，这是规律，又是不太容易被认识的。父母溺爱孩子，孩子必受其害；领导偏爱下属，下属必受其害；甚至群众偏爱某个领导，也会让这位领导受害。

影视圈里，有一对夫妻，很是恩爱。媳妇甜蜜地问老公，你这个媳妇啥也不会干，咋行？你教教我，我会改。老公说，你啥也不要改，改了就不是你了嘛！我就让你一辈子赖着我。这话甜死人啦！好不好呢？当然好啦！可是，蜜糖吃多了，会生病的。

寇洪门前有一个"万僧不阻"之碑。列位，要是您碰上给自己搞了很多"冠名"的人士，千万要小心。

人间喜仙孙猴子

美猴王，美在哪儿？孙悟空为啥招人喜欢？

美猴王跟着唐僧一路修行，终于得了正果，和那些菩萨神仙成了一伙的。可是，那些个菩萨神仙就像一些背景，没有给人留下多少深刻的印象，反倒是孙猴子走进了人们的心里。

先看看这只猴子是怎么学习的。

孙悟空在灵台方寸山听祖师开讲大道，喜得抓耳挠腮，眉开眼笑。忍不住手之舞之，足之蹈之。被祖师看见，叫孙悟空道："你在班中，怎么颠狂跃舞，不听我讲？"悟空道："弟子诚心听讲，听到老师父妙音处，喜不自胜，故不觉作此踊跃之状。望师父恕罪！"祖师问孙悟空来此学习几年了，悟空说不记得来了几年，只记得上山后砍柴，见有遍山桃树，吃过七次饱桃了。

"七次"其实不是确指，这里有重复研习、投入学习的意思。否则就成了只会调皮捣蛋的吃货。

祖师说："想来你已经来此七年了，想在为师这里学些什么呢？"孙悟空说："师父教啥弟子就学啥！"他嘴上说得好听，可祖师连说了三门功课，孙悟空都说不学。

孙悟空为啥不学？因为这三门功课都不是长生不老之法。"长生不老"是啥意思？可以有多重理解。孙悟空所求的"长生不老"，是根本大道，是归本合元。归本合元，即脱离生死、无生无死。

孙悟空和祖师的对话，就像一个孩子在和妈妈说话。既有认真又有淘气，既有明白又有懵懂。

祖师很生气，跳下讲台，来到孙悟空跟前，教训了一番，用戒尺在他头上砸了三下，转身走了。

孙悟空到了夜半三更的时候，就到了祖师的房间。祖师问："这半夜三更的，你不睡觉，跑到我这儿干什么？"孙悟空说："我不是按您的意思来的吗？"祖师说："我何时说过让你来？"孙悟空说："你用戒尺敲了三下俺的头，不就是这个意思吗！"祖师一听，这猴子有灵性，就很开心地传他道法。

一个调皮的聪明的孩童，有谁会不喜欢呢？

之后，孙悟空找龙王要兵器、闯阎王殿、闹天宫等，被一些人解读为具有反抗精神。反抗精神是有的，却不是成年人的那种反抗，而是无拘无束的自然流露，是孩童本真的天然表现。即使在山下压了五百年，孙悟空依然童心未泯，还是坚持遵从自己的内心说话办事。西行取经路上，他和师父唐僧的关系、与几个师弟的关系，他在和菩萨神仙打交道的所有过程，全然没有成年人的世故老到。即使面对佛祖，也敢于提出自己的质疑。一直到成佛，全程处于纯天然无污染的状态。不世故、不圆滑、不油腻，有情义、有能力、有趣味，这样的人怎能不让人心生欢喜呢！

孙悟空在五行山下服刑五百年，经菩萨点化，拜唐僧为师，去西天取经。西行路上，孙悟空添了两个大件，一件是虎皮，一件是金箍。这意味着孙悟空成了一家股份公司，大股东是"猴、虎、佛"。所以，孙悟空身上有猴气、虎气与神气，就是没有人的俗气。

内核本真才有心灵成长，童心不泯才能精神丰满。世故老到等不是成熟而是成妖为怪。童心就是本真、纯真。纯真不仅可爱，而且有更强的包容性和更多的可能性。一个人也好，一种文化也好，一旦失去了童趣本真，其表现越是成熟越是高级，也就越是腐朽，越是没有前途。

孙悟空就是人间喜仙。

小妖们

《西游记》里，小妖们都很惨，不是早早被打死，就是最后被收拾。而那些妖王，不仅保全了命，还都去了神仙府端起了"金饭碗"。不是众生皆可成佛吗！怎么对小妖们就一棍子打死，而对作恶的头儿却又网开一面？菩萨为何不普度众生，却专为首犯开"绿灯"？

菩萨度不了不知道在替谁做梦的人。妖王们是自己在做梦，小妖们都活在别人的梦里。活在自己梦里，相对容易醒；活在别人梦里，是没有办法醒的。

我们说喜剧的底色一定是严肃的。《西游记》里的故事都很热闹，但其底色却很残酷。那些菩萨、神仙与妖魔个个神通广大，其实里边都是无可奈何。《西游记》的读者，大多把注意力放在了取经人、佛祖、菩萨、神仙与妖王们身上去了，极少有人关注到那些小妖。可是，《西游记》如果没有那些小妖，没有那些被悟空、八戒给弄死的小妖们，那《西游记》的价值就少了一多半。

那些小妖是妖吗？是又不是。没有自己觉悟，心存妄念便是妖。众生多是墙头草、随风倒，那些小妖也就是芸芸众生。整天在无意识的领地里漫游，随时被某种暗示所左右，失去了一切判断力，除了极端轻信与极端狂热再无别的可能，就像被暴风卷起的树叶，可以向着任何方向起舞。这样的生命，其实都是小妖。小妖精是被妖王忽悠的，替妖王打工的。他们并不明白，自己是在替别人去实现梦想，不知道自己是在为别人的梦想去卖命。这些小妖就是世间的"炮灰""马前卒""狗腿子""蝼蚁"等。他们生生灭灭、忙忙碌碌，快乐着别人的快乐，苦恼着别人的苦恼。

要让这些小妖活下去，那小说如何启迪读者？如果让妖王们和小妖们一起死，是不是更公平合理一些？合理是合理，公平是公平，但其悲剧色彩就丢干净了，其警醒作用也就丧失了。

从另一方面说，众生（包括妖精）是在"六道"中轮回的，此处灭，彼处生，处于不断的生灭变化之中，死与生皆为过程，本质上并无不同。

活，不知道为谁活；死，不知道是怎么死的；悲不悲？惨不惨？我佛慈悲，杀中求生，不死不生。

国王们

《西游记》对国王们是什么态度呢？不算友好，也还客气。

宝象国的国王，其宝贝女儿被妖精掳了去，和妖精做了十三年夫妻，还生了两个娃娃。这个妖怪是天界的奎木狼。

乌鸡国的国王，轻信妖精，被妖精推到井里。那妖精变身国王，做了三年的假国王。这个妖怪是文殊菩萨的坐骑青毛狮子。

车迟国国王，被妖精迷惑，让精怪当了国师，尊道而抑僧。三个妖怪分别是黄毛虎精、白毛角鹿精和羚羊精。

女儿国国王，一心和唐僧成婚配，甘愿把国王的权力交给唐僧，却让唐僧师徒给骗了一把。

祭赛国国王，因妖精偷了舍利子，不察事理，迁怒于僧众。妖怪是万盛龙王和九头虫。

朱紫国国王，老婆被妖精给掳走了，搞得自己整天精神恍惚。这个妖精是观音菩萨的坐骑金毛犼。

比丘国国王，受妖精迷惑，要拿一千个男婴的心肝做药引子。这个妖精是寿星的坐骑白鹿。

灭法国国王，因感觉僧人对他不够恭敬，要杀一万个僧人，让孙悟空暗中剃了光头。

天竺国国王，女儿被妖精一阵妖风刮走，误把妖精当成亲闺女。这个妖精是天宫的玉兔。

总之，国王们基本上都不靠谱，而且容易招妖精，妖精们还都大有来头。为什么呢？

有权力，让人惦记，必遭算计，而且不是"妖精"算计不了。你一个人，怎么可能经得住那么多"妖精"的算计？有权力，难清醒，必膨胀，因而看不到真相，察不了实情，自然会走岔路。绝对权力，绝对导致膨胀，怎么可能靠谱呢？

国王们分明是被妖精欺骗了，可他们却以为一切尽在掌握之中。

妖精、神仙与菩萨

《西游记》里净是些妖精、神仙与菩萨，人很少，这是为什么呢？

先来看看妖精是个啥？一说到妖精，人们往往会联想到害人，仿佛妖精就是害人精，其实未必。《聊斋志异》中的许多妖精，比人美丽，也比人善良。《西游记》里的妖精也有专干好事的，比如孙悟空。几乎所有文学作品中的妖精，都有一个共同的特点，那就是活得时间久。任何生命形态，要成为妖精，一般都得经过数百年、数千年甚至上万年的修炼。我们经常说要精益求精，怎么才能做到？要有足够的时间。既要快又要精，其实是个陷阱。快了就好不了，好了就快不了。在保证好的前提下，尽量快不行吗？行，但那就不是快，是正好。

妖精的核心是"精"。"精"从何来？取自天地日月之精华，经由时间的熔炉淬炼而来。

再来看看神仙。神仙与妖精有何异同呢？最大的不同是，妖精们得打拼才能获得生活资源，而神仙们已经拥有大量生活资源。所以，妖精常破坏秩序，神仙来维护秩序。相似之处是，他们都经过了长期"修炼"。但是，一般来说，神仙比妖精修炼的时间更长。妖精相当于刚开始创业的青年，神仙相当于那些拥有了很高社会地位的成功人士。

神仙的特点是仙气飘飘。神仙的核心是气。气从何来呢？出自于精，经时间滋育而来。

最后来看菩萨。菩萨、佛都无所不能、法力无边，"从心所欲不逾矩"，特别神。孔子不讲鬼神，只论人事，但他老人家说的那些东西，谁要是做到了，谁就是神。二千五百多年来，没有人能做到，也就没有成为神的。只有几位说得真好、做得也还说得过去的人，被人们传颂着，比如孔子、孟子、王阳明等。

菩萨的核心是神。神从何来？来自气，经由时间孵化而生。

我们说，人要有精气神。为什么要反复强调？因为人是没有精气神的。所以，《西游记》里多是妖精、神仙与菩萨。人为啥没有精气神呢？寿命太短、欲求太多，时间不够，一切都来不及。来不及就着急，一着急，精气神就散了。

大海是偶尔才发脾气，火山是上万年才发一次火，乌龟基本不闹情绪。它们都比较能沉得住气，但它们依然没有成仙更没有成佛，因为它们还有沉不住气的时候。

妖精们因安得住心才成了精,有些妖精又因为沉不住气才被打回原形,前功尽弃。

沉住气,才能养神。

观音菩萨

西天取经这件事,如来佛是总策划,观音菩萨则是编剧、导演兼演员。

如来佛为何安排观音菩萨来操办?因为观音菩萨的重要职责,就是静观密察人世间的事情,帮助点化修行人悟理尽性知命。观音菩萨办这事,既是职责所在,又是特别擅长,所以如来佛说,我佛造经传极乐之事,非观音菩萨莫属。看看,我佛甚是知神善任啊!

菩萨接了单,即刻启程。菩萨是怎么走的呢?菩萨没有骑电动车"嗖嗖"地穿行,也没有打"飞的"坐头等舱,"菩萨半云半雾"。"半云半雾"是个啥情况?既不是脚踏实地,也不是凌空驰骋,而是在"近地轨道"飞行。这样既可以保持一定的速度,又可以观察现实状况。菩萨开展具体工作的时候,则会变化身形,以不同的角色形象示人。

我们经常说要脚踏实地,但段位不一样,脚踏实地的形式是不同的。袁隆平的脚踏实地就不能和稻农的脚踏实地相同,否则就没有水稻专家袁隆平了。今天许多人都从菩萨那里得到了启发,比如:在城市里坐一种车,到农村就换一种车,工作与休闲时用不同的车。除了换车之外,还会换服装、换配饰、换发型等。也有不会观察不爱动脑子的,不知道变化,结果不是"塌房"就是"翻车"。

这里的核心不在"换",而在工作需要,在于办实事、出实效。

形式不能与内容相背离。

菩萨出来办差，是怎么开展工作的呢？选"一把手"，搭班子、组团队，把任务交代清楚，就不再插手了。反正方向是西行，任务是取经，至于路怎么走，什么时间到达，一概由唐僧团队自主决定自主行动。

注意，菩萨放手并非撒手，唐僧团队遇到重大困难的时候，也会出手。这一点和有些领导是不同的。其中有两个不同之处尤其突出。有一种领导，自己能力特别强，把下属当机器人、零部件，凡事都得按他的思路走、方法办，半步分毫不能差。他也能组织大家干成事，但下属往往没有成就感，慢慢地脑子也变懒。干事的过程就成了领导自我感觉越来越强、下属越来越觉得失去自我的过程。另一种领导是，平时啥事都亲自抓，小权大权握在手，可一遇到困难风险自己就抓"虾"，就觉得自己的下属都是"白虾"。他们在一起的过程就成了领导越来越看不上下属、下属渐渐看不上领导的过程。也有既放手又撒手的领导，他们属于"醉翁之意不在酒"，这种类型比较少。

菩萨是负责点化的，重在"点"，至于能不能"化"，要看个人造化。

佛学里讲"菩萨种子"。以"种子"比喻行为与现象生起的原理。种子自身的能量是内因，引起种子变化的外部条件是缘，内外合和就是缘起，世间万事万物都是因缘合和的结果。菩萨也是"种子"，却是不同于众生的"种子"。菩萨要做自己的内因，还要做众生的外因，也就是"以智上求无上菩提、以悲下化众生"。《西游记》里有多位菩萨，这些菩萨的段位是不同的。《梵网经》讲，从凡夫到佛地共有三十心、十地计四个层次、四十个阶梯。即：发趣十心、长养十心、金刚十心和体性十地。其中"体性十地"为证得菩萨果位后由低到高的十个阶梯。菩萨主要是通过"下化众生"来提升段位。

菩萨有"四无量心"和"四摄法"。"四无量心"即"慈无量心"，为给人悦乐之心；"悲无量心"，为救人苦难之心；"喜无量心"，为见人离苦得乐而生喜悦之心；"舍无量心"，为舍以上三心，又对于一切众生舍弃怨亲分别平等对待之心。"四摄法"即"布施摄"，随众生的愿望而惠施于人；"爱语摄"，随众生根性而善言慰抚；"利行摄"，能以身、口、意种种善行，利益众生；"同事摄"，亲近众生同苦乐，随其所乐而分别显现化身，从而饶益众生、成就众生。

菩萨还具有"十力"，即：深心力、增上深心力、方便力、智力、愿力、行力、乘力、神变力、菩提力、转法轮力。

菩萨既有饶益众生的愿望，也有非常强大的实力，这两个方面是相辅相成、缺一不可的。用俗世的话说，就是成就他人和成就自己是一个事物的两个方面。就菩萨来说，就是度无数众生，又无众生可度。因为众生的本体是自性光明的。你帮人，也是别人在帮你；你照亮别人，别人也在照亮你；因而无帮可言。如此，即为菩萨。

众生看到的是竞争，菩萨看到的是共生。

人

《西游记》里，人很少，基本上都是妖精、神仙、道佛。这是为什么呢？

唐僧团队里，共有五条生命，只有唐僧是人。其实，《西游记》里能够算得上是个角儿的人，也只有唐僧一个。可唐僧这个人呢，真的是忒不济。他就像一个婴儿，除了撒尿，啥事自己都解决不了，"撒尿"完了，还得别人给擦屁股；但凡遇上点事，除了呼唤悟空，就是哭哭啼啼；除了长得好看，似乎再无长处。其实，长处还是有的，那就是坚持西天取经不动摇。

列位，那么多神仙、菩萨、道佛都是为唐僧一个人服务的，你说说，这是"忒不济"还是"忒厉害"？

为什么不是人帮人，而是妖精、神仙在帮人？还是那句话，一念菩萨，一念妖精。绝大多数人都是徒有人的外表，而尽失人的本真；绝大多数人也认识不到自己不是人，却又觉得别人不是人。一来真正的人本来就少，二来人与人又互不信任，三来人的能力太有限，怎么会有人帮人呢？又或者说，人帮人多是有所图的，不纯粹的帮应该算是交易，算不上真正的帮。

《西游记》里的路人甲、路人乙等，大都是胆小怕事、逆来顺受的，同时也大多是本性良善的。心灵是善良美好的，行动起来却是卑微的，甚至是猥琐的。为什么会如此？无非"食色"二字也。那些妖怪无非就是吃人肉与抢美人。对那些人来说，没有资源，没有能力，为了生存，只能接受压榨，任由宰割。然后，再把毫无独立意识、毫无尊严的生活合理化崇高化。

善良之心与本领高强，二者相辅相成、缺一不可。唐僧至善，却既保不了自己，更帮不了别人，还经常拖累别人，这内心深处的至善又有何用处？妖怪本领高强，却专门害人，岂不可恨？猪八戒、沙和尚原本也是吃人的，后来却能行善救人，许多妖精后来也都担任了神职，专做善事，由此可知本领高强是最为关键的。

世上真正的人极少，大多数是穿着人皮的畜生、妖精；做成人是最重要的事，可没有两把刷子，根本做不成人，这正是《西游记》的一个重要开示。

怎样算是做成了人呢？唐僧就是一个模板：善良；有自己的独立意志：一定要去西天取经；有一个合适的团队，独自一人是成不了人的；有能力自由翱翔——这是唐僧得道成佛之后才有的本领。

唐僧在自己有能力之前，有悟空兄弟三个不离左右。这就是说，和有真本事、大本事的人在一起，是非常重要的。这是《西游记》的又一个启示。

非常名

我们读《西游记》，会看到书中的人很少，主角是孙猴子、猪八戒、沙和尚、白龙马，配角都是些老鼠精、狮子精、白骨精、狐狸精、蜘蛛精、虎精、蛇精、树精等，作者为什么这么写？就是因为这是神话故事吗？

复旦大学哲学教授王德峰在讲课时说过一段话，大概意思如下：我在这里讲课，大家觉得有趣，响起了热烈的掌声，还有美女送上鲜花，这时候突然有人进来问："谁在讲课？"我该怎么回答？如果我要说是王德峰，或者说是复旦大学教授，那就错了。我要回答："佛性在讲课。"

王德峰只是一个符号，复旦大学教授只是一个标识，都不是那个在讲课的"王德峰"。那么讲课的是谁呢？是那个原本，原本是无色无相的。因为王德峰在讲禅宗，所以他说是"佛性在讲课"。

我们看到的一切都是假象，把假象当真相，看不到根本真实，佛学上叫作"住相"。当我们给事物一分类、一起名，就是住相，就丢失了那个本来，因为我们是依据我们看到的表象来分类的。可我们为什么要分类呢？为了区分，为了眼下的有用实用。可这一区分，就丢掉了原本根本的东西，就会失去大用、根本之用。这便是名可名、非常名。

举一个例子。我们把一种动物叫老虎。我们知道老虎会吃人，老虎还有许多用途，我们就去打虎，把猎杀老虎的人称为英雄。可当我们即将把老虎赶尽杀绝的时候，我们又发现生态因此失去了平衡，于是我们就颁布法令来保护老虎，猎杀老虎的人就成了犯罪分子。想想看，在颁布法令前后，我们都叫这种动物为老虎，但是我们认识的是同一种老虎吗？显然不是。之前我们认识的老虎，是坏的，猎杀它是有益的；之后认识的老虎则是好的，保护它才是有益的。之后我们就认识老虎了吗？依然没有。那个原本的老虎，我们是看不到的。

我们对妖精、菩萨的分类也是如此，我们对人的各种评价更是如此。我们知道项羽和刘邦吗？我们在文字上看到的一切都只是表象，没有人真正认识项羽和刘邦。

我们对世界、对世界万物、对人作了种种的区分，这些区分都不过是表象。老虎是老虎吗？妖精是妖精吗？菩萨是菩萨吗？是又不是。是的是表象，不是的是那个原本。原本是我们看不到的东西，需要以灵根去察悟。但我们的灵根已经被尘世淹没了。

真实的孙悟空、猪八戒、沙和尚、白龙马等是无相的，是一个理念，或者叫灵魂。

当我们给他们分类、起名的时候，都是心生起念的过程。心生，种种魔生；心灭，种种魔灭；魔灭，才能见真相。尘心正盛，魔性未灭，不可轻易下判断，大概这就是作者想传达给我们的理念。

唐僧师徒

关于唐僧师徒，有许多不同维度的分析。

有人说，唐僧收三徒就是攒簇五行。孙悟空代表金水，猪八戒代表木火，把他俩一收就是四象和合，还得有一个沙和尚作为意土来调和。

有人说，唐僧收徒弟就是建团队搭结构，有管方向的，有管开路搭桥的，有管调剂精神生活的，有管后勤服务的，那白龙马就是交通工具。

这些都是高见，都有道理。

在我看来，唐僧代表着"空"，其他几位代表着"有"。唐僧降不了妖打不了怪，什么也不会干，什么也干不了，连僧人最基本的化斋都化不来，还常常化出事故来。他是完全"空空如也"。空是什么？空是妙有，空为有之用。没有唐僧在方向上的把握与坚持，他们就到不了西天，取不到真经，成不了佛。没有唐僧的"空"，就没有了三位徒弟的"有"之用。若是唐僧凡事都能干，整天亲历亲为，那三位徒弟还有什么机会施展本事呢？

韩非曾经说，怎么样当王呢？你就整天跟喝醉了一样，什么也看不见，什么也听不懂，什么也不说，就听大臣们在那里议论、讨论、争论、辩论，然后你觉得谁说的有道理，你就让谁牵头来办这件事。办好了，是你用人得当；办不好，就是大臣办事不力。

这么当王，乍听起来，有些不讲武德。但是，要想集思广益、集结众智，还只能这么办。要是"一把手"挑明了自己的意思，哪位大臣还好意思发表自己的见解？他们哪里还有施展才华的空间？

当然,如果"一把手"是纯粹的糊涂蛋,属下也是不服气的。"一把手"总是要呈现出一些不一样的东西。从哪里呈现呢?比如说,你的单位是一栋楼房,现在是五层,"一把手"要去规划第六层、第七层、第八层,引导大家往上走。可是,有许多"一把手"喜欢直接操作一至四层的事,弄得大家都不知道怎么干事,慢慢地就不会干事了,于是,"一把手"越来越不放心,越来越感到手下无人可用,生生把自己忙碌成孤家寡人。这栋楼的命运也就剩下两种,或者易主,或者倒塌。

"一把手"去规划第六、七、八层,可以理解为管方向,可以理解为扩大"空"。扩大了"空",就为"有"扩建了平台。有了平台,还会缺人才吗?不会做唐僧,手下就没有孙悟空。

"一把手",就是只有一只手,不能抓太多,抓多了就什么也抓不住。凡事都亲自抓,也就只能抓"虾"。

我们常说,让专业的人干专业的事。这话对又不对。依"不二法门"来看,专业是专业,专业又不是专业。你说唐僧有没有专业。有专业又没有专业。唐僧和他的徒弟们组合起来,就是专业的取经团队;唐僧孤身一人的时候,就寸步难行,没有什么专业可言。

佛陀神通广大,啥专业都懂,但他也是有团队的。诸多弟子,各有所长。比如:摩诃迦叶,头陀第一;舍利佛,智慧第一;大目犍连,神通第一;摩诃迦旃延,议论第一;阿㝹楼驮,天眼第一;劫宾那,知星宿第一;薄拘罗,长寿第一;孙陀罗难陀,调和谐根第一;富娄那,说法第一;须菩提,解空第一;阿难,多闻第一;罗睺罗,密行第一;耶输多罗,姝妙第一;等等。也就是说,佛陀每个专业都有顶尖人才,才成为世尊。

没有整体之结构,便难言专业或不专业。各有各的专业与不专业,才成就了各自的专业。

如来佛

我们每逢节日，都会相互送上一些祝福的话。时代变迁、四季变化，我们使用的祝福语也会有些变化，但是，有一个词是比较稳定的，那就是：如意。比如：万事如意、心想事成、顺心如意等等。

有许多俗众，到寺庙里烧香拜佛，会向佛提出一些愿望、要求，希望佛能够让自己如愿如意，甚至希望佛来满足自己的一切意愿，让自己一生如意、好运连连。

佛能够帮助你解决困难、达成愿望吗？

《西游记》里的回答是：可以。但是，我们要注意，《西游记》最后出面解决关键问题的是如来佛。这是为什么？

我们知道，对佛祖的尊称有很多，比如：释迦牟尼、佛陀、世尊、无上士、调御丈夫等。《西游记》里，称其为如来佛。这个称呼听起来更亲切一些。因为我们都有一颗渴望如意的心，可以叫作如意心。如意心就是人心，或者叫尘心。但是，如来佛的"如"并不是如意的如。这个"如"特指真理的呈现、智慧的澄明。真理呈现、智慧澄明，就如同佛祖到来。佛心是如如心，是智慧澄明之心，是真净妙心。你抱着一颗如意心去叩拜佛祖、菩萨，是见不到如来的，也是得不到菩萨帮助的。如来，如来，没有去，也没有来，即为如来；乘如实之道而来，以成正觉也。

那么，是不是说抱着如意心去烧香拜佛就全无用处呢？当然不是。其作用主要是心理安慰。只是这种安慰带有自我欺骗的性质。

不同的心差别为啥那么大？这个问题可以用四个字来回答：心外无物。展开来说，就是有什么样的心就会看到什么样的物、什么样的人、什么样的世界。自利之心、团队之心、家国之心、天下之心、宇宙万物之心等，每一种心都会看到完全不同的事物。我们平常说的认知能力、认识维度等，其中的核心也是"心"。

举一个简单的例子，观看中超比赛。如果你带着一颗团队心，去看一场比赛，自己喜欢的球队赢了，你就会高兴。如果你的心里装着的是中国足球，即使你喜欢的球队赢了，但双方都踢得很臭，你也很难高兴起来。如果你有一颗如如心，你看的便不再是输赢，而是比赛的质量。

怎样才能让如如心替代如意心？这个问题的答案就在孙悟空的成长历程中。

有时候，你放下了如意心，如如心便会自然呈现。我们说的"急中生智"，便是如如心瞬间出现的一种情况。在足球比赛中，放下了输赢的计较，放下了自我表现的算计，完全沉浸到比赛之中，这就是如如心代替了如意心的时刻，此时踢得就比较流畅自如。这不就是如来佛到来了吗？

佛有"三身"，分别是法身、报身和化身。法身佛是毗卢遮那佛，为中道之理体，故称"法身"，处于常寂光净土，是没有"六尘"污染的地方。报身佛是卢舍那佛，是证悟绝对真理得成佛果而显示的智慧佛身，处于实报庄严土，是光明遍照的地方。化身佛是释迦牟尼佛的生身，表示随缘教化，度脱世间众生而现的佛身。佛之"三身"，也是认识论。

众生若有"上求菩提、下化众生"的大愿心，便会进入心地法门，便如佛陀到来一般。比如足球人，如果有了踢出足球之美的大心愿，像唐僧团队那样不畏"九九八十一难"，便能放下患得患失的小心思，便会迎来犹如神助的新天地。这样的时刻，恰是自性光明的呈现。自性光明呈现出来，便是得道成佛，便是"如来"。

佛陀的无上正等正觉，也称为自在慧。获得了真正智慧，便处自在之境；感到天然自在，便处于智慧之中。

说说唐僧团队的名号

悟空哥仨，是唐僧的徒弟，再加上白龙马，组成了一个完整的任务团队。这个团队成员的名号，是非常有讲究的，其中蕴藏着认识论与方法论。

唐僧，小名江流儿，法号玄藏，被尊称为"三藏法师"，别号"金蝉子"。江流有曲折、执着、奔流不息之意；玄藏代表着取经的使命任务；"金蝉子"就是总有一天会破壳而出、脱胎换骨。发大愿，必受大难。道路是艰难曲折的，使命是光荣的，必须有坚定的意志，才能够修得正果。

孙悟空，法号悟空，号称"齐天大圣"，混号行者。本事太大，急需悟空，悟空之后，方知空之不空，知道空之不空，行动起来就会恰如其分。行者，即是身妙行、语妙行、意妙行。本领越高强，越要在有为无为之间拿捏，方能成其大用，收获真空妙有。"金箍儿"箍的是"齐天大圣"的表现欲，此欲一灭，便见空空，得见空空，金箍棒才能如意。能力超强的人，若是不能悟空，都不会有好结局。

猪八戒，法号悟能，诨号八戒，悟空常戏谑其为"呆子"。悟能，知其能又知其不能。要知行合一，必须"八戒"。"八戒"者，取舍也。什么都想要，啥也得不到。"呆子"者，不去装聪明、耍心眼、显本事。以呆萌示人，亦是智慧。这个"戒"，不是畏，不是守，不是止，而是一种欢悦的状态，以喜心而行。在一个团队里，自己的能力处在不上不下的位置，是比较尴尬的，往往心有不甘。不甘心，就会举措失当，越努力越被动。一个好的团队，必须有"八戒"，一定得有"呆子"。

沙和尚，法号悟净，又称沙僧、沙和尚。"沙"乃沙门之沙，有息心、净志之意。悟得净，和得净，然后气定神闲，心情和畅。净，是不空不假、不有不无，既有寂然大乐，又有乐及众生。大家个个心猿意马，相互之间别别扭扭，如何做得了事业？沙和尚能力一般，维护大局的意识却很强。方向上不动摇，言行上有分寸，是团队和谐的中坚力量。自己的业务能力弱，就得在团结上多努力，当好稳定剂，让本领强的队友踏踏实实地在一线拼搏。这样的人，类似象棋中的士，一心一意地看好后院，本本分分地守护大帅。

白龙马原本是龙，变身为马，象征着龙马精神。龙会腾云驾雾，驭风而行；马儿脚踏实地，奋勇向前。一个团队要做出一番事业，既要仰望天空，又要脚踏实地。

空能净，净能空，能净空，则可乘龙驭马，成"三藏法师"也！

悟空、悟能、悟净，其根本之义，就是无一法可得、无一境可入、无一慧可执。懂得眼见不实，万法皆空，才是智上之智。

第二章　物非物

吴承恩笔下的物，皆有多重隐喻，是物又不是物。物质世界是我们的思维建立的模型，佛希望我们用慧心去认识那个本来世界、真实净土。

眼睛看到的、感官感知到的、思维认知到的，皆无真实，但并非无用。

太上老君的炼丹炉咋不靠谱

太上老君在上界搞了一座炼丹炉，专炼仙丹。他的仙丹，跟五常大米似的，属于贡品。

道家热衷炼丹修仙之类的事，一直被不少人认为是愚昧迷信，也一直倍受一些人的推崇，这类事情到底靠不靠谱呢？

这事得两说。

要说那些玩意儿非常靠谱，肯定不符合事实。不过呢，要说就是愚昧，也不是很公平。道家那些玩意儿和中医治病救人的手段是同一道理，只是中医追求治病，道家追求养生，特别是长生不老，其方向是没有问题的。牛顿对此也有研究，只是没有公开。事实是，所有的科学，都是从不靠谱走向靠谱，然后又发现新的不靠谱，再重新走向靠谱，如此循环往复，谁也不知道究竟什么时候才能绝对靠谱。

科学的发展史，就是过去的科学不断被证明不靠谱的历史。用不了多久，医学就会证明，今天那些公认的行之有效的治病救人手段都是愚蠢至极的、十分荒谬的、非常可笑的。

孙悟空被玉帝判了死刑，可什么办法都用上了，就是弄不死他。太上老君想起了自己的炼丹炉，于是向玉帝申请，把这个艰巨的任务交给老夫的炼丹炉吧！玉帝根本没什么选择，却还是故作沉稳、相当慎重地批准了。主要领导的重要特质之一，就是沉得住气。领导沉住气，下属才有勇气。

太上老君为啥要勇挑重担？这老仙翁是有私心的。孙悟空偷吃了他的仙丹，他想把孙悟空放进炼丹炉里，把他吃进肚子里的仙丹给炼出来，同时还帮玉帝解决了一个难题，又给天界保住了面子，可以说是一石三鸟。

太上老君把孙悟空弄进炼丹炉，用上了阴阳二气，使上了三昧真火，心里有了十足的把握，就等着七七四十九天过后，开炉收取仙丹了。四十九天终于到了，太上老君命弟子打开炉子，还没来得及看呢，那孙悟空便从中跳将出来。这猴子不仅没被烧死，还炼就了一副火眼金睛。太上老君不仅没炼出仙丹，还让孙悟空把炼丹炉给砸了。

这一段讲的就是诸行无常。别以为天天健身就一定身体康健，不要以为自己天天用功就一定会成功，更不能以为自己聪明就可以与众不同。无论你有什么样的条件，不管你怎么努力，都不一定能得到你想要的结果。那该怎么办呢？干脆"躺平"，岂不更好？其实没有正确答案。许多思想观点、知识信息等都可以当作"参考消息"，参考之后喜欢干吗就干吗，但无论干吗都不可执着于某个目标或某种目的。或者说，做就是目标，喜欢便是结果，没有其他的东西。

世法无常，都有"成、住、坏、空"，决无一物可以依靠。即使是科学技术，也是徘徊在靠谱与不靠谱之间，行走在管用和不管用之间。

太上老君的炼丹炉，炼出仙丹的时候少，失败的时候多，我们不可能比太上老君水平更高。

那幅圯桥进履的画儿

孙悟空打死了六个山贼，唐僧不忍，教训了悟空几句，还要炒悟空"鱿鱼"，悟空恼了，架云而去。

悟空到了龙王那儿，龙王便问："你不西行，往东来干什么呢？"悟空就说了自己如何打死毛贼，唐僧如何絮絮叨叨，恼得自己不想干了，欲回花果山图个自在，刚好经过此地，来讨杯茶吃。

龙王命龙子龙孙即捧香茶来献。茶毕，悟空回头一看，见后壁上挂着一幅圯桥进履的画儿，便问道："这是甚么景致？"龙王道："大圣在先，此事在后，故你不认得。这叫做圯桥三进履。"悟空道："怎的是三进履？"龙王道："此仙乃是黄石公，此子乃是汉世张良。石公坐在圯桥上，忽然失履于桥下，遂唤张良取来。此子即忙取来，跪献于前。如此三度，张良略无一毫倨傲怠慢之心，石公遂爱他勤谨，夜授天书，着他扶汉。后张良果然运筹帷幄之中，决胜千里之外。太平后，弃职归山，从赤松子游，悟成仙道。大圣，你若不保唐僧，不尽勤劳，不受教诲，到底是个妖仙，休想得成正果。"悟空听了，沉吟半晌不语。龙王道："大圣自当裁处，不可图自在，误了前程。"悟空道："莫多话，老孙还去保他便了。"龙王欣喜道："既如此，不敢久留，请大圣早发慈悲，莫要疏久了你师父。"悟空见他催促请行,急耸身,出离海藏,驾着云,别了龙王。正走,却遇着南海菩萨。菩萨道:"孙悟空,你怎么不受教诲,不保唐僧,来此处何干?"慌得个行者在云端里施礼道:"向蒙菩萨善言,果有唐朝僧到,揭了压帖,救了我命,跟他做了徒弟。他却怪我凶顽,我才闪了他一闪,如今就去保他也。"菩萨道:"赶早去,莫错过了念头。"

这一段讲的是"六波罗蜜"之一的忍辱波罗蜜。其中有音响忍、柔顺忍、无生法忍和十法忍。音响忍是功夫忍,柔顺忍是性德忍,无生法忍是功德忍,十法忍是智慧忍。

张良的忍是功夫忍。黄石公故意对他轻慢,屡次不守时,每每不讲理,可张良不急不恼,始终保持恭敬的态度。唐僧并没有轻慢悟空,只是给他讲了些道理,规劝了一番,那孙悟空便受不了啦!孙悟空像个孩子,只能赞美不能批评,越夸越能干,一批评就闹情绪。所以孙悟空需要的是柔顺忍,就是需要磨磨性子。

孩子的脸,六月天,说变就变。孙悟空听龙王讲了张良的故事,猴脸就晴天了,就返回唐僧身边了。

人有了能力、权力等资源的时候,一般就忍不了。有能力的人,对领导忍不了,就会失去平台,整天觉得自己怀才不遇。权力在手的人,基本不知道忍,有能力的人就会与其离心离德,也就很难获得可持续发展。

唐僧肉是个啥

唐僧肉在《西游记》中,是故事得以展开的重要"物件"。那些妖魔鬼怪都是为了吃唐僧肉,才与唐僧团队产生了争执。一方要吃唐僧肉,一方要保唐僧平安,这才有了事故与故事。

他们为啥要吃唐僧肉？吃了唐僧肉可以长命百岁。吃了唐僧肉果真能长命百岁？谁也没吃过，就是一个传说。长生不老的传说，太多了！

因为，不想活的人极少，绝大多数人都想多活几年，最好是长生不老，从古到今，莫不如此。欲望太强，就会生出颠倒妄想、痴念幻觉。有了妄念，就会犯错，要么上当受骗，要么祸害他人。

三类群体是最容易让人骗钱的：儿童、女性、老人。家长多是望子成龙，女生多想貌美如花，老人多想长命百岁。

并不是骗子骗术高，也不是被骗者智商低。这种事，许多人都是宁信其有、不信其无。行动起来呢，便是宁可错花一万，也不能漏掉一次机会。

话说回来，佛祖释迦牟尼，曾经以身饲虎，一心向佛的唐僧，为啥就不让人吃呢？佛祖碰上的那只虎，已经快要饿死了，而唐僧面对的那些妖自己活得好好的，却为了自己长命而去害别人的命。佛虽慈悲，也不是什么样的人都帮助，更不是什么样的愿望都去满足。

吃"唐僧肉"，就是凡夫俗子颠倒梦想的具象化表达。老是想吃"唐僧肉"，就会变成妖精。

为啥要吃唐僧肉

为啥那么多妖精都想吃唐僧肉，为此不惜付出性命？

提出这个问题似乎很业余太多余。书中说得很明白，就是可以延年益寿、长生不老嘛！问题之一是，达到目的了吗？问题之二是，没达到目的就是错吗？问题之三是，我们有没有类似的错误？又错在哪里？

显然，妖精们都没有达到目的。为什么呢？方法不对。吃唐僧肉虽然可延年益寿，可你没这个能力去消受，你去硬争强抢，不但不能益寿，而且性命堪忧。有钱能使鬼推磨，可你不量力而行去弄钱，那就是小鬼让你给钱推磨了。

但是，方法不对，并不一定是目的有错。不围绕目的的方法论都是在耍流氓。长生不老是人类最古老的梦想之一。道家是最积极的倡导者与最大胆的实践者。尽管他们没有找到普遍有效的方式方法，却也探索出了一系列养生修心的理念与功法。其中一些人为之付出了生命。我们对他们应该尊敬还嘲讽呢？

我反复强调，科学是从不科学而来的。过去的不科学变成了今天的科学，今天的科学必定是未来的不科学。科学就是不断证明自己不科学，这就是伟大的科学精神。之所以反复强调这个问题，是因为我们如今陷入了"科学主义"，多数人不知道科学只是比较"有用"的幻相。

人类不会放弃长生不老的梦想，任何宗教都不会说人只有死路一条。因为人生梦想关系到人生态度。梦想病了，生命就难言健康；梦想死了，生活就会醉生梦死。正是因为妖精们还有梦想，才有机会回到菩萨身边去提高修养。

凡事都有两面性，梦想也同样。有梦想、有目标，急于变现，就可能用错方法、走错道路。我们的错误大多数都发生在思路、道路与方式方法上。比如，我们大都想多活几年，就会去吃一些不该吃的东西，浪费了辛辛苦苦挣来的钱，还损害了自己的身体健康。

吃唐僧肉这件事，根本的错误是用别人的生命来换取自己的生命。想想看，我们人类不是经常犯这样的错误吗？把自己的幸福快乐建立在别人的痛苦之上的事，不是随时随地都在发生吗？

拿起妖精这面镜子，多照照我们自己，或许更有利于延年益寿。

紧箍咒是个啥

孙悟空拜唐僧为师，护送师父去西天取经。这猴子虽说入了佛门，却依然随性而为，并不受唐僧约束。哄着、惯着还行，一受批评教育就闹情绪，动不动就撂挑子。

观音菩萨见唐僧管不了孙悟空，就给了唐僧一顶帽子，告诉他如此这般，今后则由不得这猴子不听话。

孙悟空见师父这儿有一顶金黄色的帽子，十分好看，便向师父讨要。唐僧故意装作不太情愿似的说："拿去吧！"孙悟空喜得不行不行的，戴上帽子，跑到湖边去看水中倒影，摇头晃脑，越看越开心。戴上帽子，不仅可自我欣赏，也可羡煞他人。这就是帽子的魅力！

唐僧想试试观音菩萨传授的办法行不行，便趁机念起了咒语。孙悟空顿时头疼欲裂，急忙将帽子扯下，抛向空中，却发现那帽子竟变成了一道金箍，牢牢地套在了自己头上，怎么也取不下来。孙悟空用如意金箍棒来撬，折腾来折腾去，就是弄不掉。

这个紧箍咒到底是个啥？其实我们都特别熟悉，人人都有，它就是"官帽子""高帽子"之类的玩意儿，或者说是某种诱惑。

想想看，现实生活中，职场中的人们为什么那么听话？为什么说讨好的话？为什么言不由衷？无非是为了保住"帽子"或者是为了得到更大的"帽子"。

一个人一旦不在乎"帽子"了，就不太好管理了。

当主要领导当久了，必定会苦口婆心地教育下属，做事是最重要的，做事要先做人，不要光想着做大官。领导说的是不是真心话？大体上是。因为他的"帽子"供不应求，必须降低内需，才能维系市场平衡。好的局面是需求略大于供给。

如果领导的下属都像孙悟空那样有本事，还想把"帽子"给扔了，他一定会念"紧箍咒"的。

有实权的官员，一般不那么平易近人。其中一个重要原因是，和下属们关系太近了，比较容易造成需求上涨，"帽子"供应不足，接下来就会生怨。但上级一般会"越级平易"，因为下下级的"帽子"不归他管，矛盾不会集中到他身上。而下属一般特别愿意密切联系领导，因为如此才能让领导直接感受到自己的能力与需求。

有的人，想戴"帽子"，领导会不高兴；有的人，不想戴"帽子"，领导也会不高兴。

"帽子"意指权力。"金箍"就是权力欲。紧箍咒是定心的。定什么心？贪、嗔、痴、慢、疑、不正见也，就是定"六根"。

三个金箍儿

菩萨从如来佛那里弄了三个金箍，分别给了孙悟空、狮子精和红孩儿。

这金箍儿，从被动的角度来理解，就是人的贪欲。你想要什么，就被什么所拘役，欲望越强烈，拘得就越紧密。欲望受挫，就会焦虑、失落与痛苦。那个"箍儿"，就是自己的尘心俗念。其实企业搞的所有许多制度改革、种种激励措施，本质就是给员工戴上"箍儿"。不断地给员工打造各种"箍儿"，经常性地念"咒"。但是，现在企业搞的东西大多是矛盾的。什么矛盾呢？在制定政策的时候，绞尽脑汁给员工戴上"箍儿"；在搞企业文化的时候，又苦口婆心地开导员工不要被"箍儿"所困。为什么会这样？员工不戴"箍儿"，没有欲望，企业不好办；员工戴上"箍儿"，欲望满足不了，企业还是不好办。

你看看，当领导，搞企业，有多么不易！一会儿夸矛利，一会儿赞盾坚，还不能让大家觉得有矛盾，这可不是一般的"黑科技"。

其实，这事换一个角度看就对了。啥角度？从主动的角度来看，金箍儿就是自觉的自我修炼。三个金箍儿，各有一套咒语，分别叫作"金、紧、禁"。"金"有刚决果断之属性，做人成事，实属必备。"紧"有持续发力之意涵，修身立业，自当久久为功。"禁"有自律专注之要义，格物致用，自当心无旁骛。一言以蔽之，就是自贵自重自成。这样看来，戴上"箍儿"，还是大有益处的。不过，也得格外注意，千万别戴错了。

有道家真人，提醒大众，对那紧箍咒，切莫妄解！三篇咒语，乃是诀中之诀，若有能得其法者，一念回机，便同本得，刹那成佛。

五宝相会

唐僧团队有五件宝，分别是唐僧的袈裟、锡杖，孙悟空的如意金箍棒，猪八戒的九齿耙，沙和尚的宝杖。

按照《西游原旨》的作者刘一明的说法，唐僧团队的五件宝贝，是元会之功，是阴阳五行实际应用的一个具体事例。我们不说阴阳五行，我们从物理学的角度来聊聊。

所有的物质都是由基本粒子组成的，粒子的万千组合，形成了物质的千姿百态。粒子的数量、质量、位置等的变化，就会带来物质属性的变化。物理学最基础的东西与阴阳五行的道理是大体一致的。

当过电工的，都知道电工有一个工具包，里面有钳子、扳子、螺丝刀、尖嘴钳等,有了这样一组工具,工作上遇到的一般问题就能够自行解决。组合的要点在结构,结构变,结构合理,功能才增加或增强。其中的关键并不在于数量。你说你的工具包里有很多工具,如果都是一样的工具,那其实功能并没有增加,只是说有足够的备用,可靠性增强了。

硬的工具要有组合、建结构,软的方法也要有组合、搭结构。这都是非常重要的事情。比如中国足球这么多年就是搞不好,并不是从业人员不努力,也不是他们的方法全错了,也不是他们只知道谋私利,而是缺乏结构上的合理安排。咱一会说联赛为本,一会说青少年足球是根,一会说一切服务于国家队建设,从来没有一个系统性的摆布,折腾了四十多年,到如今样样都成空。

足球运动是一项系统性、复杂性非常强的竞技运动,涉及的方面非常广泛,因此在工作措施上就特别需要一个结构性的安排,以合理结构来应对系统性与复杂性。其实,咱们使用的方法不可谓不多,问题就在于并没有形成一个合理的稳定的结构。

要改变一个事物的性状,可以从改变它的结构做起。所以,我们经常听到"调结构"这个词,几乎所有的改革都是在调结构,只是抓手有区别而已。我们每一个人都需要调结构,比如饮食结构、财富结构、知识结构、朋友的结构、工作方法的结构、时间安排的结构等等。当你觉得身体不舒服、工作不顺心、生活不如意的时候,首先要想到的就是调结构。我们经常讲提高生活质量,质量从何而来?主要是结构合理。数量也很重要,但是数量再增加,结构不合理,仍然没有质量,这是其一。其二,增加数量相对于调整结构,付出的成本要高得多,从投资收益率说,调结构要优于增数量。

菩萨给唐僧安排徒弟,是从组织结构上考虑的,其中也有他们使用的工具的结构。

净瓶与柳枝儿

菩萨现场办公,经常带着两大件:净瓶和柳枝儿。

有了这两样,好像啥事都能解决了。在鹰愁涧现场,他把龙子变成了白龙马。在万寿山现场,让人参果树起死回生。就这两样再寻常不过的物件,如何有这么大的神通?

净瓶,虚空圆融、干净纯净之意。净瓶之水,纯净温柔之水,可净万物,可润生命。柳枝儿,绿叶盈盈,秀丽可爱,如爱之温情、情之绵柔,乃柔弱胜刚强之意。孙悟空逞强斗勇,奈何不了小白龙。菩萨手持净瓶、柳枝儿,那小白龙就甘愿当牛做马了。

净瓶之水,内敛外秀,有张有弛,静则纹丝不动,动时有节有度。有阴有阳,因势而变。做人干净,但不以干净自视;做事干净,事成而不居功。无为生有为,有为存无为。由人道而至天道也!

柳枝儿,柔顺,阴之用也;柔韧,阳之用也。阴阳互济,妙理妙用也。至顺至柔,阴极而刚生,此刚乃无刚之刚也。至柔之刚,无克无不克。

心静,可了大局,可察细微,便可从那些寻常现象、寻常物件中发现不寻常之处。心如止水,可察万千气象。

两口赤铜刀与三股钢叉

《西游记》里的兵器、法器等皆有讲究、都有隐喻。

黄风山上,开路虎使的是两口赤铜刀,老鼠精黄风怪持的是一杆三股钢叉。

"赤铜",心之象征。赤心乃赤子之心、是为初心,赤心沾上"铜"便成了尘心。"铜"即物质世界。"赤铜刀"即尘心如刀,具有两面性。"两口刀"就是起了"二心",生了分别。这"二心"一动,恶行便出。我们说"一心一意""全心全意",就是指请走"二心",请出初心、本心。初心为"一",本心即"全"。

"三"为多。"三股钢叉"意为欲念丛生,心思不定。黄风怪听了小妖们的报告,低头不言语,一时没了主意。一通胡思乱想之后,拿了三股钢叉,跳出洞来。这就是欲念一动,风险不知,好歹不分,只在那岔路上蹿来跳去。

芭蕉扇为啥能灭火

火借风势,风助火威,熊熊烈火越烧越旺,腾空而起,映红天际。我们常见到类似的文字,却极少见到下面这样的记述:那山火迅速蔓延,眼见就要掠过山脚下的村庄,灾难即将发生。忽然间,狂风大作,竟把那山火给吹灭了。

通常情况下,风与火相生,水与火相克,灭火多用水。吴承恩为啥偏要弄出一把可以灭火的芭蕉扇?又为何偏要让孙悟空去借芭蕉扇?

孙悟空和四海龙王都很熟,干吗不请龙王调水来浇灭火焰山?孙悟空和雨神也有交情,干吗不请雨神来帮忙?特殊情况下,暴风也是能够灭火的,干吗不请风神做件善事?

玄机就在吴承恩在这里安排的一段小插曲里。

那铁扇公主是牛魔王的媳妇,可牛魔王近来迷上了年轻貌美的狐狸精，已经许久不回家了。铁扇公主则是红孩儿的娘亲，牛魔王又是红孩儿的生父。

吴承恩这么铺排是几个意思？

铁扇公主独守空房。她好生寂寞，无处发泄，便在洞中耍剑，耍着耍着，就出现了牛魔王的幻影，可见她阴阳失衡已到何等地步了。男人为阳，女人为阴。缺男人，则阴盛。阴盛则克阳。可这与用芭蕉扇灭火有什么关系呀？原本是没有的，可万物是相互联系相互供养的。想想看，铁扇公主把那扇子放在何处？她的嘴里嘛！因此，这扇子便属阴，便能克火。这要是让贾平凹来写，可能就不是放在嘴里，而是放在象征意义更明显的地方了。

现在有些名人，犯了男女问题，老婆揭竿而起，被称为后院起火。其实不是起火，而是起了水患。

借个扇子，用完即还，这对孙悟空并非难事。可铁扇公主偏偏是红孩儿的娘亲，是仇家。这就难了。

吴承恩铺排了这一段，主要表达了两个意思：一个是五行相生相克、阴阳平衡，凡事要有度，这是中国哲学的认识论。一个是因果相生，有果必有因，有因必生果，凡事不能只看眼前得失，这是佛家的因果论。

好稀罕的人参果

唐僧师徒走到了万寿山，就见此处不同凡响。原来这山中有一座观，名唤五庄观，观有一老仙，道号镇元子，混名与世同君。那观里有一样异宝，乃是混沌初分，鸿蒙始判，天地未开之际，产成一棵灵根。天下四大部洲，惟西牛贺洲五庄观出此，唤名草还丹，又名人参果。三千年一开花，三千年一结果，再三千年才得熟，最少一万年才能吃。而且这万年之中，只结得三十个果子。果子的模样，就如三朝未满的小孩相似，四肢俱全，五官咸备。人若有缘，得那果子闻上一闻，就活三百六十岁；吃上一个，就活四万七千年。

这一段主要是介绍人参果，核心就是四个字：稀罕，珍贵。这人参果树，天地未开之时而生，天下只此一地才有。这果子一万年才能成熟，才结三十个果子，你说得有多稀罕！这人参果有啥用呢？闻一下，就能活三百六十岁；吃上一个就能活四万七千年，你说有多珍贵！

无巧不成书。唐僧师徒来到万寿山，恰好当日镇元大仙得元始天尊的简帖，邀他到上清天上弥罗宫中听讲混元道课。他就带领四十六个徒弟到上界去听讲，留下两个绝小的看家：一个唤作清风，一个唤作明月。书中交代，清风只有一千三百二十岁，明月才有一千二百岁。这个年龄的神仙，称作仙童。一千多岁，相当于尘间十多岁的儿童。吴承恩在这里在反复讲时间，用意何在？

这就得先聊聊时间是什么。

这个问题聊上几十万字也聊不透彻，这里单说一个方面。在我们大多数人的感觉里，时间如流水，转瞬即逝，谁也留不住。但在爱因斯坦的观念里，时间是宇宙的一个维度，与长宽高一起组成了四维时空。在佛学的世界里，时间在时空里、在事件里、在事物里，不来不去、不生不灭。我们习惯上说的时间长度有什么意义呢？或者说，我们为什么渴望长生不老？因为时间作为一种要素，不同的时间可以把我们组合成完全不同的生命，而这个不同的生命会有不同的世界观、人生观、价值观。

有一个段子，说是有个老男人就是死不了，和周围的老太太都婚姻了个遍，觉得活着实在没意思了，就去了医院。医生说："这是疑难杂症，无药可治，去找中医试试吧！"老男人就找了一位著名的老中医。老中医问："哪儿不舒服？"老男人说："哪儿哪儿都舒服，就是活着不舒服，想死！"老中医说："我要能治这个病，我早死了，还在这给你看病啊！"

这个段子好笑吗？好不好笑，分谁。其实这和燕雀不理解鲲鹏为何要折腾到九万里的高空去远行是一样的。你认为活久了没意思，是因为你只看到了身边的几位"老太太"，不知道外面还有很多"老太太"；还因为，你不知道外面还有比"老太太"更有趣的事物、事情；就像细菌不知道世上还有老太太，更不知道和老太太一起做运动是一件很开心的事情。

大多数人不会在意踩到了一只蚂蚁，可如果是一只千年乌龟呢？可能大多数人就不会像对待蚂蚁那样随意。这里面就有时间的力量。想想看，蚂蚁为何紧忙活？老龟凭啥能"躺平"？

成"精"是需要时间的。

人能够成为自然界的"老大"，最重要的原因就是得到了时间的鼎力相助。首先是寿命长。寿命长，就为见识多、经验多提供了前提、创造了条件。然后有了语言文字。有语言文字，就可以把"时间之果"保存下来，流传下去。我们今天读《西游记》，就是吃百年的"人参果"；读《道德经》、佛经等就是在吃千年"人参果"。

时间到哪儿去了？时间哪儿也没去，它和有情人结果子去了。如果你不和时间一起做运动，你和时间便都成空。

紫金红葫芦怎么能装那么多人

平顶山，莲花洞，住着两个魔头，称作老魔和二魔。这二魔手里有五种秘密武器，其中有一种叫作紫金红葫芦。你道这玩意儿有多厉害？有小妖说得明白："把这宝贝的底儿朝天，口儿朝地，叫他一声，他若应了，就装在里面，贴上一张太上老君急急如律令奉敕的帖子，他就一时三刻化为脓了。"

孙悟空知道了这宝贝的用法，心里有了防备，在与二魔交手时，用了假名，一会说叫者行孙，一会说叫行者孙。二魔叫他名字时，忍不住就应了一声，"嗖"的一声就被葫芦吸了进去。幸亏孙悟空练就金身，耐得住烈火高温，才没有被化为脓水。

孙悟空用了个假名，可他没算到，那葫芦并不管真名假名，只要你应了，它就把你吸进去。

吴承恩弄出这么个紫金红葫芦意欲何为？

一个人名气大，我们一般称之为大红大紫，"金"也代表尊贵、金贵。"紫金红"意思就是大红大紫、身份高贵。

名声是个值得珍惜的东西，可把握不好就不是好东西。你太在乎自己的名声，就会被这个名声所困所累。该放下或者舍弃部分名声的时候，你不肯撒手，你原有的名声就会化为"脓水"，十分恶心人。

有的人，上错了床，没曾想那女子另有他途，或者要利用他谋财，或者要利用他获取内部信息。此时，如果不怕丢了名声或位子，也就是个道德作风问题。但大多数人都害怕失去，这就等于你给人家送了一只"紫金红葫芦"，迟早要被装进去化为"脓水"。

想那"竹林七贤"，放浪形骸，袒胸露体，伴猪而眠，你骂他们是"废柴""渣男""畜生"，又有何用？你看重的东西，他们根本就不在乎嘛！

列位，吴承恩是让大家不要脸吗？错。只管要自己的脸，不必在乎别人的脸。传得久的名声不是别人喊出来的，而是自己业力的后续自然呈现。

寻常一根针

唐僧师徒烧了盘丝洞，匆忙前行，来到一座道观，名曰"黄花观"。

这黄花观的主人，被称为多目虫。盘丝洞里住的七位女妖恰是他的师妹。七位女妖见盘丝洞被烧，便投奔师兄而来，得知唐僧师徒在此，便与师兄共谋，欲取其性命，自然又是几番斗智斗勇。拼硬实力，那百目虫自是干不过悟空。情急之下，百目虫解开上衣，露出前胸，但见满肚子上都是眼睛，一时齐射金光，大概类似今天的"引力罩"。孙悟空被金光罩住，逃脱不掉，忙变身为穿山甲，一气钻了二十多里地，方才出头。孙悟空现了真身，浑身酸痛，止不住流下泪来。

正悲切间，闻得背后有妇人哭泣，回头看去，见一妇人一步一哭地走来。简短解说，那妇人原来是黎山老母，专为搭救唐僧师徒而来。他告诉悟空，此处向南千里之遥，有一座山，名唤紫云山，山中有个千花洞。洞里有位圣贤，唤作毗蓝婆，能降得此怪。

孙悟空到了紫云山千花洞，求毗蓝婆出面搭救师父。毗蓝婆答应即刻启程，孙悟空说："我忒无知，擅自催促，但不知曾带甚么兵器。"菩萨道："我有个绣花针儿，能破那厮。"行者忍不住道："老姆误了我，早知是绣花针，不须劳你，就问老孙要一担也是有的。"毗蓝婆道："你那绣花针，无非是钢铁金针，用不得。我这宝贝，非钢，非铁，非金，乃我小儿日眼里炼成的。"孙悟空道："令郎是谁？"毗蓝婆道："小儿乃昴日星官。"行者惊骇不已。

两位架起云头，转瞬就到了黄花观。孙悟空挑逗百目虫出来打斗，百目虫故技重演，毗蓝随于衣领里取出一个绣花针，似眉毛粗细，有五六分长短，拈在手，往空中抛去。少时间，响一声，破了金光。悟空喜道："感蒙大德，岂不奉承！但只是教他现了本象，我们看看。"毗蓝婆道："容易。"即上前用手一指，那道士噗的倒在尘埃，现了原身，乃是一条七尺长短的大蜈蚣精。毗蓝婆使小指头挑起，驾祥云径转千花洞去。八戒打仰道："这妈妈儿却也厉害，怎么就降这般恶物？"孙悟空笑道："我问她有甚兵器破他金光，她道有个绣花针儿，是他儿子在日眼里炼的。及问他令郎是谁，她道是昴日星官。我想昴日星是只公鸡，这老妈妈子必定是个母鸡。鸡最能降蜈蚣，所以能收伏也。"

一物降一物，卤水点豆腐。这里用的又是五行之论。按照这个理论，世上没有不败之身、没有万能的法宝、没有解不了的难题；也没有无用之物、无用之人、无用之法。平时不起眼的物件，可能派上大用场；平常起不了啥作用的人，特殊时刻可能解决大问题；平常没啥用的点子，特殊情况下可能就是金点子。

冲天冠与无忧履

孙悟空在乌鸡国降服了妖怪，回到朝内，把情况和大家说了，君臣听了，喜之不尽。忽听黄门官来报："外面又来了四个和尚。"猪八戒听了，说道："猴哥，莫不是妖精又来和我们斗智？"孙悟空道："岂有此理！"就让宣进来。四人进来，悟空一看，原来是那宝林寺僧人，捧着那冲天冠、碧玉带、赭黄袍、无忧履进得来也。孙悟空大喜道："来得好！来得好！"便教国王过来，摘下包巾，戴上冲天冠；脱了布衣，穿上赭黄袍；解了绦子，系上碧玉带；褪了僧鞋，登上无忧履。教太子拿出白玉圭来，与他执在手里，早请上殿称孤，正是自古道："朝廷不可一日无君。"那国王并不肯坐，哭啼啼跪在阶心道："我已死三年，今蒙师父救我回生，怎么又敢妄自称尊？请那一位师父为君，我情愿领妻子城外为民足矣。"那唐僧哪里肯受，一心只是要拜佛求经。又请行者，行者笑道："不瞒列位说，老孙若肯做皇帝，天下万国九州皇帝，都做遍了。只是我们做惯了和尚，是这般懒散。若做了皇帝，就要留头长发，黄昏不睡，五鼓不眠，听有边报，心神不安；见有灾荒，忧愁无奈。我们怎么弄得惯？你还做你的皇帝，我还做我的和尚，修功行去也。"那国王苦让不过，只得上了宝殿，南面称孤，大赦天下，封赠了宝林寺僧人回去。

各位，这里说的冲天冠、碧玉带、赭黄袍、无忧履等玩意儿是些什么东西？它们不是东西，是人的痴愚。冲天冠是齐天的名声，碧玉带是罕见的财富，赭黄袍是至高的权力，有了这些还不够，还要无忧无虑、开开心心。就是要无边的好处，不要分毫的承担。这世上何来这等好事？戴上冲天冠，就穿不得无忧履。你既要又要还要，岂不是颠倒梦想、愚昧至极！可是，如若看看世人、想想自己，又有几个不是局中人呢？尘世之人，大多是给自己玩"谍中谍"的，而且一定要玩成系列才过瘾。

世人总会给自己找一个理由，自己骗自己是一个例外。孙悟空一句"朝廷不可一日无君"，那国王便哭哭啼啼地接受了，仿佛自己真是很不情愿似的。

白森森的圈子

孙悟空自出道以来，遇上了第一个真正厉害的对手。厉害到什么程度呢？不仅孙悟空干不过，天兵天将干不过，就连如来佛派来的十八罗汉，带着如来佛的仙丹，还是干不过。这个对手住在金兜山金兜洞，号称兕大王。

这魔头手里有一个看上去白森森的圈子，只要他将那圈子往空中一抛，任你手中有何等神器，都会被它给圈了去。孙悟空的如意金箍棒，哪吒手里的六件降妖法器，都被圈去了两次。

这个圈子是个啥玩意儿？

这事得从头说起。唐僧饿了，叫悟空去化斋。悟空说此处凶险，我画个圈子，你们待在里面，千万不要出圈，一定等我回来。唐僧、八戒未听悟空告诫，出了圈子，误入圈套，被魔王给捉了去。

列位，出事出在不在自己圈子，坏事坏在入了别人圈子。事后，唐僧说："早知不出圈痕，那有此杀身之害。"悟空道："只因你不信我的圈子，却教你受别人的圈子。多少苦楚，可叹！可叹！"

这唐僧与悟空说的圈子与魔头手里的圈子是一个圈子吗？

表面上是两个圈子，一个是孙悟空画在地上的圈子，一个是魔头手里的圈子；可实质上又是一个圈子。这个圈子就是主见、总纲，所谓纲举目张。有了这个圈子，就可以圈住一切；丢了这个圈子，一切都会被圈住。

故事的标题写得明白，"情乱性从因爱欲，神昏心动遇魔头"。唐僧、八戒因腹饥体寒，乱了心性，丢了元初，被肉体欲望所支配，也就是出了"圈子"。自己没了主见，失了抓手，必然为外力所左右，也就是被别人的圈子圈了进去。

今天，媒体经常用"出圈"来形容某个人大火。所谓"出圈"正与那魔王抛出白森森的圈子一样，就是具有牵引别人、支配别人的能力。所谓"无脑粉"，就是自己没有主意，丢了"圈子"，和唐僧、八戒当时的情况差不多。

书中交代，那个圈子是老君的金钢琢，那魔头是老君的坐骑青牛。老君收了圈子，让魔头现了原身，往圈子吹了一口仙气，穿了青牛的鼻子，解下勒袍带，系在了圈子上，跨上青牛背，驾起彩云，高升离恨天。

此处，作者已经点明，圈子乃"牵引"之物也。如何不被圈子牵引？或者如何不失圈子？"常净常清净，方可论元初。"心不乱，魔自消也。

一只金铙困悟空

孙悟空有七十二变，少有什么东西能拿住他，但一只金铙却让他无计可施。

唐僧团队来到小雷音寺，悟空说此处有杀气，不可进入。唐僧说，既然到了雷音寺，可不能错过机会。师徒进去拜佛，悟空仔细分辨，发现是假，即刻掣棒，喝道："你这伙孽畜，十分胆大！怎么假倚佛名，败坏如来清德！不要走！"双手抡棒，上前便打。只听得半空中"叮"的一声，撇下一副金铙，把行者连头带足，合在金铙之内。慌得个猪八戒、沙和尚连忙使起钯杖，就被些阿罗揭谛、圣僧道者一拥近前围绕。他两个措手不及，尽被拿了，将三藏捉住，一齐都绳缠索绑，紧缚牢栓。

原来那莲花座上装佛祖的是个妖王，众阿罗汉等都是些小怪。遂收了佛祖体象，依然现出妖身，将三众抬入后边收藏，把行者合在金铙之中永不开放，只搁在宝台之上，等三昼夜化为脓血。待化了悟空，再将铁笼蒸其他三个受用。

玉帝得到唐僧师徒被困的消息，差二十八宿星辰，快去释厄降妖。那星宿不敢少缓，火速赶到事发现场。此时已是二更时分，那些大小妖精，因掳了唐僧，得了老妖犒赏，都在睡大觉做美梦。众星宿更不惊张，都到铙钹之外报道："大圣，我等是玉帝差来二十八宿，到此救你。"悟空听说大喜，便叫："动兵器打破，老孙就出来了！"众星宿道："不敢打，此物乃浑金之宝，打着必响；响时惊动妖魔，却难救拔。等我们用兵器捎他，你那里但见有一些光处就走。"悟空道："正是。"

这帮援兵，使枪的使枪，使剑的使剑，使刀的使刀，使斧的使斧；扛的扛，抬的抬，掀的掀，捎的捎，弄到有三更天气，漠然不动。那行者在里边，东张张，西望望，爬过来，滚过去，莫想看见一些光亮。亢金龙道："大圣啊，且休焦躁，观此宝定是个如意之物，断然也能变化。你在那里面，于那合缝之处，用手摸着，等我使角尖儿拱进来，你可变化了，顺松处脱身。"悟空依言，真个在里面乱摸。这星宿把身变小了，那角尖儿就似个针尖一样，顺着钹合缝口上，伸将进去，可怜用尽千斤之力，方能穿透里面。却将本身与角使法象，叫"长！长！长！"角就长有碗来粗细。那钹口倒也不象金铸的，好似皮肉长成的，顺着亢金龙的角，紧紧嚼住，四下里更无一丝拔缝。行者摸着他的角叫道："不济事！上下没有一毫松处！没奈何，你忍着些儿疼，带我出去。"好大圣，即将金箍棒变作一把钢钻儿，将他那角尖上钻了一个孔窍，把身子变得似个芥菜子儿，拱在那钻眼里蹲着叫："扯出角去！扯出角去！"这星宿又不知费了多少力，方才拔出，使得力尽筋柔，倒在地下。

悟空这才出来，现出真身。

这悟空的如意金箍棒也能变小，可悟空在里面什么招都试过了，就是出不来，亢金龙的角为何就能钻进去？龙角既有硬度又有韧性，暗喻以弱胜强、以柔克刚，刚柔相济、才更受益。用强与弄弱不是关键，对路就行。

二十八星宿使用了各种工具，齐心协力也没撬开一丝缝隙，亢金龙自己为何就能办到？人多固然力量大，但有些事不是单靠力量就能解决的。有时候，力量大不如办法巧，人头多不如人员精，关键是看干什么。

不论你本事有多大，智慧有多少，总有你解决不了的问题、干不成的事情，所以还是得有朋友。本领越大，智慧越多，需要的朋友越多。

乌金丹与无根水

孙悟空给国王治病，自制了三个大药丸，取名为"乌金丹"，说是要用"无根水"和"六物汤"送服。这国王吃下之后，还真就舒坦了。

"乌金丹"取心领神会、顿悟圆通之意。"无根水"就是无所牵绊、无所挂碍之意。

孙悟空从揭榜，到给国王诊断、开药、服药的整个过程，就是一个形式大于内容的过程，主要是故弄玄虚。他神不知鬼不觉地揭了榜，塞到猪八戒的肚皮上，弄一阵风，让众人发现，就是为了增加神秘感。要求国王亲自到"会同馆"来请，就是为了增强权威感。

悬金丝线远程诊脉，众人见所未见，已经让众人心中跪拜了。当问及药方，悟空又说："不必执方，见药就要。"这通操作，不是神仙，怎能如此？此时，国王的病已经好了大半。信了，啥药都是神药；不信，仙丹也是假药。

国王得的是什么病？心病。半实半虚，实从虚中来。孙悟空早已心知肚明，焉用诊断？诊断的过程便是心理治疗的过程。至于那"无根水""六物汤"等，不过是为了进一步调动患者的敬畏之心；而那"乌金丹"就成了"定心丸"，吃下去，便是心定而病除。

孙悟空和猪八戒、沙和尚晚上配药的过程，很像方清平的相声，一本正经地开玩笑，面无表情地耍幽默。那"锅底灰"，便是万念俱灰；那白龙马的尿是何意思？"七情"就是像尿一样腥臊的东西。

那国王的病，隐喻的是众生的病。什么病？喜那富贵、厌那贫贱，贪那爱这情、伤那失这离。贪恋与讨厌，都是病态心理。

朱紫国里，啥好东西都有。国王思虑什么呢？怕失去，伤别离。得到不容易，放手则更难。可你天天思虑有什么用呢？锅底灰而已。整天悲伤的是啥玩意儿？马尿罢了。

这一段故事，体现了大乘佛教法药与世药并重的思想。用今天的话事说，就是身心并重，心理治疗与病体治疗相结合。

紫金铃的"三铃"

孙悟空到麒麟山上拿妖，并营救娘娘回宫。可山上妖王有件宝贝十分了得，令悟空一时间没有办法。

那宝贝叫紫金铃，共有三个铃儿，头一个铃儿，晃一晃，有三百丈火光烧人；二一个铃儿，晃一晃，有三百丈烟光熏人；三一个铃儿,晃一晃,有三百丈黄沙迷人。那妖王凭着这三个铃儿,让那孙大圣难以得手。

这三个铃儿到底是何宝贝呢?这可是好宝贝、真宝贝、妙宝贝,是容易得却也容易丢的宝贝,是能成人也能害人的宝贝。它们的名字分别叫作:精、气、神。

何以见得?

那妖王本是菩萨的坐骑,那紫金铃原是挂在他脖子上的东西。过去,人们会在小孩子的帽子上,或者在宠物的项圈上,系上小铃铛。起什么作用呢?唤起精气神,凸显精气神。

精气神先天就有,所以易得;这个东西看不见摸不着,不好管理,容易丢失。

我们说人要有精气神,那精气神怎么还会害人?道理很简单,先打一个比喻:肉是好东西,吃好了长劲,吃不好长病。项羽精气神都异常足,可他不知收、不知敛,就让自己的精气神把自己给毁掉了。商纣王精气神也很旺,可都用在了枕席之间,就把个家国都烧煳了。

孙悟空对付妖王的办法,就是让娘娘勾起妖王的色欲,让妖王变成商纣王。

精气神会毁精气神。有大抱负、大能力的人,一般都是被自己的精气神给毁灭的。

紫金铃可不是一般人能够拥有的。

那条无底船

到了凌云渡，看到独木桥，独孙悟空可以潇洒地来回走，唐僧、猪八戒、沙和尚皆不敢行走，正为难之间，就见有一人撑一只船儿过来，唐僧大喜道："那里有只渡船儿来了。"悟空叫道："这里来！撑拢来！"船儿来近岸边，悟空又道："上渡！上渡！"唐僧见了，又心惊道："你这无底的破船儿，如何渡人？"

见到独木桥，唐僧说："这桥不是走人的。"看到无底船，唐僧又说："你这无底的破船儿，如何渡人？"

唐僧说得没错，那桥的确不是人走的，这船也确实不是渡人的。独木桥上能走的，是凌云超凡之元神；破船儿上能渡的，是脱胎换骨之法身。诗云："脱却胎胞骨肉身，相亲相爱是元神。"此时，唐僧正如破土而出的金蝉，一切均已成熟，只待脱去外壳，便是焕然一新。

"无底"者，六根清净、五蕴皆空也。无底船，乃无上妙觉之法船。六根清净，何来风浪？"五蕴"皆空，哪有天险？诗云："有浪有风还自稳，无终无始乐升平。六尘不染能归一，万劫安然自在行。"唐僧历经磨难，觉行已近圆满，尚需借这"无底"之船，渡过凌云渡，方能与尘缘尘念断得干干净净、再无挂碍。

"无底"者，破人欲而归自然也。所谓"为功日增，为道日减"。唐僧师徒历经十四个春秋，历尽八十劫难，已经了性至命，大道将成。昔日行有为之法，当下将入无为之道。为道者，应删繁就简、简便易行。

无底之船，渡的是道体，而非凡胎。

第三章　地非地

吴承恩笔下的地，多与阴阳五行相联系，是地又不是地。同一个地，你到此地与他到此地，就是不同的地。人人都有一双独特的眼睛，看到的是不同的风景。

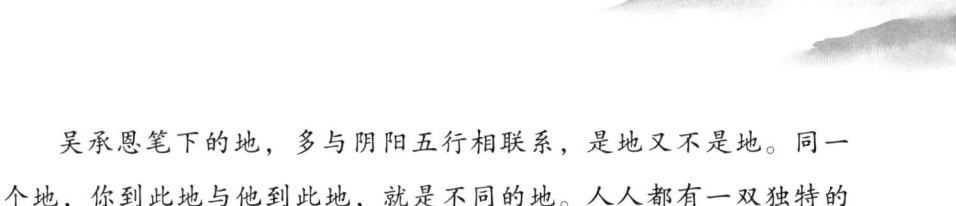

世上没有相同的眼睛，因而也没有同一个世界。

东方神州傲来国

《西游记》第一回：灵根育孕源流出，心性修持大道生。这是全书的点睛之笔。好好品玩这一回，琢磨透了其中滋味，才能读出全书的万千趣味。

这一回的字眼，便是"灵根"与"修性"。东胜神州、傲来国、花果山、水帘洞等都不是随意安排的，都是缘起地、缘生处。

本书开篇宏阔，气象万千。从宇宙之始，到开天辟地、万物繁盛，其中贯通了阴阳、五行、四象、八卦、天干、地支。寥寥数语，便把天道、地道、人道说了个明明白白、清清楚楚。源头即出，接着就转入对生命智慧的具体探索与生动实践，引出了"灵根"与"修性"。

啥是灵根？就是先天之气，佛家称圆觉，道家称真气，中医也叫元气，儒家叫浩然正气。从何处所生？生于虚无，或曰太极，产自宇宙天地。也就是说，灵根是先天带来的。于是生命就有了成圣成仙成佛的根本根基。

生命落于尘世，吃五谷杂粮，食人间烟火，生出七情六欲，灵根蒙尘，六根兴盛，有了所谓的人性。由是，关于人性是善是恶，便生出无尽的争论。说善的证据一箩筐，说恶的事实一大罗，谁也说服不了谁。这里有一个误区，就是把人性等同于灵根。人性中的所谓假、丑、恶，是灵根蒙尘的后果，而不是灵根有先天缺陷。

东方是太阳升起之地，"东"意为生机生气，"胜"为生机盎然、生气旺盛之象。"傲来"就是无所从来，不来不去，如来如去；"傲来国"也就是真空之境、清净之地。这些都是育孕灵根的环境条件。

出生地是很重要的。所以，我们要进行生态保护，要建设花园城市。在水泥城市里出生的生命，可能掌握大量信息，可能非常聪明，但那个管根本的灵根就会被更多的"尘念"所包裹，身心受困，难得自在。

现代人和城市打得火热，与尘世的纷扰竞争玩得亲热，因而不断丢失魂魄、遮蔽灵根，与本性越来越远。在物质丰富、生活繁华的表象之下，是生命的日益空虚与灵魂的无家可归。

东胜神州傲来国，如今你在哪里呀？

花果山水帘洞

石猴生在花果山上，因发现了水帘洞被推举为王，号称美猴王。

美猴王和他的孩儿们在这里玩得很开心。一个个爬树攀枝，采花，觅果；抛弹子，耍么儿；跑沙窝，砌宝塔；赶蜻蜓，扑八蜡；

参老天，拜菩萨；捉虱子，咬又掐；理毛衣，剔指甲；挨的挨，擦的擦；推的推，压的压；扯的扯，拉的拉，青松林下任他顽，绿水涧边随洗濯。

花果山就是"桃花源"。

请注意，美猴王是怎么成为孙悟空的？走出水帘洞，走出花果山，走出傲来国。孙悟空又是怎么成佛的？走出花果山，走出傲来国，走出东胜神州。

什么意思？

桃园不在世外，山头不叫自然，封闭不是自在。

陶渊明搞了个桃花源，成了一代又一代失意之人自我麻醉的乐园。桃花源里，虽可耕田，可滋养不了心田。天地有多小，心就有多窄。井底英雄盖世，不过巴掌天下。不经万般事，未读万卷书，没走万里路，妄谈出世，那叫没见识。"诗佛"王维，见过"大漠孤烟直，长河落日圆"，也看过"渡头馀落日，墟里上孤烟"，虽然"晚年唯好静，万事不关心"，仍盼望"几日同携手，一朝先拂衣"，如此才会有"行到水穷处，坐看云起时"的格局。

《西游记》里，记录了许多山与许多洞，有形的与无形的。那些固守一山一洞的，称王称霸的，都是妖，都被收拾了。可美猴王主动走了出来，就成了佛。

佛的世界是万千世界，既有边界又无边界。

我们的感官感知到的一切，都是虚无的，都是假象，不管你是执着还是潇洒，其实都是虚假的，都是"你以为的"。山头与山洞，都是束缚身心的篱笆墙，只是你没有意识到。

今天的世界，乡里人都爱往城市里跑，城里人又喜欢往田园里钻，好像没有什么人去占山为王了，其实不然。仔细体察，你就会发现，无处不山头，处处皆洞穴。比如：影视圈、金融圈、美术圈、科技圈、体育圈、音乐圈等，各种无形的小圈子，大大小小，林林总总，立一个山头，扯一个旗幡，招一群小鬼，就可以自成一统了，就可以自己"定价"了，就可以排挤他人了。他们虽然有香香的"肉"可吃，也有新鲜的"血"可饮，可毕竟还是"妖精"。"霸主"一定会被罢黜。

别独霸山头，别赖在自己的舒适区里。须知这都是画地为牢，都是小青蛙在井底乐逍遥。

天界是什么情况

孙悟空初次被太白金星带到天界，上天庭朝见玉帝。悟空看到的情况是这样的：

初登上界，乍入天堂。金光万道滚红霓，瑞气千条喷紫雾。只见那南天门，碧沉沉，琉璃造就；明幌幌，宝玉妆成。两边摆数十员镇天元帅，一员员顶梁靠柱，持铣拥旄；四下列十数个金甲神人，一个个执戟悬鞭，持刀仗剑。外厢犹可，入内惊人：里壁厢有几根大柱，柱上缠绕着金鳞耀日赤须龙；又有几座长桥，桥上盘旋着彩羽凌空丹顶凤。

这和人世间朝廷的办公场所基本上没有什么区别，也就是更豪华更气派一些。

那太白金星上前奏道："臣领圣旨，已宣妖仙到了。"玉帝垂帘问曰："那个是妖仙？"悟空却才躬身答道："老孙便是！"仙卿们都大惊失色道："这个野猴！怎么不拜伏参见，辄敢这等答应道：'老孙便是！'却该死了！该死了！"玉帝传旨道："那孙悟空乃下界妖仙，初得人身，不知朝礼，且姑恕罪。"众仙卿叫声"谢恩！"猴王却才朝上唱个大喏。玉帝宣文选武选仙卿，看那处少甚官职，着孙悟空去除授。旁边转过武曲星君，启奏道："天宫里各宫各殿，各方各处，都不少官，只是御马监缺个正堂管事。"玉帝传旨道："就除他做个'弼马温'罢。"众臣叫谢恩，他也只朝上唱个大喏。玉帝又差木德星君送他去御马监到任。

这一套规矩流程以及群臣俯首帖耳的样子更是与人间毫无差别，神仙们也是下眼皮浮肿的，也是争名夺利的。人间天上，没啥两样。一个小小的区别是，对于没有职位的人，人间称草民，天界叫妖仙。

好多人都想上天堂，可天堂和人间并没有本质上的差别。玉帝及其下属们，虽然处于无色界，却还在三界之内，仍然没有摆脱轮回。

孙悟空两次到天界工作，明白了天堂并不是一个好去处。这为他护送唐僧到西天取经打下了思想基础。

灵台方寸山

美猴王离开花果山，寻找长生不老之道，转悠了八九年，并无收获。这一日，忽行至西洋大海，他就想着海外必有神仙。又自制了个筏子，漂过西海，到了西牛贺洲地界。上得岸来四处寻访多时，忽见一座高山景色秀丽、林麓幽深，便登山顶上观看。果是好山：千峰开戟，万仞开屏。日映岚光轻锁翠，雨收黛色冷含青。枯藤缠老树，古渡界幽程。奇花瑞草，修竹乔松。修竹乔松，万载常青欺福地；奇花瑞草，四时不谢赛蓬瀛。

正观看间，忽闻得林深之处，有人言语，急忙趋步，穿入林中，侧耳而听，原来是歌唱之声。歌曰："观棋柯烂，伐木丁丁，云边谷口徐行，卖薪沽酒，狂笑自陶情。苍迳秋高，对月枕松根，一觉天明。认旧林，登崖过岭，持斧断枯藤。收来成一担，行歌市上，易米三升。更无些子争竞，时价平平，不会机谋巧算，没荣辱，恬淡延生。相逢处，非仙即道，静坐讲《黄庭》。"

有教授讲课，说灵台方寸山就是心，不是一个地方。孙悟空是自学成才，根本没有师父。

把灵台方寸山理解为自己的心，十分有道理；可要说美猴王自学成才恐怕不妥。《西游记》中的许多故事，都是从悉达多王子的成长经历中转化过来的。悉达多王子四处走访，做过许多修行尝试，最终才在菩提树下开悟的。自悟与开示都是十分重要的。

灵台方寸山也可以是个地方，是一个修心的地方。美猴王来到这里，听到的第一课就是樵夫唱的这首歌。

登崖过岭、伐木丁丁，这是说生产活动。生产活动是个什么状态呢？云边谷口徐行。不紧不慢、不惊不恐，持斧断古藤，搞出一担柴。

卖薪沽酒、易米三升，这是讲交易活动。交易活动是如何进行的呢？不会计谋巧算，更无些自由争竞。根本不看什么市场行情，也不讲什么价钱。

打柴卖柴，买米买酒，之后就是休闲休息了。怎么休闲？看看下棋的，喝个小酒，听仙道们讲黄庭经。如何休息？天当被、地当床，对月枕松根，一觉到天明。

常人看来，这其实是很艰难、很苦的日子，但樵夫不是唱歌就狂笑，看棋、喝酒、睡大觉，完全是没心没肺嘛！但在佛家看来，这正是不着念、不住相的开悟状态。在陶渊明那里，就是摆脱了"心为形役"的怡然自得。

灵台方寸山，山中有座斜月三星洞，那洞中有一个神仙，称名须菩提祖师。每个人心里都住着菩提，却因"无明"而被遮蔽。登山、入洞，就是去"无明"，"无明"去，神自显。在心学中，就是"明明德"，然后致良知。

双叉岭与两界山

唐僧走到双叉岭，被虎精、熊精、牛精等困住，随行的两个弟子丧命。唐僧一人脱险后，继续往山上行走，又为虎狼蛇蝎所围，幸得猎人刘伯钦搭救。

唐僧随伯钦回家，见了其母亲与妻儿，受到一家人的诚心相待。目睹一家人母慈子孝，和和睦睦，唐僧沐手颂经，传递福音。

这双叉岭正是一道分水岭，是人间善恶的分水岭。那虎精等说，只吃两个，留下一个。这"两个"指的就是"二心"，也就是损人利己的分别心。"一个"就是道心、本心，道心不生不灭，是吃不了的。吃人的不是妖精，是人心；吃掉的不是人身，是那颗损人利己的分别心。唐僧在这双叉岭上，安顿了道心。

伯钦一家母慈子孝，善意待人，自爱爱人。这"慈、孝"便是为人的根本，是人性的精华。唐僧打坐为其传经，便是身处人性的制高点，迈向仙道的新航程。所谓人道之极，仙道之始。

刘伯钦送唐僧前行，至两界山，便要回程，唐僧请他再送一程。刘伯钦说，这两界山的豺狼虎豹，不归我管，我也去不得。

为何去不得？那双叉岭是人心两分之地，这两界山则是天人两分之地。前边遵从人道，后面遵循天道。因至孝至仁的刘伯钦未入仙道，所以去不得，也管不了。

天道从人道起，天道借人道显。人道之路有人间弟子随行，天道之途由天界弟子护送。

人生亦是如此。不同阶段,有不同的家庭成员、不同的同学、不同的同事、不同的关系网与朋友圈。这些不同的人员因何而聚?因道而聚。价值观不同、道路不同、爱好不同,朋友圈亦不同矣!

没有永远的朋友,只有永远的利益。这是人心,不是道心。失去道心,正是科技日益发达、物质不断丰富,而社会日益分裂、争斗愈发激烈、人心更加"内卷"的根本原因,而时下"佛系"心态的流行又正是道心不灭的一种昭示与彰显。利益至上的时代,就是一个妖魔乱舞的时代。必定是魔鬼横行,冤魂遍地。

利益是一把利剑,失去了道的护佑,它会把人削得面目全非。

蛇盘山与鹰愁涧

唐僧与悟空走着,季节在变着,变着变着就到了腊月。老百姓说:"六腊月,不出门。"这时候出门,行路难,危险多。可畏难又如何修行?唐僧师徒就在这个时候,来到了蛇盘山、鹰愁涧。

"蛇"盘旋蜿蜒,"山"高耸险峻。"蛇盘山",有征途漫漫、道路曲折之意。"鹰"飞得高、爪子利、眼睛明。"鹰愁涧",有形势复杂凶险、时机不好把握之意。

遇到此种情况,得有战略谋划、坚强意志、精细准备与精准行动,稍有差池,便功亏一篑。在"六波罗蜜"中,称为"毗离耶波罗蜜",度懈怠,促精进。

书中交代,那涧深陡宽阔,水光彻底澄清,鸦鹊不敢飞过;因水清照见自己的形影,便误以为是同群之鸟,往往会投水而亡身。这就是情况不明,盲目行动,事没办成,反把老本搭进去了。

看不清形势，贸然行动，这不叫勇气，叫鲁莽。

菩萨出面，在此收了白龙马。菩萨教悟空领去见唐僧。孙悟空说："我不去了！我不去了！西方路这等崎岖，保这个凡僧，几时得到？似这等折磨，老孙的性命也难全，如何成得什么功果！"

这个画面多么有趣！你碰上个领导，凡事都操心，啥活都亲自干，你觉得领导不放手，自己没施展才能的空间。可领导要放手让你干，你又觉得领导不担当、没本事，自己累死累活，还落不下好。你是领导的"蛇盘山"，领导是你的"鹰愁涧"。其实，这时候你需要的是什么？是抓住机会，在精进上下功夫。

菩萨说："你当年未成人道，且能尽心修悟；你今日脱了天灾，怎么倒生懒惰？"

你没有机会的时候，倒肯下功夫学习提升，说是："给我一个机会，我还你一个惊喜。"有了机会之后，反而这不满意、那不满意，忘记了在精进上做真功夫。

黑风山与黑风洞

唐僧与悟空过了鹰愁涧，又来到一要紧处，那就是黑风山与黑风洞。

蛇盘山与鹰愁涧是曲折艰险，困难是明的；黑风山与黑风洞是黑暗阴险，凶险是暗的。龙吞马是明抢，和尚、妖怪取袈裟是暗夺。"鹰愁"，是讲难度；"黑风"，有偷袭之意。前者考验"定"，后者检验"慧"。前者因食欲而起，后者因心欲而生。食欲为先天，而不择手段为后天，所以要在"戒"上用功夫；心欲为后天，所以要于"慧"上做功课。

孙悟空到了黑风山。见三个妖魔席地而坐，上首一条黑汉，左首一个道人，右首一个白衣秀士。黑汉是熊罴怪，道人是苍狼、号凌虚，白衣秀士是白蛇精。他们混在一起，就是黑白不分。孙悟空一棍子打死了白衣秀士，就只剩下黑暗与空虚。心理阴暗源于内在空虚。

老子说"绝圣弃智"，而佛陀讲"戒、定、慧"，矛盾否？问题在于怎样理解智慧。老子说的"智"，是尘心生出的聪明、技巧与谋略等；佛陀讲的"慧"，是由佛心、本心自然生发的澄明、觉悟、圆满等。由此看，老子说"绝"与"弃"，其目的与佛陀所讲的"戒、定、慧"是基本一致的。

孙悟空看到观音禅院的和尚要放火，不是打死他们，没有阻止他们的行动，而是借了避火罩，这就是"定"。然后又请观音菩萨收伏熊罴怪，就是"慧"。避火罩，寓意心定；观音菩萨意为静而察、察而慧。请观音菩萨，就是找回本心。

老和尚、熊罴怪等，均是使心用心，反害了自身。

福陵山与云栈洞

唐僧与悟空过了黑风山，又走了六七天，到了高老庄，在此收了猪八戒。

猪八戒住在哪里？福陵山云栈洞。

"陵"是土丘。"福陵山"，意为有福却未落实，不可靠。云栈，是悬浮于半空中的栈道。"云栈洞"，悬空之洞，有虚无实之所。"险羊肠於九折，升云栈而心惊。"成佛，此处便是仙境；未成佛，该处便是险地。

猪八戒聚了位好女子，阴阳和合，有美好之意象，但女子不乐意，阴阳失和，美好意象就成了虚妄之幻相。

男女和合之为好，一阴一阳谓之道，阴阳和合之为德。猪八戒好色。好色是对美好之追求，因为阴阳调和是天地万物之道，也是好生之德。但猪八戒不看火候，不论时机，一味强占，便不是"好"，而是"奸"。"好"由真阴真阳经温润调和而来，"奸"是假阴假阳，干柴烈火之举。即使是两相情愿，倘若没有温情温润之调和，也没有"好"。所谓"前戏"，不是"戏"，非为趣，而是落"云栈"而入"厚土"的功夫。有了"厚土"，精元虽溢而不损，阴阳交合而化生。

有了先天条件，有了美好的愿望，还得有落地落实的措施与实实在在的行动。愿望美好，想法不少，若不能脚踏实地，就会像猪八戒那样，聚了好女子，也行不了圆满事。误入悬洞，而难进真洞也！

猪八戒走出云栈洞，走下福陵山，开启了得道成佛的万里长征。

幸福来自脚下的功夫。

浮屠山与乌巢禅师

唐僧收下猪八戒这个二徒弟，"二人转"变成了"铿锵三人行"。说话间，就到了浮屠山。浮屠山上，有一位乌巢禅师，为唐僧传授了《心经》。

浮屠就是佛陀。浮屠山意为有佛性存佛法的地方，另有节节进升、渐渐通透之意。乌巢，团圆内虚，意指心宜虚而不宜实。禅，无为而清静也，喻心宜静而不宜动。

唐僧见了乌巢禅师，反复问去西天的路，乌巢禅师始终避而不答，只是说："远哩！远哩！"又说："路途虽远，终须有到之日，却只是魔障难消。"这是何意？明为路远，实为心远；明说妖魔，实言心魔。故而，乌巢禅师向唐僧传授《心经》。

乌巢禅师说，《心经》可消魔障，是修真之总径，作佛之会门。

已经到了浮屠山，为何还要西行？佛陀是指路的，《心经》是"径"是"门"，可路还是得自己走。所谓师父领进门，修行靠个人。

在到浮屠山之前，多是由外因助内修；在浮屠山得传《心经》之后，便有了内修而化外因，内外交互，有无相宜，日精日进也。

黄风山上黄风怪

有人说，《西游记》总是在重复，重复妖精都有后台的故事。的确如此。但其中每一个故事，都有不同的寓意。要说后台，唐僧的姥爷是宰相，爸爸是状元，师父是如来佛，干兄弟是皇上，哪个有他的后台硬？

黑风山上，是熊罴怪在作怪；黄风山上，是黄风怪在作怪。熊罴怪是自己偷，黄风怪是他者为其抢；熊罴怪偷的是袈裟，是法宝；黄风怪抢的是唐僧，是法身。这里寓意着佛法觉悟的不同功夫，也是人心修炼的不同方面。

黑风山上拿怪，请的是观音菩萨；黄风山上捉怪，请的是灵吉菩萨。黑风山拿怪，菩萨化身妖精，孙悟空变成了丹丸，还特别强调孙悟空变的这颗丹丸要稍大些。作者是何用意？观音菩萨是静察世间万物。此处请观音菩萨就是给自己请来于细微处观察的习惯与能力，从而不被表象、幻相所迷惑。妖精是菩萨变的，孙悟空变的丹丸比平常的大一点，可熊罴怪完全没有察觉。因为他被欲望左右，不能静下心来观察，看不到事物的真相。

灵吉菩萨有如来佛给的"定风丹"和"飞龙宝杖"。这就是一静一动，动静结合。灵吉菩萨住在云端，让孙悟空去把黄风怪引出来。灵吉菩萨住在云端，是静；黄风怪被引出来，是动。黄风怪出了山洞与孙悟空交战，灵吉菩萨抛下"飞龙宝杖"，便是以静制动。这里重点强调的是"定"。"定"而静，静制动。如山定而治水，坝稳而蓄势。

熊罴怪在地面上行动，拿它须于静处仔细观察。黄风怪是老鼠精，住在土洞中，刮的是带黄土的风，目的是让你看不见。孙悟空被黄风伤了眼睛，是暗喻看不到真实状况。对付老鼠，你要"定"，要老鼠动。你看那些拿老鼠的工具，都是"定"在那儿不动的。

"三岛"是何所在

五观庄上，孙悟空许下承诺，三日之内，觅得良方，救那人参果树完好如初。到哪里寻找起死回生的良方呢？孙悟空先后去了"三岛"。

孙悟空别了五庄观，径直奔东洋大海，转眼间来到蓬莱仙岛，就见三个老儿在下围棋：福星与禄星对弈，寿星在那儿观局。孙悟空叫道："老弟们，作揖了！"三星见了悟空，忙问："大圣何来？"孙悟空说了缘故，三星齐言无方，悟空听了眉峰双锁。福星说："大圣，此处无方，他处或有，怎么就生烦恼？"悟空道："无方别访，果然容易。"

孙悟空急纵祥云，来到方丈仙山。孙悟空见了帝君，诉了来意。

帝君听罢，叹道："这万寿山乃先天福地，五庄观乃贺洲洞天，人参果又是天开地辟之灵根，如何可治？无方！无方！"孙悟空道："既然无方，老孙告别。"

孙悟空再驾祥云，来到瀛洲，只见那丹崖珠树之下，有几个皓发蟠髯之辈，童颜鹤鬓之仙，在那里着棋饮酒，谈笑讴歌。孙悟空上前见礼，又把那医树求方之事，具陈一遍。九老大惊道："你也忒惹祸！惹祸！我等实是无方。"孙悟空道："既是无方，我且奉别。"

孙悟空求方无果，这才去找观音菩萨。菩萨道："你怎么不早来见我，却往岛上去寻找？"

是啊！孙悟空为啥不直接找观音菩萨呢？要知究竟，须知作者的用意在何处。孙悟空明为救方，实为求智。求智一要谦恭虚心，二要博采众长，三要身体力行。如那悟空所言："方从海上来。"海何以成其大？广纳百川也。那孙悟空跑遍"三岛"不是一无所获吗？非也。其中，每一岛之每一情景，每一仙之每一语，皆有所含义也。比如："此处无方，他处或有。"为悟空拓思路启心智也。"人参果又是天开地辟之灵根。"为孙悟空明根本抓要害也。"你忒惹祸！"为孙悟空敲警钟发警戒也。

若是悟空直接找到菩萨，菩萨直接把问题解决了，孙悟空又能收获什么？而菩萨之问，非提问，乃开示也。孙悟空跑的这一遭，便是"三轮体空"，不着于"人我相法"。

列位当于无处见有、有中看无。

刘一明在《西游原旨》中讲：求方于"三星"，尽心而明心也；求方于"帝君"，尽性修性也；求方于"九老"，至命而修命也。但这三者皆与灵根无涉，所以无方。孙悟空"三岛"求方，是假中辨真，真中识假。

黑松林里逢魔怪

孙悟空三打"白骨夫人",被唐僧赶走,回到花果山,对众猴说:"我为他一路上捉怪擒魔,他说我行凶作恶,把我逐赶回来。"众猴听了,鼓掌大笑道:"造化!造化!做甚么和尚,且家来带携我们耍子几年罢!"唐僧是非颠倒,不识真人,众猴识得也。

不辨真假,睁眼瞎也!盲人可以走在光明大道上,"睁眼瞎"走啥路也是"白瞎"!

唐僧与猪八戒、沙和尚过了白虎岭,进入一片松林。唐僧驻马,说是饿了,让猪八戒去化斋。猪八戒出了松林,西行十余里,不见家,便想起悟空的好来。见化斋无望,又觉得回去早了,师父必定怪罪,便拱在草里睡下。唐僧见猪八戒多时未归,又叫沙和尚去寻。沙和尚走了,唐僧身心不安,便起身漫步解闷,岂料被妖精以黄金宝塔作诱饵,误入妖精洞,让妖精拿住。

唐僧以恶为善、认假作真,危局岂能不生?灾祸安能不至?任何一个单位,若是"一把手"看不准人,用不好人,哪里会有好日子过?

黑松林者,不是松林黑,乃唐僧眼不明也。黑松林之魔,不是别个,正是唐僧之心魔也。

碗子山与波月洞

为了吃饭的事，唐僧犯过错误，也没少受罪。

唐僧饿了，叫孙悟空去化斋，"白骨夫人"化身为丈夫送饭的漂亮小媳妇，把唐僧和猪八戒给骗得五迷三道，赶走了三次救险的孙悟空。孙悟空走了，看不清真假的唐僧一行走进了黑松林。

唐僧饿了，叫猪八戒去化斋。猪八戒化斋路上，偷懒耍滑，拱进草丛里睡了。沙和尚去寻猪八戒，唐僧独自溜达，误入碗子山波月洞，差点就成了洞主黄袍怪的"盘中餐"。

"碗"是吃饭的家伙。"子"古代指儿女，后来专指儿子；亦可以指种子，比如精子、卵子等。"碗子山"就是吃人的地方。谁在吃人？不是他人，正是自己，是自己"食"自己。何为自己吃自己？比如：唐僧不分地点，不辨真假，不看风险，肚子一饿就让徒弟去化斋，这便是被肉身欲望所左右，从而失去了理性与灵性，带来性命之忧。

"波月"，水中之月也，虚幻之景。"波月洞"意为以虚幻为真实，不知不觉地进入险境危局，且全然不知缘故。如此一来，就不是避风险化危局，而是自觉自愿地"奔赴"风险，兴高采烈地奔入危局。比如：猪八戒听妖精说，唐僧正在洞里吃人肉包子，就急不可耐地往洞里钻。

吃是生理需要、肉体之欲，应该得到适当满足。但如果不加以约束，就会变化为贪欲，而贪欲必令人迷失，为了"嘴"而迷了眼，为了"胃"而丢了神。

尘世中人，多以登上"碗子山"、进入"波月洞"，为追求、为成功、为自得也！

平顶山与莲花洞

孙悟空返回团队，降了黄袍妖，救回三公主，破了唐僧身上的妖术，让师父恢复原身。经过此一番磨难，师徒团结一心，继续西行，恰适三春时节，自是相当舒心。

这走着走着，唐僧就发了一通感慨，说是这一路奔波、一路辛苦，何时才能有身闲之时！正念叨着，就见一樵夫，说是山中有一伙毒魔狠怪，专吃你东来西去的人哩！唐僧听闻，慌得马上不稳，忙唤悟空去问个仔细。

原来，此山叫作平顶山，平顶山中有座莲花洞，莲花洞里住着一伙妖怪，其中有两大魔头，手段了得。他们知道唐僧自东而来，必经此山，正准备拿下唐僧，食其肉，得长寿。

列位，此处为何是平顶山与莲花洞？

平顶山，平坦之地，安闲之所，可靠之处。莲花洞，洁净之地，优雅之所，清心之处。这样的地方怎么有毒魔狠怪呢？

《心经》云："心无挂碍，方无恐怖。"心有恐怖，无危险而危险自致；妄想身闲，欲清净反不得清净。平顶山，平处亦有不平。莲花洞，净处即有不净。平与不平，净与不净，全在一心。

唐僧取经未成，便思清闲，便是妄念。一听有魔有怪，便心生恐怖，便是定力不济。"专吃东去西来的人哩！""东去西来"，心思不定，便如无头苍蝇，即便在"平顶山"上也会"碰壁"。

白虎岭、碗子山等处，重点讲"戒"；此一节，重点在讲"定"。虽都是在心性上做文章，前者是生理之欲，此处是心理之欲，则更需功夫，更见火候。

压龙山与压龙洞

压龙山与压龙洞的故事，很短，不过是平顶山莲花洞事件的一个小枝杈。虽是枝杈，却有千斤。

孙悟空变了一只苍蝇，随小妖进了莲花洞，把那金角大王与银角大王的对话听得真真切切。银角大王说，那幌金绳可拿孙悟空，如今在母亲那里，咱就叫巴山虎、倚海龙，去那压龙山压龙洞，请母亲来吃唐僧肉，顺便把幌金绳带过来便是。

孙悟空随巴山虎、倚海龙到了压龙山，打死了两只小妖，拔一根毫毛，变作巴山虎，自己变作倚海龙，寻得压龙洞，叫开门，入进洞中，到了三层门下，见正中坐着一个老妈妈儿。孙悟空不敢进去，在门外脱脱的哭了起来。

悟空为什么不敢进门？又在门外哭啥？

只因想起保唐僧取经的苦恼，他才泪出痛肠。

悟空心想："老孙既显手段，变做个小妖，来请这老怪，没有个直直的站了说话之理，一定要见她磕头才是。我为人做了一场好汉，止拜了三个人：西天拜佛祖；南海拜观音；两界山师父救了我，我拜了他四拜。为他使碎六叶连肝肺，用尽三毛七孔心。一卷经能值几何？今日却教我去拜此怪。若不跪拜，必定走了风讯。苦啊！算来只为师父受困，故使我受辱于人！"

"为他使碎六叶连肝肺，用尽三毛七孔心。"是身苦。跪拜老妖怪，是心辱。这便是持修的难度在升级。须知修炼只有寂空不成，更没有潇洒自在一途。寂空中必有苦，潇洒中必有辱。忍不了大辱，便没有大自在。英雄都是用泪水洗炼出来的。

这压龙山压龙洞，是啥意思？龙也有被压的地方，被压的时候。没有被压过，哪里有真龙？

宝林寺里有宝临

唐僧和徒弟们来到宝林寺，欲在寺内借宿。唐僧要亲自去办理入住事宜。

在对待"领导亲自"这件事上，《西游记》与很多文学作品不同。多数文学作品里，碰上大事难事复杂事，多是下属束手无策，群众心急火燎，就在这个关键时刻，"领导亲自"出现了，于是就"柳暗花明"了。《西游记》里，"领导亲自"一回，事情搞砸一回，没有例外一回。

你看，佛在寺庙里，向来是一动不动，众生来烧香磕头，千般许愿、万般请示，佛照旧纹丝不动。佛虽不动，可信徒、香客的心在动；佛无为，佛法在为；佛无言，和尚有言。如此一来，佛、法、僧皆为至宝。领导干自己该干的事，便是领导；领导干自己不该的事，便会"领倒"。

唐僧去宝林寺借宿，乃"宝临寺"也，寺中僧人不知，将其拒之寺外。孙悟空强行借宿，看似粗暴，好似无礼，实乃送宝也！有形可感之善，或伪善，或小善；大善至善，无善之形，无善之名。比如：你培养人才，总想彰显自己的功德，生怕当事人不知道自己的恩德。培养人是善行，可你广而告之，便是另有所图，如此就算不上至善。天地润泽万物而无声，即为大善。大善便是天道。

"林"者，众也。不只唐僧师徒的到来是送宝，所有僧道、信徒、众生来临寺庙，皆为送宝，本质是相互为宝，也叫作回向。无众临，则宝之不宝、保之不保。即使有人毁寺毁佛，佛也不会闭门自守。

开门成佛，关门便是泥菩萨，自身难保。

枯松涧与火云洞

枯松涧火云洞，住着红孩儿。

枯松，易燃之物；枯松涧，危机之地。火云，火势大而烈；火云洞，火气充盈之所。总之，就是能量足、危险大。

长期住在这种纯阳之地，人会变得火气大，躁动且毒辣，做法荒唐，手段强硬。红孩儿便是如此。书中有一小段，专写红孩儿的躁动、毒辣与小泼皮。

孙悟空与猪八戒赶到洞门前，只见妖精一只手举着火枪，站在那中间一辆小车儿上，一只手捏着拳头，往自家鼻子上捶了两拳。八戒笑道："这厮放赖不羞！你好道捶破鼻子，淌出些血来，搽红了脸，往那里告我们去耶？"那妖魔捶了两拳，念个咒语，口里喷出火来，鼻子里浓烟迸出，眨眨眼，火焰齐生。那五辆车子上，火光涌出。连喷了几口，只见那红焰焰大火烧空，一座火云洞被那烟火弥漫，真个是燎天炽地。

遇到此类地、此等人，上佳策略就是躲起来。因为此等人拿着不是当理讲，你是讲理讲不通，动武也不中。

那红孩儿在孙悟空背上，四下里吸了四口气，悟空便觉有千斤重。悟空越背越重，怒了，抓过红孩儿，掼在石头上，把个尸首摔成了肉饼。红孩儿的真元已经跳在空中，看到孙悟空的行为，忍不住心头火起："这猴和尚，十分惫懒！我就作个妖魔，要害你师父，却还不曾见怎么下手哩，你怎么就把我这等伤损！若不趁此拿了唐僧，再让他一番，越教他停留长智。"

明明是自己招惹人家，要吃人家师父，反而觉得自己特别有理。红孩儿的逻辑是：你要不这么对我，我还不至于对你师父怎么样，但你如此待我，那就别怪我不客气啦！

这种人是不是惹不得、惹不起？

可他要是像红孩儿这样引你上门，弄得你不得不上门该怎么办？

沙和尚给出的答案是："以相生相克拿他，有何难处？"悟空听了呵呵笑道："兄弟说得有理。若以相生相克之理论之，须是以水克火。"

孙悟空请来了四海龙王，弄了好大一场雨，没灭掉红孩儿的大火，孙悟空还被烟火弄伤了眼睛。只好又去请菩萨，破了红孩儿的火焰阵。菩萨用的也是四海之水，为啥菩萨用着灵而龙王用着就不灵？别忘了，菩萨用的是净瓶。静心净意，躁可安、火可灭也。

车迟国里寻正道

孙悟空见城门外一处沙滩空地，攒了许多和尚，在那里扯车儿。那车上装的都是瓦砖木植土坯之类。滩头上坡坂最高，又有一道夹脊小路，两座大关；关下之路都是直立壁陡之崖，那车儿怎拽得上去？

这是孙悟空在高空观看，察全貌。接着便要到近处察看，明细节。

孙悟空变身全真道人，来到城门前，向两位道士打听情况，上来就问："这城中哪条街上好道？哪个巷里好贤？"

唐僧师徒到达车迟国，孙悟空最先看到的就是"车"与"道"，最先问的也是"道"。这是什么意思？

车迟国就是车子行不通的地方，或者说是没找到好道的地方，所谓"关下之路都是直立壁陡之崖"。"车"并非车子，而是一种羁绊、一种迷失。所以让孙悟空给撕了个粉碎。"道"，一是指道士，两个走邪道的道士就让孙悟空给弄死了；二是指大道，车迟国国王受三位道士的迷惑，独尊道术，虐待僧众，失了大道。接下来，孙悟空和三位道人多次斗法，便是找寻正道的过程。

列位注意！这里并不是褒释贬道。要知道，那些道士是解了老百姓的久旱之困，办了不少好事的。他们的问题主要是毁寺庙、辱僧人。因而，作者在此强调的是：大道为一。儒释道从"一"而生，一分为三，合而为一。得其三家，便得至宝。独尊一家，就是弃真宝而以"瓦砖木植土坯"为宝。

三家和合，大道出，万物兴。

智渊寺与三清观

孙悟空、猪八戒、沙和尚，在三清观三清殿戏耍了半晚，他们戏弄的是道士还是道家？

且来稍微回顾一下过程。

唐僧师徒到了车迟国，住进了智渊寺，饭后安歇。孙悟空心中有事，睡不着。到了二更时候，听得那里吹打，出来看时，却原来是三清观道士在禳星。他心中暗喜道："我欲下去与他混一混，奈何'单丝不线，孤掌难鸣'。且回去照顾八戒、沙僧，一同来耍耍。"

哥仨到了三清殿，孙悟空变身元始天尊，猪八戒变身太上老君，沙和尚变身灵宝道君，把原像都推了下去。孙悟空又叫猪八戒把原像藏起来，猪八戒问："此处路生，却那里藏他？"孙悟空说："那右手下有一重门儿，那里面秽气畜人，想必是个五谷轮回之所。你把他送到那里去罢。"猪八戒把三个圣像扛出来，用脚登开门看时，原来是个大东厕。便不敢轻易丢了，口中嘟嘟哝哝地祷告了一番，才"砰"的往里一摔，溅了半衣襟臭水。

哥仨这才吃了供奉，惊动了道士，又假扮天尊，骗道士喝了臊尿。

道士一直欺负当地僧人，此番被外地僧人戏耍。然本质上，此处既不是戏耍道士，亦不是取笑道家，乃警醒一切行歪门邪道者也。何为歪门邪道？不在方法，只在那用意。一切对立的观念，所有损害他者的行为，都是歪门邪道。孙悟空哥仨变身"三清"，意思就是道与佛本为一之意也。没有佛是道非，没有道高僧下。"臊尿"也不是膀胱里流出来的液体，乃指用歪门邪道所得来的一切。骗取权利的荣耀，由此得到的"供奉"；盗取财富的风光，因此获得的享受；都是在"喝臊尿"而已。作者不是在取笑与嘲讽，而是在唤醒梦中人。所以，才有孙悟空直接挑明了。

儒释道三家相会，便是人间盛会。儒释道，得其根本，便无分歧；得其枝蔓，自生纷扰。世人万般理论、千种观念，皆有其可用，亦均有其不可用。此一理论的可用，为彼一理论之不可用形成补充；此一理论的不可用，又是彼一理论可用的条件；此一理论，此时可用，彼时则不可用；彼一理论，此时不可用，彼时则可用；此一理论，此地可用，彼处不可用；此一理论，此地不可用，彼处可用。理论不对立，尘心入歧途也。

因此之故，有智渊寺，才有三清观；有三清观，才成智渊寺。智渊必"三清"，"三清"才智渊。

孙悟空在除了妖道之后，对国王说："如今灭了妖邪，方知禅门有道。向后来，再不可胡为乱信。望你把三教归一：也敬僧，也敬道，也养育人才。我保你江山永固。"

"单丝不线，孤掌难鸣。"孙悟空叫上两兄弟一起玩，兄弟仨便是儒释道三家归一之意。一个人玩，没意思。一种理论自己玩，也是孤掌难鸣。

宝象国、乌鸡国与车迟国

唐僧师徒分别路过宝象国、乌鸡国、车迟国，都为国王办了些事情。这些事情都在揭示一些事情。揭示了什么事情呢？

在宝象国，唐僧师徒为国王救回了公主，一家人得以团聚。国王丢了女儿，已经十三年了，大家都以为公主已经不在人世了，根本没想到还能见面。在这个故事里，妖怪是掳色，公主是形失实存，国王是失而复得，核心是：你看不见，却不一定不存在。

在乌鸡国，唐僧师徒让国王死而复生，重新坐上王位。国王被妖怪推进井里，妖精变身国王，没有人发现异常。在这个故事里，妖精是窃国，国王是被骗遇害，国人则是以假为真，核心是：你看得真真切切的，却不一定是真真实实的。

在车迟国，唐僧师徒为国王启智明事，使其认识到被蒙蔽的真相。妖怪以旁门左道打压僧人，扬道抑佛，谋一家之私利。在这个故事里，妖怪是蔽智，国王是被蒙蔽，僧众则是遭迫害，其核心是：你看见的，多是别人愿意让你看见的。

三个故事，从不同侧面，揭示了同一件事情：你的眼睛看到的都是幻相，不要相信自己的眼睛，也不要相信别人的眼睛。相信什么呢？相信道，相信佛，相信儒。归根到底是相信那个原本的自己。可你已经把自己弄丢了，得找回来才是。职位越高、条件越好、成就越大，越容易把自己给弄丢。

唐僧师徒，让看不见的，真实再现；让看得见的，去伪存真；让被遮蔽的，重现光芒；其实就是帮助人们找到那个丢失的自己。这便是在布施、行善事、修正果。

通天河是何

唐僧师徒离开车迟国，走着走着，就来到了通天河。通天河，这名字起得是不是足够狂野？列位，这名字够狂野，更有许多玄机。

啥玄机？自东土大唐到通天河，五万四千里；从东土大唐到西天，十万八千里；可知通天河就是取经之中道。何为"中"？不多不少、不偏不倚、不过不欠、不紧不慢、不开不合，乃阴阳平分之象。"执中"就是不染两边、不执两端，走正路行大道，自然可以通天。"通天"乃与天道相通之谓也，亦有儒释道三家相通之意也。

通天河边的石碑上，有十个小字："经过八百里，亘古少人行。"不是过路的人少，是"执中"的人少。往往是，贤者过之，愚者不及；智者过之，不肖者不及。孔子早就感叹过：行中庸的人，不好找了！

唐僧向岸边人家敲门借宿，老者开门说："你这和尚，却来迟了。"行事要讲究个时机，早了不行，迟了也不好。师徒用餐，猪八戒叫："添饭！"孙悟空说："收了家伙，莫睬他！"吃饭要吃个不饥不饱，才是正好。"大王一年一次祭赛，要一个童男、一个童女。他一顿吃了，保我们风调雨顺。"一阳一阴，阴阳平衡，风调雨顺也。

师徒踏冰过河，唐僧横担锡杖，孙悟空横担着金箍棒，沙和尚横担着降妖宝杖,猪八戒肩挑行李,腰横着钉钯。这是什么画面?"执中"而行是也。"执中"而行,又为何掉进河里,还让妖怪拿了唐僧?皆因唐僧不顾冰结河水、积雪如山,不听老者等的劝阻,执意过河,操之过急,失了"执中",妖精不拿唐僧又拿哪个?

孙悟空去请菩萨救师父,菩萨道:"你且出去,待我出来。"孙悟空问众诸天道:"菩萨不坐莲台,不妆饰,不喜欢,在林里削篾做甚?"诸天道:"我等却不知。今早出洞,未曾妆束,就入林中去了。又教我等在此接候大圣,必然为大圣有事。"不多时,只见菩萨提着一个紫竹篮儿出林,道:"悟空,我与你救唐僧去来。"

菩萨一大早起来,不曾化妆,就去林中做准备工作,是急。悟空来请,可准备工作还没做好,不能着急行动,是缓。有急有缓,该急则急,当缓则缓,"执中"也。菩萨只用了一只竹篮儿,就把妖精给拿下了,何其方便也!

唐僧师徒从西天取经返回,又是在通天河畔落了难。这又是何意?

唐僧师徒取得真经,已经修得正果,在认识论上又上了层次,还要在通天河处来落实。此前过河,是去真假、凡佛、左右等两端,取其中道;此时过河,连中道也要去掉,由中道观进入非非观。因为"执中"依然没有摆脱我执。非非观,就是既左既右既中,非左非右非中;既空既有既中,非空非有非中,空空复空空。没有过去、现在与未来,那么当下是什么呢?当下即是过去,也是现在,亦是未来。只看到左、中、右,只分得你、我、他,只辨得鬼、人、神,只认识过去、现在、未来,那就是段位还不够。

为了好理解,我们可以类比一下物质的构成。科学家们本以为原子是构成物质的最小单位,后来又发现了质子和电子,然后又发现的夸克等更小的粒子。我们认为的左未必是左、右也未必是右、中也未必是中，在另一个层次上，可能就是"一"。你要获得真相，就得运用"空空复空空"的认识论。

宇宙的原本是辽阔深远的，时空无穷，没有左中右，没有上中下，没有过去、现在与未来。人类做出这些分别、分辨，只是为了方便。方便是方便了，也是自我局限了，损失了更多更大的方便了。孙悟空一个筋头十万八千里，就是大方便。佛陀一念之间可以游遍三千大千世界，就是更大的方便。

唐僧师徒在通天河落水，经卷也被泡了水，只好放在石头上晾晒，其中有一页粘在石头上没揭下来。这便是说，真经不可能是全的，真理是无穷尽的，任何已有的智慧都是有缺憾的，后人是必须有自己的创见的。

金兜山与金兜洞

唐僧师徒过了通天河，就走上了金兜山，遇上了住在金兜洞里的魔王兕大王。

金兜山、金兜洞、兕大王，凑在一起是个啥意思？

列位，那唐僧师徒已经行程过半，功课作得不错，功业也积累了不少，此处弄出来"金""兜""山""洞""兕"之类，大概意思是说，那些个"宝贝"都会得而复失，失而复得。得之当不忘持守精进，失之亦应当耐心修为。"宝贝"为何物？法身是也，格物致知的功夫是也，得道修仙的功力是也。你理解为自己的理想追求，也可以。那此时此地唐僧就是为了生理满足，而忘记了理想追求。

行程虽已过半，而修行则又从"食色"处重新起步。上了金兜山，唐僧就叫肚子饿，猪八戒就喊担子沉，这便是法身隐而幻身显，当下的生理欲望遮蔽了元初之心,只能被肠胃牵着鼻子走。

悟空去化斋,唐僧等不及,与猪八戒、沙和尚出了悟空画出的圈子,到了一处楼阁。猪八戒进去,看到一些衣物,拿了三件背心儿,要穿起来保暖。背心儿,背初心也。背了初心,忘了理想,饥寒之苦便成心魔心苦。猪八戒、沙和尚穿上背心,才紧带子,不知怎么立站不稳,扑的一跌。原来这背心儿赛过绑缚手,霎时间,把他两个背剪手贴心捆了。慌得个三藏跌足报怨,急忙上前来解,却怎么也解不开。自己的心魔,别人安能解开?三个人在那里吆喝不绝,却早惊动了魔头。魔头带小妖出来,将三人捆了,带进了金兜洞。

这修行修为也和健身有些类似,你行动上一松懈、吃喝上一放纵,脂肪便会增加,肌肉就会减少,身体的机能就会下降。你若是让"肠胃"完全做主,什么功夫都会白废。

解阳山与破洞儿

人生的真相是苦,苦从何来?来自由"身、口、意"引出的烦恼。所以,佛祖用"四圣谛"来渡人。"苦谛"揭示世间是苦果,"集谛"阐明业与烦恼是苦的根源,"灭谛"说明了解脱与正果,"道谛"指明了离苦的道路。

唐僧师徒在金兜山,因受不住饥寒之苦,乱了心智,中了魔头的圈套,遭了一番大磨难。这一难刚刚过去,新的磨难就又到了。这一回是因为口渴。

唐僧师徒正走着,遇到了一条小河,河水清澈,湛湛寒波。猪八戒叫来渡船,过得河来,唐僧见水清,一时口渴,便着八戒:"舀些水来我吃。"猪八戒说:"我也正要些儿吃哩。"即取了钵盂,舀了一钵，递与师父。师父喝了一少半，剩余多半，八戒一气饮了。

列位都知道，唐僧与八戒这是喝了子母河的水，吃下之后便有了身孕，腹痛难忍。有婆婆指点，说是得到解阳山破儿洞，取那落胎泉里水，吃上一口，便可化了胎气。但那泉水并不是随意能取。因为有一位自称如意真仙的道人，把破儿洞改作聚仙庵，护住了落胎泉。有要求那水的，须花红表礼、羊酒果盘，志诚奉献。

此处，表面上说的是口渴引发的怀孕事件，实则说的是性渴引起的乱性故事。

何为解阳山？何为破儿洞？虽是隐喻，意亦明显。来了位道人，自称如意真仙，即是把那"解阳山"当成了游玩的如意地；把"破儿洞"改为"聚仙庵"，就是把入进那"破洞儿"当作了神仙聚会。这便是"痴"。护住那落胎泉，不肯与人，即是"贪"。"解阳山"与"破儿洞"的真相是"解"是"破"，而世人却当成了如意地、聚仙所，便是把幻相当真相。便有了苦中作乐、以苦为乐。这种实苦假乐随时都会破灭，也就是"喝口水"的事。

喝了那小河水，又去抢那破儿洞的山泉水；这河那山，这水那泉，作者讲了半天，若是用两个字来概括，就是：色戒。

女儿国是个什么地

女儿国的正式名称叫西梁国，意思就是凄凉地。为何凄凉？三个字：缺男人。

唐僧团队一路与风险相伴，整天紧张兮兮的，可到了女儿国，情况完全变了。

可是这个变只是表面的，吴承恩要在这儿安排一场特殊的较量。

唐僧一行进了女儿国,那里人都是长裙短袄,粉面油头,不分老少,尽是妇女,正是:农士工商皆女辈,渔樵耕牧尽红妆。她们正在两街上做买做卖,忽见四众来时,一齐都鼓掌呵呵,整容欢笑道:"人种来了!人种来了!"须臾间就塞满街道,娇娥满路呼人种,幼妇盈街接粉郎。唐僧一行那颗长期悬着的心也放了下来,脸上绽放出笑容。尤其是猪八戒,那是心里脸上开出了两层花。

女王听说那唐僧丰姿英伟、相貌轩昂,就派太师去做媒,愿以国相许。唐僧听了悟空之计,假意应允,等拿到签证后,伺机走人。

女王听太师说,唐僧在徒弟劝说下,已经答应与女王成亲,就安排大摆宴席,并亲自到驿馆去迎接唐僧师徒。

女王一看到唐僧,顿时凤目闪光,只见那唐僧:齿白如银砌,唇红口四方;顶平额阔天仓满,目秀眉清地阁长;两耳有轮真杰士,一身不俗是才郎。只看得心欢意美,不觉淫情汲汲,爱欲恣恣,展放樱桃小口,呼道:"大唐御弟,还不快到我车上来?"

唐僧师徒吃了宴席,拿到了签证。唐僧说要送送徒弟,出得城来,唐僧就对女王说:"对不住了!我要和徒弟们一起走了。"女王闻言,大惊失色,扯住唐僧道:"御弟哥哥,我愿将一国之富,招你为夫,明日高登宝位,即位称君,我愿为君之后,喜筵通皆吃了,如何又变卦?"

是啊!又有江山又有美人,唐僧为何不动心?还有啊,多少人把王位看得比命还重,这位女王如何重男色而轻江山?难道是女王生得丑吗?

书中是这样交代的。

猪八戒在旁,掬着嘴,饧眼观看那女王,却也袅娜,真个眉如翠羽,肌似羊脂。脸衬桃花瓣,鬓堆金凤丝。秋波湛湛妖娆态,春笋纤纤妖媚姿。斜軃红绡飘彩艳,高簪珠翠显光辉。说甚么昭君美貌，果然是赛过西施。柳腰微展鸣金珮，莲步轻移动玉肢。月里嫦娥难到此，九天仙子怎如斯。宫妆巧种非凡类，诚然王母降瑶池。那呆子看到好处，忍不住口嘴流涎，心头撞鹿，一时间骨软筋麻，好便似雪狮子向火，不觉的都化去也。

女王不是一般的美，而是美得不一般。那女王为何还要拿江山作嫁妆呢？

女儿国是个阴阳严重失衡的地方，最不缺的是美女，最稀罕的是男性。所谓宝贝，其根本属性就是稀罕。女王稀罕唐僧这样的美男子，就愿意拿江山来换取；可是唐僧稀罕的是佛经，江山与美女在他眼里便不可能是"心肝宝贝"。

失衡就是不好的吗？那可不一定。失衡是稀罕的前提条件。女儿国里那么多美女，就没人在意了，可对男人来说，就是收割美女的绝好机会，因为在这儿，只要是个男人，那就是帅哥了。

女儿国的女人们缺阳，唐僧缺阴，可唐僧却生怕自己被女王夺去了童身，难道唐僧不需要阴阳平衡吗？这个问题很好。平衡是任何一个系统的生存法则，没有例外。但是，平衡与失衡来自哪里呢？来自内心。一个心心念念上北大清华的青年，让他心理失衡的一定是落榜，而不会是失恋。

女王和唐僧稀罕的是不一样的东西。我们每个人都有不同的稀罕的东西，不能以为你稀罕的别人也一定稀罕，或者你不稀罕的别人也一定不稀罕，以免好心办坏事。我们经常说："胡萝卜加大棒。"但须知对不同的人，须用不同的"胡萝卜"。比如，你用胡萝卜去诱惑兔子管用，去诱惑猫就不管用。

你以为的只是你以为的，你稀罕的只是你稀罕的，你乐意的只是你乐意的。在替他人着想、为他人服务、让他人开心之类的事上，切忌任性。

毒敌山与琵琶洞

说过了解阳山、破儿洞和女儿国的故事，作者还没说够，还没讲透，于是又弄出毒敌山与琵琶洞的故事，讲得又狠又毒。

唐僧师徒刚要出女儿国，只见路旁闪出一个女子，喝道："唐御弟，那里走！我和你耍风月儿去来！"沙僧骂道："贼辈无知！"掣宝杖劈头就打。那女子弄阵旋风，"呜"的一声，把唐僧摄将去了，无影无踪，不知下落何处！

孙悟空哥仨急驾云头，追赶寻找，来到一座高山，按下云头，找路寻访，发现了一个石屏，转过石屏有两扇石门，上方有六个大字：毒敌山琵琶洞。这洞里住着那个？就是刚才摄走唐僧的蝎子精。

解阳山与毒敌山，其实隐喻的是同一座山；破儿洞与琵琶洞，暗指的也是同一个洞。但是，对"山"与"洞"的看法上却又有分别。那"山"不只解"阳"，而且有毒；那"洞"不仅破，里面还有"蝎子精"。只知其解"阳"，不知其有毒，这是没有看透；只知那洞儿破，不知有"蝎子精"，那是没有看破。

没有看透，没有识破，便要详察细究。孙悟空就变成一只蜜蜂，钻将进去。见那女妖弄了两盘包子，一盘荤，一盘素，对唐僧说："这里荤素面饭两盘，凭你受用些儿压惊。"唐僧问："荤的何如？素的何如？"女妖说："荤的是人肉馅的，素的是邓沙馅的。"唐僧道："贫僧吃素。"那女妖将一个素包子劈破，递与唐僧。唐僧将一个荤馅包子囫囵递与女妖。女妖问："你怎么不劈破与我？"唐僧答："我出家人，不敢破荤。"

荤包子为色，素包子是戒。女妖劈破素包子给唐僧，就是要他破戒。唐僧把一个囫囵荤包子给女妖，就是不沾色。这一拉一拒，虽然行为相反，一个要色，一个拒色，却皆是满眼春色，都是尘心动念。这便是肉眼人心，看不透，识不破。哪个能让真相大白呢？菩萨说了，东天门里光明宫昴日星官可以。

星官到了毒敌山，等孙悟空把那女妖引出洞来，现了本相，原来是一只双冠子大公鸡。对女妖一叫，那女妖就现了原形，是个琵琶大小的蝎子精。这便是"雄鸡一唱天下白"也！在"大公鸡"眼里，那女妖毫无春色，只是一只大蝎子而已，何来诱惑？又何需拒绝？

此处，言情色而警幻相。色不在有无，而在肉眼尘心看不到真相。以色为实或以色为空，皆非法眼所见，亦非法身所为。只有心死才有神明。

哪里来的火焰山

师徒四人往前行走，可走着走着，渐觉热气蒸人。唐僧就说："这正是秋天，怎么反有热气？"猪八戒说："想必是到了日落之处。"孙悟空道："呆子莫乱谈！那地方还远着哩。"猪八戒道："哥啊，你说不是日落之处，为何这等酷热？"沙和尚道："想是天时不正，秋行夏令之故。"

说话间，见一老者。唐僧问道："敢问公公，贵处遇秋，何返炎热？"老者道："敝地唤作火焰山，无春无秋，四季皆热。"唐僧道："火焰山却在那边？可阻西去之路？"老者道："西方却去不得。那山离此有六十里远，正是西方必由之路，却有八百里火焰，四周围寸草不生。若过得山，就是铜脑盖，铁身躯，也要化成汁哩。"

这儿为何竟有八百里火焰山呢？孙悟空找土地问寻，土地回道："这火原是大圣放的。"悟空怒道："你这等乱谈！我可是放火之辈？"土地道："是你也认不得我了。此间原无这座山，因大圣五百年前大闹天宫时，被显圣擒了，压赴老君，将大圣安于八卦炉内，煅炼之后开鼎，被你蹬倒丹炉，落了几个砖来，内有余火，到此处化为火焰山。我本是兜率宫守炉的道人，老君怪我失守，降下此间，就做了火焰山土地。"

火焰山这一段，重点也是讲因果、说缘起。当初，孙悟空蹬倒丹炉，逃了出来，却砸落了几块砖，成了凡间的火焰山。要过这火焰山，得去借芭蕉扇，可这扇子的主人正是红孩儿的母亲。你看孙悟空逃出了炼丹炉，还额外收获了火眼金睛，可以说是因祸得福，收益不小，但你后面还得补交"所得税"。孙悟空要"补税"，就得向铁扇公主"借贷"，可孙悟空和人家的儿子打过架，所以铁扇公主说："谁都可以借，就是不借给你！"

佛家相信轮回与因果报应。你碰到的一切，皆与你过去所做的业有联系；而你当下的作为，又影响到你今后的生存状况。生意上的盈亏、职场上的成败、生活上的悲欢等，都是暂时的，或者透支，或者借贷，迟早都得平账。所以，盈亏、成败、悲欢等都是虚幻的。

火焰山，是因果地，也是还账处。火焰起由缘起，火焰灭因缘散。

积雷山与摩云洞

"雷"即起即灭，"云"聚散不定，二者都不常驻、不稳定、不确定。电闪雷鸣，风云变幻，都是相当危险的景象。由此可知，积雷山与摩云洞是一处危险之地、灾祸之所。

这山洞之中，住着哪位？

正是铁扇公主的夫君牛魔王也。牛魔王不与铁扇公主同住翠云山芭蕉洞，却为何住在这积雷山摩云洞？原来这山上住着一个老狐王，狐王死了，留下一个女儿，叫玉面公主。玉面公主有百万家私，无人打理，急需一个当家作主的。两年前，访着牛魔王神通广大，情愿倒陪家私，招其为夫。牛魔王禁不住美女加财富的诱惑，就弃了铁扇公主，与玉面公主住在了这积雷山上。他哪里想到，这"雷"积得差不多了，混世魔王一来，就要炸了。

孙悟空找铁扇公主借芭蕉扇，被铁扇公主给骗了，便来积雷山，求牛魔王帮忙，被牛魔王拒绝。孙悟空就变身牛魔王，从铁扇公主那里骗得宝扇。牛魔王又变成猪八戒，骗了孙悟空，拿回了宝扇。于是，双方打了起来，可以说是棋逢对手、将遇良才。孙悟空有猪八戒等助阵，牛魔王只好且战且退，一直退到积雷山上。

牛魔王见自己搞不定悟空等，就化作一只天鹅，向山外便逃。孙悟空吩咐猪八戒打进摩云洞，收拾众妖精，自己变作一个海东青，飞到天空，倒落在天鹅身上。牛魔王这厢与孙悟空打斗，那边猪八戒早杀入摩云洞，把玉面公主和一众小妖灭了个干干净净，又点一把火，把个山洞也烧了个干净。

玉面公主招婿不当，招来了杀身之祸。别人手上的好东西，到了你手上可能就是坏东西。别人的福星也可能是你的灾星。别人的宝，可能是你手上的"雷"。千万别老看着别人的比自己的好，更不要非得抢到自己手里才好。

祭赛国里僧背"锅"

"祭",向外表心也;"赛"向外争先也。祭赛国,重外在轻内修的国度。这样的地方自然是"文也不贤,武也不良,国君也不是有道"。

祭赛国有一座金光寺。"金光"者,英华外溢、炫耀卖弄之象也,光照四方而塔下漆黑。

这座金光寺,自来宝塔上祥云笼罩,瑞霭高升;夜放霞光,万里可见;昼喷彩气,四国同瞻。故此以为天府神京,四夷朝贡。只是三年前,夜半子时,下了一场血雨。从此,祥云不在,外国不朝。

不内修,只外求,以为是天经地义,然岂能长久?一旦运去灾来、繁华不在,又绝不会内省,只能向外推责,由是愈加暗昧不明,弄得乌烟瘴气。

那祭赛国国王,见了唐僧,看了关文,说道:"似你大唐王有疾,能选高僧,不避路途遥远,拜我佛取经;寡人这里和尚,专心只是做贼,败国败君。"别人命好,手下有高僧;我命真苦,和尚只会做贼。

今天,我们的世界状况与这个"祭赛国"是何其相似!或者说,整个世界就是现代版的"祭赛国"。大家借助现代传播技术,变着花样地向外表达,各种各样的"表"层出不穷。与各种"表"相伴而生的是各种各样的"赛"无处不在,以及各种各样"赛"的暧昧不明。不修内,不安心,全是躁动,都是虚火,安能无病无灾乎?

大家都努力"表",奋勇"赛",表来表去,赛来赛去,得到的却只有心塞。

如何解得心塞？悟空是这样说的："'金光'二字不好，不是久住之物：金乃流动之物，光乃闪烁之气。贫僧为你劳碌这场，将此寺改用伏龙寺，教你永远长存。"

荆棘岭与水仙庵

此前，唐僧师徒遇到的多是凶山恶水、山精水怪，又或者是水秀山青、美女柔情，此番到了荆棘岭，又是另一番考验。

荆棘岭，言其难缠也。急不得，躁不得，有力气使不得；荆棘岭里碰上了水仙庵，静得很，雅得很，仙境禅意妙得很；抬腿是荆棘，驻足成陶翁，走还是不走？

唐僧被一老者弄到一座烟霞石屋之前，轻轻放下，与他携手相搀道："圣僧休怕。我等不是歹人，乃荆棘岭十八公是也。特邀你来会友谈诗，消遣情怀。"唐僧抬头观看，见另有三个老者。一个霜姿风采，一个绿鬓婆娑，一个此心黛色。十八公介绍道："霜姿者号孤直公，绿鬓者号凌空子，虚心者号拂云叟。老拙号劲节。"

四老与唐长老落座，谈诗论禅，好不惬意！正在兴头上，又来了一位美女，还带着两位仙女。美女号杏仙。杏仙貌美如花，腹有锦绣，亦是口吐莲花。那杏仙欲与唐僧结为佳偶，共赴神仙日子。唐僧不从，正难分解之时，悟空几个到了，几位急忙跑了。

悟空说，十八公是松树，孤直公是柏树，凌空子是桧树，拂云叟是竹子，杏仙是杏树；两位女童，一为丹桂，一为蜡梅。都是树精。

列位，这可都是孤直高洁之象征。作者整了这一出，意欲何为？成仁、得道、入佛，非虚空，非孤寂，非高雅，非空谈也！脚踏实地，披荆斩棘，始得正果！

小雷音寺的声音

《西游记》的许多故事，都是喜剧，味道丰富，口感独特，令人掩卷沉思。小雷音寺的故事，对儒释道三家皆有影射。"小雷音寺"者，不能贯天彻地、不能振聋发聩是也！小家子气、小门小径、旁门歪道，终是难成大器。

小雷音寺里的黄眉怪，是弥勒佛座下的黄眉童儿，地地道道的自己人。弥勒佛大肚能容天下难容之事，最大的本事就是包容，可他的童儿却偷偷从旁门跑了出来，做天理不容的事儿。这是说，佛是真佛，经是好经，和尚则未必是好和尚。在弥勒佛的工作室里有这么一等货色，是不是特滑稽？

这黄眉怪，还有这么一层意思：它就是我们自己身上的妖怪，藏在眉毛里，自己完全发现不了。

一个金铙扣住了孙悟空，悟空变大，它变大，悟空变小，它变小，始终不留一丝一毫的缝隙，里面黑漆漆的，向外看不到一线光亮。这里讽刺的是儒释道等各家的门户之见、封闭行为。那金铙可大可小，便是自以为是、自高自大；里面黑，向外看不到光，就是自我封闭，看不见别家的优点；孙悟空再怎么折腾，也没有办法，便是各家相互贬损，实则是自我局限。

那个好生了得的布袋，隐喻着什么呢？弥勒佛说得明白："那是我的'人种'袋。""人种"就是人的祖宗，"人种"袋便是人之始祖的家园。所以，不管你是什么门派，不管你有什么理论，不管你有什么技能，它统统能够装进去。装进去了，成为一家人了，也就走出来了。

孙悟空把各路大神都请来了，却都被装进布袋里去了，这就是让大家认祖归宗嘛！为什么还要弥勒佛出面来收场呢？弥勒佛包容呀！有容乃大。有多大？其大无外，其小无内。那弥勒佛为啥还要孙悟空钻到黄眉怪的肚子里？这就是说，小才是大，不要自大。

小雷音寺的声音是辣椒味的，要是"听"不出辣味来，"下水道"可就面临风险啦！

七绝山与稀柿衕

《西游记》这一回，是骂人最狠的。把人骂了个完全彻底。这就是杀里求生、骂中显爱。

七绝山上满山柿子树。柿树有"七绝"：益寿，多阴，无鸟巢，无虫，霜叶可玩，嘉实，落叶肥大。

衕，就是胡同。稀柿，就是烂柿子。柿子树之间，一地腐烂变质的臭柿子，便成了稀柿衕。

这"柿子"便是世子、世人，"七绝"便是"七情"。"七情"泛滥，人间变质，没有正道，只有污秽遍地、臭气熏天的小胡同。所以，猪八戒对孙悟空说："哥呀，这个所在，岂是住场！满山多虎豹狼虫，遍地有魑魅魍魉。白日里尚且难行，黑夜里怎生敢宿？"

这山上有一个蛇精，吃人，吃牛羊鸡鸭，吃一切。蛇精，人心也！蛇精把孙悟空吃进去，却让孙悟空在里面用金箍棒给捣腾死了。心病，得从里头来医。尘心不死，道心就出不来。那蛇精一死，孙悟空就从它脊背上钻了出来。孙悟空，道心之谓也。

猪八戒在外面，照那蛇一通乱打。孙悟空说："呆子，他死也死了，你还筑他怎的？"猪八戒说："哥啊，你不知我一生好打死蛇？"哈哈，世人医治社会病症，不就是如此吗？治标不治本，来回瞎折腾。此是其一。"好打死蛇"，以显其功，便是其二。

这一回，最有趣的桥段是孙悟空让猪八戒拱路。

唐僧到了七绝山稀柿衕口，闻得那般恶臭，又见路道填塞，说道："悟空，似此怎生度得？"人心污秽如此，如何度得？悟空说，有办法。

悟空的办法是什么？叫村里人多置办些吃的，让猪八戒吃得饱饱的，心情美美的，然后变成一头大猪，在旧路上拱出一条新路来。村里人多置办食物，就是儒家的"仓廪实而知礼仪"，用今天的话说，就是解放生产力、发展生产力。猪八戒变成猪，就是回到原本、找到初心，也就是道家讲的"绝圣弃智"。

作者慈悲，骂够了，还得给出路。什么出路？香从臭中来，路得用"头"走。

朱紫国里找东西

"朱紫"，大红大紫。"朱紫国"，繁荣昌盛之国。富贵之乡，看着风光，但是，精神容易走岔路，情感容易丢东西。

唐僧师徒正行进间，就见有一座城池相近。唐僧道："徒弟们，你看那是什么去处？"悟空道："师父原来不识字？"唐僧道："我自幼为僧，千经万典皆通，怎说我不识字？"悟空说："既识字，怎么这城头上杏黄旗，明书三个大字，就不认得，却问是甚去处，何也？"唐僧喝道："这泼猴胡说！那旗被风吹得乱摆，总有字也看不明白！"悟空说："老孙偏怎看见？"

这是那个关于是"风动、幡动还是心动"的故事，让唐僧师徒演绎了一番。尘心迎风招展，眼睛就看不见了。唐僧虽然"才八学五"，可心不静，照样看不见。当今世界，学士、硕士、博士，遍地都是，但能看清世事的却极少。世间无字之书，是靠心来读的。靠什么心来读？无心之心。心若静了空了，可有中见无，能无中见有。"菩提只向心觅，何劳向外求玄。"这个心是天地之心。

唐僧师徒进城之后，在"会同馆"住下。唐僧去倒换关文，孙悟空和猪八戒出去买东西。作者在这里勾勒了一个对比影像。一边是集市上熙熙攘攘、买卖兴旺，一边是国王沉疴伏枕、日久难愈，无人能医，朝廷贴出告示，普招贤士，为国王治病。

这边是集市上不缺东西，那边是国王有病无方可医。这就提出了一个问题，究竟什么才是东西？

孙悟空揭了榜，便是要帮助朱紫国找到东西。孙悟空的这种行为，便是法布施。

盘丝洞与濯垢泉

盘丝洞，情场情网也。七个妖女，"七情"之意也。迷情即为着妖。

濯垢泉，原为仙人浴池，清净之水，可以去垢；妖精占了，昔日清源，陷于污垢，清泉变为污水。然色界中人，却以污水为自然也。

此时此刻，盘丝洞与濯垢泉就是一个天然大型情色现场，等着唐僧师徒进入"考场"。第一个出场的是唐僧。

那唐僧见了一处人家，要亲自去化斋，悟空劝说不过，只能由了师父。

唐僧到了庄前，看到四个女子在做针线，仔细再看，心慌意乱，但见那女子，一个个："闺心坚似石，兰性喜如春。娇脸红霞衬，朱唇绛脂匀。蛾眉横月小，蝉鬓迭云新。若到花间立，游蜂错认真。"

唐僧看了半天不敢吱声，又往前走，看见有三个女子在一座木香亭下踢气球。这三个与那四个又有不同。但见那："蹴鞠当场三月天，仙风吹下素婵娟。汗沾粉面花含露，尘染蛾眉柳带烟。翠袖低垂笼玉笋，缃裙斜拽露金莲。几回踢罢娇无力，云鬓蓬松宝髻偏。"

列位，您觉得唐僧的表现正常吗？以尘心来观，正常。以道心来察，不正常。

因为唐僧看到的，都是情色。先看到的是情欲初起、春心荡漾之情色，之后看到的是乌山云雨、颠鸾倒凤之情色，即便被妖精吊起来之后，还在留心看着那些女子，已经完全迷失了本心，进入了表象、幻相世界。这便是唐僧自陷情网、自投罗网了。

第二个进入考场的是孙悟空。那七个女妖，来到濯垢泉，脱衣沐浴，让孙悟空看了个清清楚楚。孙悟空见了一群裸体美女有什么表现呢？他变了一只老鹰，把人家的衣服全给叼走了。这岂不是臭流氓行为？非也！衣服是表象，人的皮囊也是表象。此乃是抛开表象、不为幻相所迷惑之意也。

第三个登场的是猪八戒。与孙悟空的上天不同，猪八戒是入水。他直接下了水，变成一条鲇鱼精，在女妖们的胸前、裆下游来戏去。唐僧是坠入情网，猪八戒便是陷进欲海了。两位都让妖精给拿进了盘丝洞里。表面上是被捉，实际上是自投罗网。

沙和尚因为看行李，没有进入考场。三位参加考试的，两位考砸了，只能靠孙悟空来救场。

孙悟空救了唐僧和猪八戒后，猪八戒要把盘丝洞给砸了，孙悟空说："不若寻些柴来，与他个断根吧！"那千丝万缕的情网，如何能砸破？得从心中去灭才成哩！

狮驼岭与狮驼洞

唐僧师徒在狮驼岭，受了二次三番的大折腾，差一点被蒸了。取经路已经走了一多半了，为啥还这么不经事？

简单说，有狮驼岭必然掉进狮驼洞。

狮子的特点是什么？强大且夸张。骆驼最显著的生理特点，就是背上高峰耸立。这两个动物的共同特点，就是不谦虚；用上纲上线的话来说，就是自高自大、心狂气盛。常言道，骄兵必败。所以，有狮驼岭，必有狮驼洞，专等那自高自大的"狮驼"掉进洞里来。

取经路上，或者说人生路上，过不了这一关，就会栽倒在半路上。所以，当唐僧想绕道而行的时候，孙悟空说："转不得。此山径过有八百里，四周围不知有多少路哩，怎么转得？"唐僧听了，止不住眼中流泪。悟空道："莫哭！莫哭！一哭便脓包了！"

唐僧这一哭，了不得！不得了！暴露了唐僧具有成为非常人的特质。因为他知道这一关非常难过。如果说，贪财是太行山，好色是峨眉山，那么自大就是喜马拉雅山。孙悟空也知道这一关难过，可他不畏难，在这个不畏难里，又有低估困难的成分在。正是因为孙悟空对困难估计不足，变化应对不恰当，才会让妖精多次得手。当他听说师父被妖精生吃了之后，放声大哭。这时，孙悟空也"脓包了"。但是，正是这放声大哭，才是过关的标志。知道难，就不那么难了。

知道自己不行，才能保持前行。倘若没有了行与不行的计较，那便是行也行、不行也行了。

比丘国与小人城

比丘国与小人城，很值得玩味。越把玩，越有味。

比丘国，佛地，彼岸也。小人城，俗地，此岸也。比丘国如今被叫作小人城，由彼岸又回到此岸也。

此小人与彼"小人"，又有不同。此小人，可理解为虚伪、奸邪、见利忘义之徒。彼"小人"，又可理解为幼儿，引申为天真、纯净、具有赤子之心。此小人为贼，彼"小人"是圣。

比丘国与小人城，意思就是此岸与彼岸都在一个地方，从此岸到彼岸、自尘世入净土，就在一念之间。

这一段故事是有出处的。《根本说一切有部毗奈耶杂事》记载，鬼子母神生了五百个猴子，因前世有恶邪愿，所以常吃舍王城中的幼儿，人们只好求佛。佛将鬼子母幼子藏于钵中。鬼子母不见幼子，悲痛万分。佛对她说："你仅失五百子中一小儿，犹悲伤至此，而你食他人之子，其父母之苦如何？"鬼子母听后皈佛，立誓做安产与幼儿保护之神。

一念是菩萨，一念是妖精；一念是神仙，一念是魔鬼。那么人是什么呢？人就是如浪花一般的念头起起灭灭的一种生命运行状态，一会雄起，一会湮灭，一会创造，一会毁灭。人心就像浪花，道心如同大海。是大海还是浪花，就在一念之间。

比丘国经济发达，河清海晏，说明那国王是个明主，起码是个优秀的"一把手"；可他为了自己延年益寿，竟听了国丈之言，要取那千名幼儿的心肝，作为自己长寿的药引子；这一念之间便由明主变成了昏君。

唐僧听说那些幼儿的遭遇，流下泪，慈悲心起，便是菩萨。当他听说国王要取他的心肝，就吓了个半死，同意让悟空来做假唐僧，贪生之念一起，就成了怂包。

简单地判断一个人是好人或坏人，是非常不靠谱的。此时做了好事，未必过去没做过坏事，更不能保证以后不干坏事。此时做了坏事，不代表过去没有干好事，更不能说明今后不干好事。

不只是你要判断的那个人，有着念头生生灭灭的变化，无法确定其好坏；而且你的判断也全在一念之间，基本上是不靠谱的。

有这么一个段子，最能说明这个问题。说是有位母亲，特别宠爱二儿子，十分瞧不上大儿子。一天，两个儿子都抱着书本睡着了。母亲看到后，对老公说："老大就是不爱读书，一看书就睡觉；你看老二，多爱学习，睡觉都还抱着书本。"

你要不被那一个个的念头所左右，就得像唐僧师徒那样去西天取经。什么是"西天取经"？无非"下学"而"上达"也。所谓"下学"，就是一步一个脚印地向西而行，就是生活实践。所谓"上达"，就是进入"形而上学"，就是哲科思维。到了这等天地，你就不受"地球引力"的限制了，可以"腾云驾雾"了。

陷空山与无底洞

陷空山，山陷入空洞；无底洞，洞深到无底。人要进了这样的地方，会不会有些心虚？

盘丝洞与七女妖，主要在说情之错综复杂、百般纠葛，斩不断、理还乱，不好摆脱。无底洞与地涌夫人，重点在说情之深情之浓，欲罢不能，愈陷愈深，两次三番，还是回到了从前。

从修身上来理解，男女之情欲，就是无底洞，永远也填不满，填来填去终是空。从前爱得多么死去活来，以后相处得就有多么生不如死。追求有多热烈，分手就有多决绝。

从前之心不可得，当下之心不可得，未来之心不可得。自己的心不可得，别人的心更不可得。既然是不可得，那还谈什么情、说什么爱、讲什么知己呢？

心虽不可得，却可以享用。你体验的爱情，其实就是别人对你上了心用了心。尽管他在乎你，你也在乎他，可谁也没有得到对方的心。但是，你在一定时期内得到了享用权，享用的过程是甜蜜的愉悦的。多数女人会问男生："你是真心的吗？"这就是好傻好天真。因为谈恋爱的时候，双方起的是如意心。如意心如同那花朵，有时开，有时谢，是随气候季节而变化的。变了还会变，所以不可得。

倘若你不求拥有、不求长期占有，那么花开是风景，花落亦是风景。不去谈情说爱，就体验不到任何风景。

其实，这陷空山与无底洞，还可以从修性的角度来认识。陷空山，就是虽雄伟却虚心；无底洞，就是求知若渴、永不自满。

空为实之用，有空无实终不堪用，必须在实上再下一番功夫。所以才有孙悟空三次进入无底洞。第一次，没能救出师父。第二次，救出师父却又被妖精再次劫走。第三次，请来天兵天将援助，拿下妖精，救出师父。就是说，往深处走、往实里走，得掌握好火候，得经得起反复磨炼。

从灭法国到钦法国

　　这一段故事，非常奇特。这一段故事，包含着一个不太好理解的道理。

　　灭法国国王，因僧人对其不敬，便向天许愿，要杀一万个和尚做圆满。唐僧师徒到达灭法国时，已经杀了九千九百九十六位和尚，刚好还差四位。

　　唐僧师徒听到消息，不敢贸然进城，只由孙悟空先行进城去摸摸情况。孙悟空见一时并无良策，只好在店中偷了衣服，师徒四众假扮俗众，进城投宿。

　　如今，网络上常说，人们会用脚投票。事实上，能够用脚投票的只是少数人。对于大多数人来说，他们只能选择作假。前者是另找出路，后者是暂求活路。多数人只能暂时选择自保。

　　师徒四人住店，怕晚上熟睡，被人发现是和尚，便要店家寻一个暗处歇息。那店家便找了一个大柜子，抬到院子里，让四位睡了进去。恰好，有店家伙计与强盗勾结，深夜进来抢劫，以为柜子里是贵重财物，便抬了去。路上被官兵追杀，只好弃了柜子逃命。官兵将柜子抬来，欲早朝向国王报功。

　　唐僧在柜子里埋怨悟空，悟空说师父放心，一切都安排好了。及至早朝，官兵打开柜子，猪八戒先跳了出来，悟空、沙僧扶唐僧出来。那国王看见四个和尚，慌忙出了金殿，同群臣拜问："长老何来？"唐僧说："是东土大唐差往西天取经的。"国王又问："长老远来，为何在这柜里安歇？"唐僧平静地介绍了他们的可笑离奇经历，那国王却说："如今群臣后妃，发都剃落了，望老师勿吝高贤，愿为门下。"

悟空说:"你只把关文倒换了,送我们出城,保你皇图永固,福寿长臻。"国王听了,当即下令让光禄寺安排筵席,即时倒换公文,并求师父改换国号。孙悟空说:"陛下'法国'之名甚好,但只'灭'字不通。自经我过,可改号'钦法国'。管教你海晏河清千代胜,风调雨顺万方安。"国王谢了恩,送唐僧四众出城。群臣自此秉善归真。

国王与群臣、嫔妃怎么就一夜之间被剃了头发,入了佛门呢?当然是孙悟空捣的鬼。老孙搞这种事,自然是"小菜"。

这里的问题是,那国王杀了接近一万僧人,为何自愿进入佛门,就一笔勾销了?当然是我佛慈悲为怀。我佛为何如此慈悲?佛不纠结于表象,直抓本质。那国王开了杀戒,犯了大错,让孙悟空偷偷给剃度了,他知道自己错了,有决心改正,如此一来,受益的便是黎民百姓。如果把那国王杀了,或者关进监狱,那就得另选一位国王,而这位国王极有可能还需要在错误中成长。这样的话,老百姓付出的成本就会更高。许多惩治坏人的极端措施,表面上令人称快,实质上都会让百姓重受"二茬苦"、再受"二茬罪"。要知道,凡是让当下特别痛快的事,都会在未来付出代价。

可是,如果一个人做了坏事,得不到惩罚,就会有更多的人去效仿,老百姓还是会遭殃。因此,惩戒是必要的,但要讲究方法,考虑到总体成本与长期效果。孙悟空的方法就很巧妙,成本非常低,效果特别好。所以唐僧说:"悟空,此一法甚善,大有功也。"

为民除害的时候,一定要考虑此法是否"甚善"。知道思考此法是否甚善,便是"钦法国"。

隐雾山与折岳连环洞

在隐雾山，孙悟空被骗得好惨！那叫个凄凄惨惨戚戚，真是惨不忍睹啊！

折岳连环洞的妖精，硬实力很一般，但软实力不一般。他们知道孙悟空的厉害，所以决意智取孙悟空。孙悟空的智商也不一般，所以妖精就用了连环计。因此，这个地方叫作隐雾山折岳连环洞。

妖精先是用"分瓣梅花计"，把悟空、八戒、沙僧三个调离了唐僧身边，将唐僧拿进山洞。然后，静候悟空几个来寻师父。那妖精知道悟空禁不住捧，便用柳树根做了一个假人头，等悟空、八戒寻至洞穴，便着一个小怪，使漆盘儿拿到门下，叫道："大圣爷爷，息怒容禀。"孙悟空听见叫大圣爷爷，便止住猪八戒："且莫动手，看他有甚话说。"那小怪道："你师父被我大王拿进洞来，洞里小妖村顽，不识好歹，这个来吞，那个来啃，抓的抓，咬的咬，只剩下一个头在这里也。"

悟空说："吃了便罢，只拿出人头来，我看是真是假。"猪八戒一看，就哭了起来。悟空道："呆子，你且认认是真是假。就哭！"猪八戒问："怎认得真假？"孙悟空就让其现了本相，原来是个柳树根。猪八戒就骂道："我把你这伙毛团！你将我师父藏在洞里，拿个柳树根哄你猪祖宗，莫成我师父是柳树精变的！"

妖精一计不成，又使一计。又选了一个鲜人头，啃了头皮，滑塔塔的，还使个盘儿拿出，说道："大圣爷爷，先前委实是个假头。这个真正是唐老爷的头，我大王留了镇宅子的，今特献出来。"

孙悟空认得是个真人头，没奈何就哭，猪八戒与沙和尚也一齐放声大哭。

这哥仨怎么就叫妖精骗得跟傻帽一般？

这悟空哥几个哭的是谁？是你我，是众生。我们都居住在隐雾山中，生活在连环计里，完全不明就里，却在那里高谈哲科思维、阔论人文思想、狂饮心灵鸡汤，这边是"风风火火闯九州"，那边是"白茫茫大地真干净"，自以为红尘山林都看破，其实不过是被妖精拿下的"唐僧"一个，怎不叫悟空哥几个好生难过！

众生不过是在"连环计"里过生活，还以为自己击中了"十环"，夺了个冠军哩！

玉华洲与暴纱亭

唐僧到天竺国玉华王府去倒换公文，那王爷十分客气，办了手续，安排斋饭。唐僧说还有三个徒弟同行，王爷当下安排人去请来一并接待。接待办的人员到了"待客馆"，那边的工作人员都说："未曾见"，又见外面坐着三个容貌奇丑的和尚，便问："那个是大唐取经僧的高徒？我主有旨，请吃斋也。"八戒正坐打盹，听见一个"斋"字，忍不住，跳起身来答道："我们是！我们是！"接待办的人员见了，吓得魂飞魄散。

天竺国已是极乐圣地，玉华洲亦指光明华贵之所。可是，这里的人已然以貌取人，不辨真相，不识真人。高僧明明就在眼前，人们都说："未曾见"。看到猪八戒竟吓得魂飞魄散。人们看到猪八戒吓得要死，可看到那些真正害你的人与事物却趋之若鹜，就是住在佛祖旁边的人也难以避免。这里在强调，远离颠倒梦想是一场艰难的修行，必须常修长修、久久为功。

那王爷见了悟空哥仨，见相貌丑恶，也心中害怕。唐僧就说："千岁放心。顽徒虽是貌丑，却都心良。"王爷只好耐住惊恐，吩咐接待办人员请四位到暴纱亭用斋。

"暴"有粗暴、傲慢之意；"纱"有轻视、轻薄之象；"亭"则是观望观察之所。那王爷将唐僧四人安排到暴纱亭用斋，表面上不失于礼，实际上是无诚心缺真意。

玉华洲里，从领导到工作人员，只看表象，不识"心良"，然后又以假心待客，表面上不失礼仪，内心里十分不快。有一首歌这样唱道："朋友来了有好酒，若是那豺狼来了，迎接它的有猎枪。"事实上，朋友来了，你不见得相认，豺狼来了，你也可能好酒招待。也有时候，朋友来了，你上猎枪；豺狼来了，你也上猎枪；或者无论是朋友还是豺狼，你都上美酒。

人心不可能识得人心，只有道地佛心方能看得真切。

豹头山与虎口洞

在玉华洲，悟空兄弟三个的兵器丢了。什么人有如此本事，能偷得这三位的兵器？什么人如此大胆，敢偷这三位的兵器？

原来，玉华洲的"一把手"有三位公子，都喜欢舞枪弄棒，孙悟空哥仨就各自收了一位公子为徒。三位公子想仿制师父的兵器，三位师父就把兵器交给工匠，依样打造。到了晚上，放在车间里没有收回，让妖精发现，见件件俱是宝贝，就一起盗了去。

有时候，你得到某些东西，并不是自己的本事有多大，或者运气有多好，只是由于别人的大意或不在意，又或者缘于别人的太得意，让你捡了个漏。

这妖精是个黄狮精，住在豹头山虎口洞。列位，这世上有不少人就住在"豹头山虎口洞里"，只是他们自己不知，别人也大多看不到。

"豹头"，迅猛且无所顾忌之意；"虎口"，锋利且贪婪之象。豹头山虎口洞在哪里？就在人心里。

黄狮精偷了别人的宝贝，不以为耻，反以为荣，心儿不虚，胆子更壮。他要隆重召开"钉钯会"，请各路妖怪来，炫耀一下，庆祝一番，完全不知道这"豹头山虎口洞"会反噬自己。

占了便宜还卖乖，这种人贪心且不识趣，以为别人是傻子，最讨人嫌。不过，这种人只是小妖，掀不了大风浪。像黄狮精这类人可大不一样，他们把盗取权力、财富、成果等，完全当成自己的成就，并以此做杠杆，把效用发挥到极致。比如，组织各种宣传，获取各种荣誉，申报各种奖项，召开庆祝大会等。

贼偷了东西，在失主家门口叫卖，这不就是上了豹头山，进了虎口洞吗？

竹节山与九曲盘桓洞

人们大多希望自己的事业、生活能够像破土而出的竹子那样，"噌噌"地拔节，"呼呼"地上升。可事实是，事业与生活都像那九曲盘桓洞，曲曲折折，折折返返，不知道从哪里出去，也不知道何时能够出头。

为啥是这个样子？因为我们心里藏着九头狮子。那九头狮子精有九张口，把唐僧、猪八戒、玉华洲王子四个都吞到嘴里，还有三张嘴闲着。这九头狮子九张口，便是贪得无厌。生活本可以如芝麻开花节节高，事业本能够似雨后春笋"噌噌"地长，可是这个"贪"

字一掺和进来，就掉进九曲盘桓洞里去了。

九头狮子的贪，可不只是贪财贪色，还有贪爱面子，贪得十分广泛、非常全面。他的徒孙偷了悟空兄弟的兵器，悟空索回，这是正理。可这九头狮子听了徒孙黄狮精讲了事情经过，却不论是非曲直，只想着拿回面子。

这九头狮子要拿的是谁的面子？表面上看是护犊子，替徒孙出气儿，实际上是撑自己的面子。要是他的徒孙哪一天不小心冒犯了他，让他失了脸面，他照样翻脸不认孙。

贪财、贪色比较容易辨别，贪权就不太容易识别，而贪爱面子就更难认识到。贪财贪色的，知道掩盖；贪权的，懂得伪装；而贪爱面子的，多理直气壮，觉得自己很爷们。但特爱面子的人，往往不清楚，面子不是外求而来的。向外求，等于把自己向虎口里投。

有"九头狮子"在，你就进了九曲盘桓洞；赶走"九头狮子"，你就上了竹节山。

舍卫城与布金寺

布金寺之所以叫布金寺，是因为地面上铺满了黄金。地面上铺满了黄金，是为了请佛来讲法。列位，这佛是不是也讲面子、要排场，十分铺张浪费？

所有的现象都是幻象，关键在于你怎么想象。

你舍不下家财，怎么能心系佛法？佛要的是形式，观的是内心。心诚不诚，要观其行。意志坚不坚，须看投入。男女处朋友，根本舍不得投入，净整些个甜言蜜语，如何见得是真心？经商办企业，你豁不出去，不肯投入资本，哪里会有什么成功？佛不玩虚的，非常直接，没有黄金铺地，决不来讲课。别给我说什么试金石，我要试心金！

如果往高处去想象，在佛那里，黄金是黄金吗？黄金铺地是要面子吗？拿黄金当地板砖是浪费吗？肯定不是嘛！统统不是嘛！因为在佛看来，黄金不是黄金，面子也不是面子。黄金来自土地，再回归土地，自然也谈不上浪费不浪费。土即黄金，黄金即土。非空非色，即色即空。佛只是用这种形式开示俗众回到本来本真而已。

再往更俗里去想象，你投入越多，就被套得越牢。一个人在某件事情上投入有限，付出的成本不高，一旦遇到沟沟坎坎，或者是受到新的诱惑，就很容易放弃。赌徒的疯魔，主要在于他已经搭进了所有家当。一般人炒股，也是同样的心理。越赔越不想抛，越赚越不想走，无论是赔与赚，最后都成了用尽心血为别人送钱，给别人送了钱人家还笑话你是傻子。

不能舍，难得金；不见舍，难言真。

凌云渡与独木桥

唐僧师徒徐步登灵山，走了五六里地，见一道活水，约有八九里宽阔，四无人迹。唐僧惊道："悟空，这路来得差了。"悟空笑道："不差！你看那壁厢不是一座大桥？要从那桥上过去，方成正果哩。"唐僧走近看时，原来是一根独木桥，桥边有一扁，扁上有"凌云渡"三个字。

唐僧心惊胆战道："悟空，这桥不是走人的。"悟空笑道："正是路！正是路！"猪八戒慌了道："这是路，哪个敢走？"悟空道："你们都站下，等老孙走个儿你看。"说罢，拽开步跳上独木桥，摇摇摆摆，须臾，跑将过去，在那边招呼道："过来！过来！"唐僧摆手,八戒、沙僧咬指道:"难!难!难!"

你觉得无路可走,他看到大路通天。这就是认知不在一个维度上。这也和踢球一样,有的球员满眼都是防守球员,完全找不到向前的线路,只知道回传。有的球员会觉得怎么有那么多空间?如此轻松的传接根本没意思,得找个"一线天"传过去才好。

独木桥边写着"凌云渡",你看到的是凌云渡还是独木桥?如果你看到的是凌云渡,你就可以像孙悟空那样,摇摇摆摆地走到彼岸,并且可以来来回回,自由自在;如果你看到的是独木桥,你就只能像唐僧、猪八戒、沙和尚那样,在此岸连说:"难!难!难!"

凌云渡,元神之渡口;独木桥,道体之所在,成法之所归。元神一尘不染,是为凌云渡;道体万法为一,是为独木桥。以肉眼来观,以凡体去行,怎么不望而生畏?我们做任何事情,都需要寻找那个原本、那个"真一"。找不到就是"山重水复",找到了就是柳暗花明。

本来就是凌云渡,你怎么偏要行那独木桥?

此岸与彼岸

佛学上讲,此岸是三界之内的红尘火宅,众生在其中相生相杀、争伐无休,受无边之苦;彼岸超越三界,不生不灭,是常乐我静之所。

要出此岸到彼岸,可有两条道路:一条是横出三界,方法是一心向佛,由佛力接引,可升极乐世界,永不退转。唐僧师徒就是如此到达彼岸的。另一条是竖出三界,方法是开悟,见自本性,可遍周法界,无去无来,界不能囿。六祖慧能便是如此。

一般来说,凡夫由此岸到彼岸有六种方法,分别是布施、持戒、忍辱、精进、禅定、智慧。这六种方法，从任何一种深入，都可以统摄其他五，皆能够到达彼岸。但是，这六种方法是方法又不是方法，明白了这一点才可能证入菩提。凡夫往往执有，智者往往执空，二者皆不能证入菩提。这就是所谓"不二法门"。只要区分空与有、是与不是，便入不了法门。门都不得进，又哪里到得了彼岸？

唐僧与悟空在西行路上，屡屡出现分歧。唐僧看妖是人，悟空看妖是妖，哪个对哪个错。都对又都不对。于三界之内看，人是人，妖是妖，佛是佛；于三界之外看，人不是人，妖也不是妖，佛也不是佛。

人与妖，都是幻象，不是本体。只要区分人妖，就是生出幻象，没有得到究竟真实。所以，唐僧、悟空都是错的，都还没有进入"不二法门"，所以还得经受各种苦难。

分别心是一切苦难的源泉，没了分别心，此岸便是彼岸。或者说，压根就没有此岸与彼岸，分裂的是我们的尘心。自己"二"，一切皆"二"；一切皆"二"的根源在自心。

唐僧师徒到了凌云渡，要由此岸到彼岸，先是看到了一座桥，走近了发现是一根独木桥，然后又看到了一只没有底的破船，这才乘坐"破船"到了彼岸。

看到桥是桥又不是桥，发现船是船又不是船，这便是进入"不二法门"，自然也就可以通达彼岸。

此岸与彼岸，只隔一扇门，这扇门叫"不二法门"。这扇门是门又不是门，而是那双看门的"眼睛"。用诗意的语言来说，就是有人带着一双眼睛到无数个地方去看不同的风景，有人用无数双眼睛在同一个地方看无尽之风景。

第四章　事非事

事的背后都还有事,解决事得找到事中事、"谍中谍",找到了"谍中谍",案子就破了。破了"案",就是"过去"。

即是逐渐来的也罢

美猴王到了灵台方寸山,进得斜月三星洞,见得祖师,倒身便拜。祖师问道:"你是那方人氏?且说个乡贯姓名明白,再拜。"猴王道:"弟子东胜神洲傲来国花果山水帘洞人氏。"祖师喝令:"赶出去!他本是个撒诈捣虚之徒,那里修甚道果!"猴王慌忙磕头不止,说道:"弟子是老实之言,决无虚诈。"祖师道:"你既老实,怎么说东胜神洲?那去处到我这里,隔两重大海,一座南赡部洲,如何就得到此?"猴王叩头道:"弟子飘洋过海,登界游方,有十数个年头,方才访到此处。"

祖师道:"既是逐渐来的,也罢。"

想那祖师已是全息全神,有何不知,有何不晓,为啥偏说猴王说谎?又为何说"即是逐渐来的,也罢"?

人生是过程,修仙悟道成佛亦是过程。没有"过",亦没有"成"。由"过"到"成",定是"逐渐",不能速成。这个"过",既是经过，亦是过错。道路阻且长，须上下而求索。这条路既是虚的又是实的。

祖师所问，并非凡人眼见之实，而是究竟根本之实。故凡人所言之实，道心所见为虚。俗众以实当虚、以虚为实，因此苦奔波，转头空。所谓"今朝有酒今朝醉"，不过是以苦为乐；所谓"一蓑烟雨任平生"，也只是自我麻醉。

祖师又给猴王起了个名字，叫孙悟空。"孙"是婴儿，婴儿是纯元之体，是初心道体。"悟空"是觉悟，是觉行圆满，即是成佛。"孙悟空"是儒释道合一、天地人合一。至无而富万有，至虚而含至实。"孙悟空"是关于人的理念，或者说是理想人、未来人的一个模型。

孙悟空降不了妖的时候，总是找菩萨求救，菩萨也总是问："悟空，你不好好保护师父去取经，来我这里做什么？"菩萨为什么喜欢明知故问？

悟空，需要自悟，菩萨代替不了。菩萨帮你的主要方法，就是提问。好的老师，不是给你答案，而是提出问题，就像老师的祖师爷苏格拉底。

从哪里来还到哪里去

祖师传道授业，孙悟空钻研体悟，日复一日，转眼数年已过。这一日，孙悟空和众人一起研习，便有人撺弄悟空展演法术，众人跟着起哄，那孙悟空也禁不住想卖弄一番，就变了一棵松树，众人鼓掌叫好，惊动了祖师。

祖师支开众人，独留下孙悟空，说道："我也不罪你，但只是你去吧。"孙悟空问："师父，教我往那里去？"祖师道："你从那里来，便从那里去就是了。"孙悟空顿然醒悟道："我自东胜神州傲来国花果山水帘洞来的。"祖师道："你快回去，全你性命；若在此间，断然不可。"

"你快回去，全你性命。"祖师突然间说话为何如此严肃又如此决然？列位，理解了"从那里来还从那里去"便能够理解了。

我是谁？从哪里来？到哪里去？是哲学的核心命题。可祖师说的是，从哪里来的还往哪里去就是了。简单不？明了不？说简单其实也不简单，言明了的确也不明了。因为我们把自己给弄丢了。

人来到世上，受欲念驱使，诸般学习，百般努力，千般辛苦，万般思虑，得到什么结果呢？不知道自己是谁了，把自己的"老家"给忘了，也不清楚到哪里去是好了。"孙悟空顿然醒悟"，醒悟了什么？想起自己是从哪里来的了。孙悟空驾起云头急回家转，重回花果山，见到众猴。猴子们说，你走了那么久，怎么才回来，咱们的水帘洞都让混世魔王给侵占了。

混世魔王侵占的是水帘洞吗？当然不是。占的是那个本我，侵的是那个真元。支配孙悟空的已经不是孙悟空了。是谁呢？混世魔王。混世魔王又是什么妖怪？就是俗世中的种种欲念妄想。

我们学习的过程，就是被装入各种软件的过程，也就是被"混世魔王"侵占的过程，学的越多，迷失的就越多。我们努力的过程，就是离本我越来越远的过程，也就是与自己的灵根失散的过程。

我们经常说到"随波逐流"这个词。是谁在随波逐流？不是我在随波逐流，而是"别人"拖着我的躯体在随波逐流，或者说是那个"混世魔王"在随波逐流。那个本我，或者说我的先天灵根，其实一直在那里等着我归来。

我与我分离，我已不是我，而且已经走了这么久。是不是很危险？所以，祖师道"你快回去，全你性命"。

孙悟空回到花果山，灭了混世魔王，和众猴庆贺。孙悟空说："我今姓孙，法名悟空。"你看，他知道"我是谁了"。众猴说："大王是老孙，我们是二孙、三孙、细孙、小孙、一家孙、一国孙、一窝孙。"这便是断魔归本、我我相逢、"诸我"归一、灵根洗尘、破妄归真，从此一本万殊、万殊一本，以一贯之、生生不息。灵根不生不灭、不增不减，元神不昧、真气不损，这便是祖师传授的"长生不老"之道。

正是：悟彻菩提真妙理，断魔归本合元神。

贞观十三年

《西游记》里奇怪的事很多，有明奇，在暗奇，还有一种奇叫平奇。何谓平奇？就是平淡到可以忽略，一旦发现就觉得奇怪，这个奇怪也就是平淡之奇。

比如，"贞观十三年"。书面飞来五个字，你可能根本就不在意，觉得它就不是事。不就是交代一个时间吗，有什么可好奇的呢？可你如果第一次读到这五个字，就让它溜过去了，后面再读到这五个字，就依然不会有感觉。

唐僧西天取经，于贞观十三年起程；而江流，也就是后来的唐僧，出生于贞观十三年；唐僧取经归来，用的是通关牒文，时间也是贞观十三年。如果我们发现了这些，就会觉得奇怪，是作者笔误？还是刊印错误？这种疑问，也是很平淡的。

在道家真人看来，此种写法不仅不是什么错误，而且只有高手才能做出如此安排，只有高人才能从中悟得妙理。因为这"贞观"与"十三"，暗合着金丹之象数。切莫以为道家搞得神乎其神，不少科学家也认为世上一切都是数。数才是那个原本。

　　这个话题一时半会也说不清楚，还是另起一论。这三次重复的"贞观十三年"也可以如此来理解。祖师不是和孙悟空说过"从那里来还回那里去"的话吗？因此，"贞观十三年"这五个字的重复出现，也可理解为从何时来，还回到何时去。能回到过去吗？不是在时间上回到过去，而是找回在光阴中迷失的自己，以及今后不再把自己丢了。这是一层意思。另外，从物理学上看，没有任何定律阻止生命回到过去，障碍主要在技术方法上。破处障碍，或许佛是可以的。佛不仅可以让你回到自己的出生地、出发点，也可以让你回到初始、初心，可以让你在任意一"点"上"长生不老"。你看，佛不是可以在任意"年轻态"上显身吗？

　　一个"贞观十三年"，说的是一个时间点。多个看似矛盾的"贞观十三年"，暗喻着时间与万物的关系。一个实，一个虚。而"实"是表象，"虚"才是真相。要知道，我们真切地感受到的时间，并不是真实的。时间是什么，是人类至今还没有弄明白的重大问题。思考时间是什么，就是在追问人生是什么。

变

　　《西游记》里，佛会变身，神仙会变身，妖怪会变形，孙悟空会七十二变。这是真的吗？现实中我们为什么不会变？

　　华夏文明的源头在《易经》。儒家与道家是"易经"的两个分支，儒家主要讲阳，或者说是乾；道家重点说阴，或者说是坤。《易经》讲的就是变，佛家叫无常。"变"是中国人的世界观。西方文化也讲变，比如一个人不能两次走进同一条河流，就是在讲变。但这不是他们的主流世界观。西方古典文化长期以来重点关注的是不变。比如欧氏几何就是来自不变的世界观。牛顿物理、爱因斯坦的相对论，均是如此。及至量子物理的出现，才有了世界观的大转变。海森堡的"不确定性"，给西方世界带来了巨大冲击。这次冲击引发了一场新的科技革命，极大地改变了人类的生产与生活，进一步扩大了西方的领先地位。

《西游记》里的"变"，被人们简单地理解为神话，不能不说是一个遗憾。

天不变，道亦不变。不变的是那个本真、本元，而由本真、本元生发出来的万事万物都在流变之中。变是万事万物的存在方式。但凡可见的存在，均无时无刻不在变化。天是不变的，但天的呈现却有昼夜阴晴四季之变化，亦有气象万千之无穷。

一个人，他的本真、灵根是不变的，但他的思想、言行、身体等都是无时无刻不在变化。这种变化是多样性的、不确定的。那个本真的孙悟空是不变的，孙悟空的呈现形式是千变万化的，"七十二变"并不是一个确指。其原因就是孙悟空与他的灵根合二为一。"一"可以生万物。

从佛学上讲，只要回归本元，"我"与灵根合二为一，因那灵根是无形无象的，没有形体的限制，所以可以自由变化、能够呈现万千气象。这就是"诸法无我"。"无我"不是没有自我，而是去掉了"我执"。"我执"是一种妄念，因为这个"我"是被尘世蒙蔽的"假我"。

说一个不太恰当的比喻。"我执"相当于自己把自己投入监狱，自己监督自己去服刑。在监狱里，哪里还有自由意志？哪里还能自由生活？一定是单调的枯燥的嘛！

我们说，人性有善有恶。心理学上讲，人身上有两个"我"，会造成人格分裂。在佛学上，那个善的源头就灵根，那个恶的源头就是与灵根失散了的"我执"，正是"我执"造成了人格分裂。

马克思讲资本主义会形成"商品拜物教"，让人产生异化，从而失去自由。在佛学上就是尘世俗念塑造了"我执"的妄念，与灵根越来越远，生命陷入虚假的繁华而失去了灵性的光辉。

所举者何神

却说那李天王率领天兵天将捉拿孙悟空忙了个空，玉帝听了战报，笑道："这个猴精，能有多大手段，就敢敌过十万天兵！李天王又来求救，却将那路神兵助之？"观音便说："陛下宽心，贫僧举一神，可擒这猴。"玉帝道："所举何神？"

菩萨推荐的是显圣二郎真君。

这二郎真君虽然是在老君的锟钢圈助力下，才拿下了孙悟空，但也算是和孙悟空棋逢对手，或者说还略占上风。这里便有一个疑问，就是玉帝为何不早令二郎神去捉拿孙悟空呢？天界又为何没有人推荐二郎神呢？

大家不妨回忆一下《三国演义》中的"空城计"。有人也提出了疑问，说司马懿有那么高的智慧，怎么就那么容易上了诸葛亮的当？要知道，这段"空城计"的故事能够成立，就是因为司马懿与诸葛亮都是智者。两位高手是心有灵犀，才能配合默契。

没有诸葛亮，司马家族对曹氏政权来说就失去了使用价值，甚至是一种威胁。诸葛亮明白司马懿的心思，知道司马懿不会拿他，但他也要给司马懿找一个台阶、一个借口。因此他俩就演了一出没有剧本的戏，演给曹氏政权的头头们看，演给天下人看。通过这出戏，诸葛亮获得了天下美名，司马家族获得了天下。两个人都收获满满。

高人是收放自如的，当显则显，当隐则隐，当阳则阳，当阴则阴，当智则智，当愚则愚。

由此可知，二郎真君正是因为厉害，才被边缘化的。二郎神前面的名号是大有深意的。你看，"显圣"就是太明显了嘛！玉帝想不起来，玉帝身边的人也不提建议。可菩萨为啥会推荐？菩萨是局外人，而且自己还不是一般人。能给领导推荐高人的，一般也是高人。菩萨为何不早推荐？菩萨是要把握机会的，火候不到，就可能适得其反。

有能力的人都是被嫉妒被提防的，不到实在没办法是不会轻易被任用的。

显圣和大圣虽为对手却打得很开心，因为两位都有本领，都不被重用，彼此惺惺相惜。但这二圣也还没到收放自如的程度，所以谁也收服不了谁，可见圣也有不胜。

不嫉妒的人，不一定是修养高，很可能是本领高；嫉妒心重的人，基本上都是本领不济却自以为了不起。还是那句话，修心必从修身起。其实儒家老早就说过，仓廪实而知礼仪。

八卦炉中逃大圣

孙悟空能够有七十二般变化，可以一个筋斗十万八千里，有金刚不坏之身，还有如意金箍棒的加持，上天入地下海，无所不能，为何又被弄到太上老君的炼丹炉里烧了七七四十九天？

之前，孙悟空主要是修身；炼丹炉里，孙悟空要完成修心。一动一静，一阴一阳，以入太极。太极，无阴无阳，无边无岸，虚空万有。入太极，则无为而无所不为。

孙悟空跳出丹炉，蹬倒八卦炉，往外就走，把架火看炉的一个个放倒，摔了老君一个倒栽葱，脱身走了。经过大熔炉锻炼出来的孙悟空，已经心无挂碍，不为外物所拘，不受幻身所累。孔圣人说："从心所欲而不逾矩。"后来的儒者说，哪里敢，要时时刻刻战战兢兢、如履薄冰。这里的关键是如何理解"心"与"矩"。如果是尘心，是俗世的规矩，那你当然一辈子也不能从心所欲。如果是本心，是无形的规矩、是根本的道，那就能够从心所欲而不逾矩。本无一物，何来尘埃？

孙悟空跳出八卦炉，是尘心终了之时，心性启蒙之初。因此，还要再来一番大闹天宫。

人有了本事，难免心猿意马、心高气傲，不知天高地厚，怎样令其静心专心，进而化为无心？光靠教育是不成的，你得让他在社会大熔炉里去冶炼。如果没有这种冶炼，你越是加强管教，他越是渐行渐远。

一个孩子，当他入了初中、高中，家长就感到叛逆，于是就想教育，越教育他离你越远。及至上大学的时候，他就想着离开家庭越远越好。他在大学里，指点江山，激扬文字，觉得自己身负大任，定可以让日月换新天。等到他进入社会这座"八卦炉"，经过"七七四十九天"的冶炼，他的那颗少年心就全变了。变是变了，还离本心很远，还得在五行山下压上五百年，再经过"九九八十一难"，才能找回初心，这时候见了父母才格外亲。

"八卦炉"里，可不只是火。

如来佛的手掌

孙悟空从八卦炉里跳出来，为何还是跳不出如来佛的手掌？

孙悟空要取代玉帝，如来佛笑问："今闻你猖狂村野，屡反天宫，不知何方生长，何年得道，为何这等暴横？"孙悟空便给如来佛赋诗一首，曰：

  天地生成灵混仙，花果山中一老猿。
  水帘洞里为家业，拜友寻师悟太玄。
  炼就长生多少法，学来变化广无边。
  因在凡间嫌地窄，立心端要住瑶天。
  灵霄宝殿非他业，历代人王有分传。
  强者为尊该让我，英雄只此敢争先。

如来佛听了呵呵冷笑，对孙悟空道："我与你打个赌：你若有本事，一筋斗打出我这右手掌中，算你赢，再不用动刀兵苦争战，就请玉帝到西方居住，把天宫让你；若不能打出手掌，你还下界为妖，再修几劫，却来争吵。"

孙悟空信心满满，根本没想到会输。可孙悟空折腾了半天，翻了若干跟头，留下了字证，还撒了泡猴尿，结果还是输了。

不知输，焉知赢？你看那足球比赛，如果一方意气风发、恃强傲慢，舆论也是一边倒，比赛结果基本上都是爆冷。骄傲使人落后，傲慢必遭挫折。不过，这并非此故事的深意。

深意何为？你赢得了一场比赛，未必赢得了冠军；你拿下了冠军奖杯，未必赢得下口碑；你赢得了一时的口碑，未必知晓足球的真谛；你明白了足球的真谛，未必悟得生命的智慧。要成为杰出的球员，就得像孙悟空那样，既要苦练精进，还要经受磨难，从中了悟生命性命的大圆满。

此时，孙悟空可以跳出八卦炉，却跳不如来佛的手掌。如来佛的手掌为何如此了得？因为这只手掌便是"五行"。"五行"是天道大道，任你千变万化也不离其宗。

面对孙悟空，天兵天将没奈何，斧劈火烧弄不死，八卦炉也困不住，可以脱肉身，可以脱幻身，还不能脱法身。此刻的孙悟空还不能脱离有为法。一切有为法，在如来佛的掌中，都如儿戏，如同小孩子恶作剧似的撒尿，如同游人在景区涂鸦。

道家还有一解，孙悟空入八卦炉，压五行山等，并非受难，而是另一种修炼，都是在合阴阳、聚四象、攒五行的过程。

可不是吗！你输了球，不迁怒于别人，不埋怨客观，虚心向人家学习，仔细查摆自己的不足，认真地研究改进措施，持续地加以研习精进，这不就是合阴阳、聚四象、攒五行吗？

如来佛的手掌也可理解为超过了三维的高维世界。在高维视角下，人的活动就像我们看一条虫子在树叶上瞎忙活。

唐太宗地府还魂

《西游记》（人民文学出版社版本）第九、第十回，主旨是为西天取经做认识上、思想上的准备。虽说是个铺垫，却相当地有嚼劲！

第九回起首，说是长安城外泾河岸边，有两位贤人，一个是渔夫，叫张稍；一个是樵夫，叫李定。贤人也是闲人，两位闲人聚在一起，也就是"少定"。两个人闲得蛋疼，一个说，你那山中不如我这水上好；一个说你在水上怎知我山中妙。两个作诗联句，自说自夸，你来我往，谁也"诗"不过谁。后来，那渔夫张稍说："你小心山中凶险！"那樵夫就说："你当心水上浪急！"渔夫说："那与我何干？我认识一高人，叫袁守诚，他告诉我鱼虾在何时在何处聚集，可保我安安全全地满载而归。"

"路上说话，草里有人。"两人这番对话恰好被巡水的夜叉听到了，急忙到泾河龙王那里做了汇报。龙王一听，这还了得！如此下去我不成光杆司令了？提起宝剑，欲上岸来灭了这袁守诚。那些鲤太宰、虾大臣一起劝道："过耳之言，不可听信！不妨先去探个真假。"龙王也觉得有理。

如今是移动互联时代，室内独语，全球有耳。不经意的一句话，都可能弄出滔天的洪水来，不知谁在潮头立，不知谁在浪下死。不知不觉中，语言能杀人于无形，这就是语言的力量。言论自由，愈是自由，愈是需要自律，否则就成了害人自由、杀人无罪。

龙王化作人身，寻到那袁守诚，对他说："你要算得准，还则罢了；要是算不准，定要打坏你的门面。"袁守诚问欲测何事，龙王说问天上阴晴如何。袁守诚说："午时下雨，未时雨足，共得水三尺三寸零四十八点。"

龙王返回水府，众水神寻问情况，龙王一一讲明。一众水神哈哈大笑道："大王是八河都总管，司雨大龙神，有雨无雨，惟大王知之。那卖卦的是输定了！"正高兴间，就听半空中叫："泾河龙王听旨！"众抬头看时，见一金衣力士，手擎玉帝圣旨，径奔水府而来。龙王和众水神听完圣旨，全傻了！原来玉帝命泾河龙王降水，普救长安，要求的降雨量与袁守诚所言分毫不差。

这是不是与网上舆论突然反转的情形极为相似？你正坐在自家楼上看别人的房子着了火，忽然间自己的楼房也着了火。

这时候，得进行危机公关了。鲥军师就说："这事不难！差点时辰，扣些点数，照样赢他。"第二天，龙王就在执行玉帝命令时，调了时辰，少了点数。然后，就去找到袁守诚，不由分说砸了他的门面。那袁守诚坐在那里，动也不动。龙王抡起门板要打，袁守诚说："我不怕！我认得你，你是龙王。你改了时辰、扣了点数，是死罪哩！"

这就是：造假的人耍横，讲诚信的人不动。

龙王一听，知道遇上高人了，连忙跪下，求指一条生路。袁守诚说："我救不了你，指条路与你投生便了。明日魏徵负责问斩，你去找唐太宗求个人情吧！"

龙王入得唐太宗李世民梦中，说明情况，恳求帮助，李世民便应了。第二天，唐太宗向众卿备述梦中之事，大家都认为此事重大。忙把魏徵宣进宫来，陪李世民下棋。以为只要过了今日，便可了结龙王之请。

故事来到第十回。那魏徵下了会棋，竟打起了瞌睡。李世民觉得魏徵工作太辛苦，就看着他睡。不一会，魏征醒来，俯伏在地道："臣该万死！"又听得朝门外大呼小叫，就见秦叔宝、徐茂公等将一个血淋淋的龙头，带进殿来。原来那泾河龙王竟让魏徵在小憩之间给斩了。

有些事情，即使"一把手"答应了，也是真心想办，亲自盯着，照样办不成。所谓一手遮天，不过是假象。魏徵是真的睡着了吗？值得沉思。有些人，睁着眼睛，却是在沉睡；有的人，睡得很沉，却清醒得很。

李世民回宫，心中郁闷。当今二更时分，听得门外有号泣之声，忽然惊醒。刚入朦胧，就见那泾河龙王，提着血淋淋的龙头，高叫："你昨夜满口许诺救我，怎么天明时反宣人曹官来斩我？你出来。我与你去阎君处折辩折辩。"

简短捷说，捡最有趣的来说。李世民被请到了地府去"喝茶"，那些被他弄死的兄弟与对手阵营的将士见了，都要跟他算账，幸亏崔判官帮助，才得以脱身。刚松一口气，又碰上一群孤魂野鬼，讨要买路钱。李世民向崔判官求救，判官说："没办法，得给钱。"李世民说："没带钱啊！"判官说："借钱吧！记得回去要还。"

无论你有多少资源、有多高的权势，有多大本事，话都不能说大了。说过了头，兑现不了，是会被清算的。李世民原本是好意，却被泾河龙王告到阎王殿里，差点就回不来了。

一位开疆拓土、叱咤风云的马上皇帝，一个真龙天子，也有吓得魂飞魄散的时候，也得可怜巴巴地求助，也不得不交"买路钱"。天下为己所有的皇帝，半分钱也带不进阴曹地府，照样是个穷光蛋。

这个世上，所有的凄惨与所有的风光都是表象。

放生金鱼

唐僧的爸爸陈光蕊，中了状元，做了丞相的女婿，当上了江州州主，从京城回到老家，准备接了母亲一同去赴任。母亲染病，陈光蕊买了条鱼想给母亲补补身子，发现这条鱼在眨眼睛，就觉得这条鱼可能不一般，便带到江边放生了。

后来，陈光蕊同妻子乘船赴任，被歹人打死，扔进江中，被龙王所救，得以重返人间，一家人团聚。

原来，陈光蕊放生的那条鱼，就是遇难的龙王。

世事无常，人生苦旅，谁也不知道会摊上啥倒霉事，谁也不知道啥时候会从天掉下好事。对那些碰到难处的人，要尽量去帮，帮人就是帮己。好事掉到自己身上，也不要过度兴奋，很可能后面就跟着倒霉事。

人无完人，人皆有过，谁也不知道自己会犯什么样的错。对那些有过错、有罪过的人，需要有慈悲之心，该原谅的原谅，能放过的放过。以恶制恶，只能让世界上的恶越来越多。原谅别人也是行善，放过别人就是积德。你不收手，日后定有人对你下狠手。你很难知道哪条"鱼"原本就是龙种。

那鱼眨眼，不就是在求助吗？没有慈悲心，就体察不到那颗无助的心，就不懂得"放生"的功德。此时，你手里的"鱼"在求你，或许那"鱼"是在给你机会。

这一段故事，悲喜转换、福祸相接，很是耐人寻味。

西天取经

你看如今到处都有寺庙，随地可见僧人，当初如来佛传经，多多加派菩萨、僧人不是更快更好吗，干吗非要观音菩萨从大唐为大雷音寺搞选调生？

如今那些到寺庙里烧香拜佛的众生，其实很少有奔着寻求开悟去的，基本上都是对佛有所求，比如：升职、升学、生子、发财、祛病、消灾、避祸等，总之是想请佛帮忙让自己如愿如意，而且大多是临时抱佛脚。但要说他们不真心信佛，好像也说不过去。若是不真信，怎敢临时抱佛脚？找领导、找朋友帮忙，还得做一些铺垫呢！可见他们信佛更甚于信领导、信朋友。

佛信不信这一干"信众"呢？佛是不信之信。不信你信佛，信你身上有佛性。我们对待那些值得怀疑、甚至是见识过他们丑行的人，可以不信他们的漂亮话，但应相信他们有转变的可能，相信他们的本心尚存。

本心外显，得靠行动。如果你到寺庙里，上上香，磕磕头，许许愿，一切就能如愿，那我们还种什么庄稼、建什么工厂、搞什么学校、弄什么科研？只建寺庙就好了嘛！我们也不用上学、不必工作，只给佛像磕头许愿就什么都有了嘛！

有些和尚可能会吃这一套，吃了也白吃，但佛是不吃这一套的，不吃也办事。办什么事呢？布道。怎么布道？佛不像我们搞教育，弄一套标准答案，让你记下来，考试合格了就给你学历学位。你拿着这些东西，就可以去求职。如果是"211""985"，就比较容易找到一份体面的工作。在佛那里，那个证书证明不了啥，只是染了点尘埃而已。

道贵于悟，尤贵于行。儒家讲知行合一。不是知在前、行在后，也不是行在先、知相随，而是一个行中有悟、悟中有行的统一过程。行万里路，读万卷书，都是在实践中悟，一个是直接实践，一个是间接实践。实践并不会出真知，得有开悟才得真知。你只听足球理论，不到球场上实操，永远也不会踢球；你冬练三九、夏练三伏，可悟不出足球的真谛，也成为不了高手。

知行合一，则是西天取经的内涵之一。

取经第一难

唐僧西天取经，要经历各种困苦。作者吴承恩先用了对比手段，来突出宇宙人生的真相，也就是苦、空与无常。

唐僧发下宏誓大愿，定要到西天，见佛求经。李世民将他收为御弟，带众大臣十里相送。大唐域内，沿途地方官员、寺庙僧侣，无不高接远送、殷勤服务，可以说是一路温暖一路情。可他们刚刚走到大唐边界，便遭遇了西行第一劫。这一劫，差点把唐僧给吓死。

且说这一日，唐僧为了不惊扰寺里的僧众，吩咐弟子早早起身，准备西行。谁知早惊动了值守和尚，忙备上茶汤斋饭。饭毕，唐僧出了河州卫界。

此时正是秋深时节，鸡叫得早，只有四更天。一行三人，连马四口，迎着清霜，看着明月，行有数十里远近，见一山岭，只得拨草寻路，说不尽崎岖难走，又恐怕错了路径。正疑思之间，忽然失足，三人连马都跌落坑坎之中。唐僧心慌，从者胆战。就又闻得里面高呼，叫："拿将来！拿将来！"只见狂风滚滚，拥出五六十个妖邪，将三藏、从者揪了上去。这法师战战兢兢的，偷眼观看，上面坐的那魔王，十分凶恶，真个是：雄威身凛凛，猛气貌堂堂。电目飞光艳，雷声振四方。锯牙舒口外，凿齿露腮旁。锦绣围身体，文斑裹脊梁。钢须稀见肉，钩爪利如霜。东海黄公惧，南山白额王。唬得三藏魂飞魄散，二从者骨软筋麻。魔王喝令绑了，众妖一齐将三人用绳索绑缚。正要安排吞食，只听得外面喧哗，有人来报："熊山君与特处士二位来也。"三藏闻言，抬头观看，前走的是一条黑汉，想来便是熊山君。后边来的是一个胖汉，大约就是特处士。

这两个摇摇摆摆走入里面，慌得那魔王奔出迎接。熊山君道："寅将军，一向得意，可贺！可贺！"特处士道："寅将军丰姿胜常，真可喜！真可喜！"魔王道："二公连日如何？"山君道："惟守素耳。"处士道："惟随时耳。"三个叙罢，各坐谈笑。那黑汉见绑着三人，便问道："此三者何来？"魔王道："自送上门来者。"处士笑云："可能待客否？"魔王道："奉承！奉承！"山君道："不可尽用，食其二，留其一可也。"魔王领诺，即呼左右，将二从者剖腹剜心，剁碎其尸，将首级与心肝奉献二客，将四肢自食，其余骨肉，分给各妖。真似虎啖羊羔，霎时食尽。直把一个唐僧，几乎唬死。这便是初出长安第一场苦难。

刚刚还是体贴入微，转眼便是食肉掏心；适才还有弟子跟随，即刻就成了孤僧一人。

唐僧从昏迷中醒来，见一老者走来，给他松了绑。唐僧感激不尽，向老者说了自己的遭遇。那老者说："处上是个野牛精，山君是个熊罴精，寅将军者是个老虎精。左右妖邪，尽都是山精树鬼，怪兽苍狼。只因你的本性元明，所以吃不得你。你跟我来，引你上路。"三藏将包袱捎在马上，牵着缰绳，相随老叟径出了坑坎之中，走上大路。

列位，这老者不是别个，正是太白金星，特来搭救唐僧。太白金星说唐僧："只因你的本性元明，所以吃不得你。"尘世俗人，六根不净，属于无明，因此难逃苦海。唐僧本性元明，此时还在蒙蔽状态，所以还会惊恐，还有痛苦。

唐僧牵了马匹，独自个孤孤凄凄，往前苦进。那唐僧，战兢兢心不宁；这马儿，力怯怯蹄难举。走了半日，更不见个人烟村舍。一则腹中饥了，二则路又不平，正在危急之际，只见前面有两只猛虎咆哮，后边有几条长蛇盘绕。左有毒虫，右有怪兽，三藏孤身无策，只得放下身心，听天由命。

唐僧把执念去了，身心放空了，本性的元明闪现出来，转机就来了。所有的境遇，本质上都是心境。所有的恐惧与抱怨，都缘于心为形役，也就是无明。

此时，唐僧忽然看见那些个毒虫奔走，妖兽飞逃；猛虎潜踪，长蛇隐迹。再抬头看时，只见一人，手执钢叉，腰悬弓箭，自那山坡前转出。唐僧见那人走近，跪在路旁，合掌高叫道："大王救命！大王救命！"那条汉到跟前，放下钢叉，用手搀起道："长老休怕。

我不是歹人，我是这山中的猎户，姓刘名伯钦，绰号镇山太保。"

唐僧随伯钦往家中借宿，途中又遇上老虎。伯钦说："一只山猫，正好拿下，回去待客。"唐僧眼里的猛虎，在伯钦眼里就是一只大猫。这里又一次强调，身体外形不是本质，而是假象。虎吃人，人食虎，吃的既非人亦非虎。是什么呢？无明。元明是吃不掉的。

书中说的明白：若知无物又无心，便是真如法身佛。法身佛，没模样，一颗圆光含万象。无体之体即真体，无相之相即实相。非色非空非不空，不来不向不回向。

你我与舍得

过了两界山，唐僧收了孙悟空，师徒前行，忽见一只老虎，唐僧惊吓落马，孙悟空扶起唐僧说："师父莫怕，他是给我送衣服的。"那老虎看到悟空，伏地不动，让悟空一棒打死。悟空剥了虎皮，裁为两半，系于腰间。

于人道，虎是拦路虎；在天道，虎是"服务区"的志愿者。正是：失道寡助，得道多助。得道便是得到。

师徒又行进间，天色已晚，见有一村人家，便去投宿。悟空敲门，出来一老者，见了悟空，惊呼："鬼来了！鬼来了！"唐僧忙搀着老者，说道："莫怕！莫怕！我是从大唐来，到西天拜佛取经的。"老者道："你虽是个唐人，那个恶的，却非唐人。"孙悟空说："你好没眼色！我是齐天大圣。我见过你的。"老者问，从那里见过。孙悟空一一道来，老者说，是了。我曾听祖公公说过。

人认识人，是难的；要认得真人，则更难，多需经高人指点。那些个故人、熟人、身边人，虽然经常在一起，却未必"认得"。

老者去了戒心，与唐僧聊起了家常。老者姓陈，唐僧也姓陈，却原来是一家人。

你和我，原本为一。分离了，走远了，再见面就成了你我。你和我相识相知，此刻相认，仍是一家。这个你我，正是自己的分别心，也就是人心。知道是本家了，便是道心出现的结果。道心为一，没有你我的分别。

次日，孙悟空早起，请师父上路。师徒行走多时，忽见路旁嗯哨一声，闯出六个人来，大咤一声道："那和尚！那里走！"唬得唐僧魂飞魄散，悟空道："没些事儿，他们是送衣服和盘缠与我们的。"

你道那六位是何人？眼见喜、耳听怒、鼻嗅爱、舌尝思、意见欲、身本忧也。

可不是嘛！感官引发欲望，生出烦恼，就被欲望左右，就被烦恼困扰，于是思来忙去，还不是为他人做嫁衣？

且说，孙悟空和那六位话不投机，那六人嚷嚷着一齐上来一通乱砍。悟空动也不动，全当不知。那六人已是惧了。悟空"呵呵"一笑，取出金箍棒，转眼间，那六人就成了六具尸体。悟空剥了他们的衣服，取了他们的盘缠。

孙悟空起初不动，任由六人来砍，啥意思？悟空是舍，六人是不舍。舍就是得，不舍就是失。所以，悟空说，他们是来送衣服和盘缠的。

唐僧看着六具尸体，心中不忍，埋怨孙悟空下手太狠，说是如此去不了西天，做不得和尚。孙悟空一听，就说你既如此说，老孙不跟你玩了。

此处，孙悟空灭的是尘世之人心，护的是天地之道心。唐僧呢，此时起的是人的善心。

观音禅院藏巨贪

贪、嗔、痴、慢、疑、不正见，这六者之中，贪是最基础、最普遍、最常见的，也是最难克服的。所以，吴承恩把戒贪这个故事安排在了菩萨身边，真是怪有味道，的确有怪味道。

那唐僧与悟空，收了白龙马，过了鹰愁涧，继续西行。这一日，来到一处寺院，上面有四个大字：观音禅院。唐僧师徒进得院来，拜过菩萨，用罢斋饭，只见那后面有两个小童，搀着一个老僧出来。看他怎生打扮：头上戴一顶毗卢方帽，猫睛石的宝顶光辉；身上穿一领锦绒褊衫，翡翠毛的金边晃亮。一对僧鞋攒八宝，一根挂杖嵌云星。满面皱痕，好似骊山老母；一双昏眼，却如东海龙君。

一看穿着，就知道这是一位爱炫耀的和尚。爱炫富的人基本上都贪，贪念一起往往不择手段。

老和尚和唐僧见面，就问唐僧："听说你是东土大唐来的，那可是天朝上国，可有什么宝贝，也让咱开开眼？"唐僧生怕节外生枝，忙说没有什么宝贝。无奈那孙悟空是位不怕事儿大的，就说："师父，咱有啊！我看那袈裟，不就是件宝贝？"那些和尚听了，一个个冷笑，说道："要说袈裟，我们祖师，得有八百件呢！"那老和尚便叫打开库房，抬出几箱子袈裟，一件件抖开挂起，请唐僧、悟空观看。

内心空虚，必爱显摆。

悟空看了，笑道："好，好，收起，收起。把我们的也拿来看看。"把包袱取来打开，那些和尚一看，果真是好袈裟！上头有：千般巧妙明珠坠，万样稀奇佛宝攒。上下龙须铺彩绮，兜罗四面锦沿边。体挂魍魉从此灭，身披魑魅入黄泉。托化天仙亲手制，不是真僧不敢穿。

这老和尚一看，就勾起贪欲来了。他对唐僧说："刚才光线不好，没看清楚，能不能让我带回禅房，欣赏一个晚上？"唐僧是个好说话的人，心里不情愿，嘴上还是答应了。这老和尚拿回去，看着袈裟哭了起来。他的两个徒弟就问："师父你怎么看着宝贝还哭起来了？"老和尚说："这不是明天就得还给人家嘛！"

这就叫爱分离。自己心爱的东西留不下，要和自己分离，十分舍不得，非常痛苦。

两个徒弟见状，就出馊主意，密谋放火烧死唐僧师徒。孙悟空见他们要放火，便去天王那里借了避火罩保护师父，自己在那儿看热闹。待那火势已起，孙悟空又捻诀念咒，望巽地上吸一口气吹将去，一阵风起，把那火转刮得烘烘乱着，竟把一座好端端的寺院给烧光了。

这一段故事，隐喻颇多。

给老和尚出主意的那两位徒弟，一个叫广智，一个叫广谋，合起来叫智谋。智谋有啥用处？害自己。所谓机关算尽反误了卿卿性命。郑板桥说："难得糊涂！"难在哪里？有智谋却不去用它。

在大慈大悲观世音菩萨的禅院里，修行了上百年的老和尚见财起意，和弟子们一起干出了图财害命的勾当，这让菩萨的脸面往哪里放嘛！贪心这东西，不是念多少经，打多少坐，做多少功课，就能清除掉的。不管有怎样的头衔、多高的职位、多么神圣的岗位，只要条件具备了，贪心就会出来作怪。

孙悟空不去供水灭火，反而弄风助火，这是啥思路？任何事物的发生发展，只要过了度，就会向相反的方面转化。在某些情况下，治贪是兴贪，助贪则是灭贪。就像小孩子，你想要让他好好吃饭，就得不给他饭吃；你越是好言相劝或百般威逼，他越觉得这饭是给别人吃的，自然就不会好好吃饭。

爱显摆，定招祸患。但有时候，贼人也会碰上孙悟空这样的高手，故意引你上钩。即使强如孙悟空，也没想到附近还有一个黑风山怪，趁火打劫顺走了袈裟。在局中局中，都是局中人，谁也弄不清谁是赢家。那么，最好还是不设局、不入局。

观音禅院里的工作人员都戒不了贪，可见这贪念有多么顽固，可知要成圣成仙成佛有多么难。

妖精筹办佛衣会

孙悟空虽然借得避火罩，保了唐僧免受火灾，可没想到大火引来黑风山上的妖精。这妖精趁火打劫，顺手偷走了袈裟。更过分的是，这妖精原本是偷来的袈裟，却偏要举办佛衣会；更更过分的是，妖精还给禅院的老和尚发了请柬。

在菩萨禅院旁边，就住着妖精，妖精和老和尚还是好朋友。和尚图财害命，妖精趁火打劫。坏连坏坏得出奇，贼偷贼贼不知羞。佛祖讲，没有觉悟的人，"身、口、意"三业不净。这在黑风山的妖精身上，就体现得淋漓尽致。

这妖精从老和尚处偷走了袈裟，要办佛衣会，还一本正经地请那老和尚来参会，其中的所行所言所想，真个是无耻之极。偷东西是恶行，办佛衣会是虚伪，请老和尚是强盗思维。"身、口、意"三业皆为恶。可是，如果我们想想现实世界、看看身边的人和事，就会发现这样的"妖精"随时随地都会出现。比如：偷了别人的成果，还要开创新成果发布会；抄袭了别人的作品，还要发表获奖感言；

把大伙的功劳弄到自己头上，还要骑在大伙头上作威作福等等；是不是都在办坏事、说假话、存妄念？是不是毫无廉耻与底线？

且说那孙悟空来到黑风山寻妖精讨要袈裟，那妖精也不否认，就是不还，两个打来斗去，也没分出胜负。孙悟空没办法，只好去找菩萨。菩萨说，看在唐僧的面子上，我就跟你走一趟罢。路上正好碰上前来参加佛衣会的妖精凌虚子，孙悟空一棒将他打了个脑浆迸裂。

孙悟空就给菩萨提建议，让菩萨假扮凌虚子，自己变成丹丸，骗那黑风山黑熊怪吃下去。菩萨应了，即刻化作凌虚子。孙悟空看了笑道："妙啊！妙啊！还是妖精菩萨，还是菩萨妖精？"菩萨笑道："悟空，菩萨妖精，总是一念。若论本来，皆属无有。"

列位可听明白？那妖精就住在我们心里，一念是妖精，一念是菩萨，一念是普通人。菩萨离你不远，妖精离你更近。千万不要以为自己比别人好多少，千万不要以为自己与恶行有绝缘。

高老庄上招女婿

唐僧与悟空师徒进入乌斯藏国地界，行至高老庄，收了猪八戒。整个过程并没有多少周折，唐僧没有受到难为，悟空也没有用上多大本领，还让高家感激不尽，这次行动的投入产出率是非常高的。

吴承恩安排这一段，只是为了让猪八戒顺利入伙吗？答案当然是否定的。

这高家庄有户人家，户主叫高才。这高才没有儿子，却有三个女儿，老大与老二都嫁出去了，只剩下三女儿，就想招个上门女婿，一来可以立起门户，二来可以养老送终，三来可以赚个棒劳力。总之，这如意算盘是拨拉得挺清爽的！您别说，世事无常，有时候还真就是心想事成。三年前，庄上就来了一个汉子，生得模样精致，说是福陵山上人家，姓猪，上无父母，下无兄弟，愿与人家做个女婿。这高才一看，这小伙长得好不说，还是一个无羁无绊的人，做上门女婿简直是再好不过了，就招进门来，和三女儿成了亲。

这便是心想事成。

这小伙进门成家之后，十分勤谨：耕田耙地，不用牛具；收割田禾，不用刀杖。这相当于引进了全套的自动化农业生产机械，谁看了能不眼馋？

这便是十分如意了。

可这日子一长，就发现了一个大问题。啥问题？这女婿开始经常变换嘴脸，也就是说这女婿是个妖精。原来净想着好事，现在却变成了坏事：一则败坏家门，二则没个亲家来往。大家都躲得远远的，背后议论纷纷，弄得高才很没面子。丢人还在其次，这天天还提心吊胆的，谁受得了啊！

这原本是大家眼里的好事就变成众人嘲笑的坏事了。

唐僧、悟空到来，猪八戒成了唐僧的二徒弟，跟着唐僧去西天取经去了。猪八戒没了媳妇，高才失了女婿。曾经的欢喜，眼前的哀愁，都随风，都成空。

这个段子说的就是：成、住、坏、空。这世间万人万事，不论你如何谋划、怎样辛劳，都逃不掉"成、住、坏、空"这个过程。

乌巢禅师传心经

　　唐僧、悟空、八戒一行三人，过了乌斯藏界，猛然看见一座高山，唐僧便警觉起来，吩咐两位徒弟要小心。猪八戒说："没事。这山唤做浮屠山，山中有一个乌巢禅师，在此修行，老猪也曾会他。"唐僧问："你怎么会认得？"猪八戒说："他想收我作徒弟，我没答应嘞！"

　　猪八戒这话说得妙啊！怎能不令唐僧心花怒放呀！心情好，看见什么都好，好事也就会来报到。

　　师徒们说着话，不多时，到了山上。八戒指道："那不是乌巢禅师！"三藏纵马加鞭，直至树下。

　　那禅师见他三众前来，即便离了巢穴，跳下树来。三藏下马奉拜，那禅师用手搀道："圣僧请起，失迎，失迎。"三藏再拜，请问西天大雷音寺还在那里。禅师道："远哩！远哩！只是路多虎豹难行。"三藏殷勤致意，再回："路途果有多远？"禅师道："路途虽远，终须有到之日，却只是魔瘴难消。我有《多心经》一卷，凡五十四句，共计二百七十字。若遇魔瘴之处，但念此经，自无伤害。"三藏拜伏于地恳求，那禅师遂口诵传之。

　　禅师传了经文，踏云光，要上乌巢而去，被唐僧又扯住，定要问个西去的路程到底如何。那禅师笑云："道路不难行，试听我吩咐：千山千水深，多瘴多魔处。若遇接天崖，放心休恐怖。行来摩耳岩，侧着脚踪步。仔细黑松林，妖狐多截路。精灵满国城，魔主盈山住。老虎坐琴堂，苍狼为主簿。狮象尽称王，虎豹皆作御。野猪挑担子，水怪前头遇。多年老石猴，那里怀嗔怒。你问那相识，他知西去路。"

孙悟空听了，冷笑道："我们去，不必问他，问我便了。"三藏还不解其意，那禅师化作金光，径上乌巢而去。长老往上拜谢，悟空心中大怒，举铁棒望上乱捣，只见莲花生万朵，祥雾护千层。行者纵有搅海翻江力，莫想挽着乌巢一缕藤。唐僧见了，扯住孙悟空，急道："悟空，这样一个菩萨，你捣他窝巢怎的？"孙悟空道："他骂了我兄弟两个一场去了。"唐僧道："他讲的西天路径，何尝骂你？"孙悟空道："你那里晓得？他说野猪挑担子，是骂的八戒；多年老石猴，是骂的老孙。你怎么解得此意？"

　　这一段故事，核心就是：唐僧问路，禅师讲经。一个反复追问西行路，一个只说心经打谜语。

　　禅师在此传心经，意思是说，大雷音寺在哪里？在心里。经书在哪里？在心里。佛在哪里？在心里。心定就能找到取经的路，心空就不怕千难万险。还特别提醒，猪八戒要有定力，好好挑担子；孙悟空呢，不要动不动就闹情绪发脾气。

　　孙悟空听了，真的就恼了，举起金箍棒就朝着禅师的乌巢乱搅。孙悟空处处都像个孩子，越夸越来劲，但凡吃到半个"不"字就着恼。可他忙活半天，根本就没有伤到那乌巢的一根藤。这是为什么？因为孙悟空看到的不是真相，他打的是空。原本就是空，他还能打到什么呢？诸法空相，不生不灭，不增不减，当作如是观。

　　既然佛在心里，那还去西天折腾什么，直接修心不就完了吗？那是因为世上最远的路，是自己的心路。人一生和谁最远？和自己的心最远。一生最难走的是什么路？是自己的心路。自己的心路，单靠自己走不通、行不远，得有人相助。那些个同行的，那些个拦路的，统统都是助你和未知的自己相逢的。

　　偈云："法本从心生，还是从心灭。生灭尽由谁，请君自辨别。既然皆己心，何用别人说？"

如何长生不老

《西游记》开篇就写出了人生的基本问题，也是释迦牟尼佛最初思考的基本问题。

神州大地，有一座花果山，花果山上，有仙石一块，上有九窍八孔，暗合九宫八卦。自盘古开天辟地以来，集天地日月之精华，内育一仙蛋，一日开裂，产下一个石卵，见风而化作一只猴子。

这一段是讲生命的起源。我们说，人为父母所生。可父母是从哪里来？父母的父母的父母是从哪里来的？为天地所生，为天地日月之精华所滋育。先有了无机物，才有了生物。

这只猴子结识了同伴，一起生活得很开心，又因发现了水帘洞被推举为猴王，日子过得愈发甜美。忽一日，这美猴子王突然伤感起来。猴子们不解，问猴王因何事不爽，猴王说："咱玩得是挺开心，可就是不长久，不知那一天一闭眼就睁不开了，想来很是忧虑！"猴子们听了，都落下泪来。其中一个通背猿猴说："如今五虫之内，唯有三等名色，不伏阎王老子所管。"猴王就问："哪三等人？"猿猴道："乃是佛与仙与神圣三者，躲过轮回，不生不灭，与天地山川齐寿。"猴王又问："此三者居于何所？"猿猴道："他只在阎浮世界之中，古洞仙山之内。"猴王听了，满心欢喜，说道："我明日就辞汝等下山，云游海角，远涉天涯，务必访此三者，学一个不老长生，常躲过阎君之难。"第二天，众猴就用树木藤蔓扎了一只筏子，送猴王漂洋过海去寻找长生不老之道。

这一段讲到了死。生老病死，令人忧惧痛悲。这一段故事是从释迦牟尼的经历中转换过来的。

悉达多王子出游四城，看到人们因老、病、死等而带来的痛苦，又看到那些出家修士的怡然，因此左思右想，知道任何人都逃避不了老病死的痛苦，可是一切众生为了求自己的生存，常常做出种种罪恶，甚至不惜互相残杀，不断制造种种悲剧，结果还是得向着老、病、死的路上走，这悲惨的现实，这矛盾的人生，有没有办法解脱呢？

受到这些问题的困扰，悉达多王子无法安住王宫，无法再享受尊荣与富贵，终于在二十九岁那年的一个月圆之夜，下了最大的决心，抛弃了王位、财富和父母妻子，只带着侍从车匿，骑着犍陟白马，偷偷地离开了王宫，越过了阿那玛河，打发侍从与车马回去，独自到深山旷野去追求解脱痛苦的智慧、探求人生的真谛。

到底能不能长生不老？究竟能不能摆脱生老病死的忧虑与痛苦？亲人走了，为什么要哭呢？如果不哭，会有什么影响呢？若是像庄子那样，老婆死了，他高声唱歌，又会怎样？有佛缘的人，不会满足于过往的事实，也不会止步于轻易得来的答案。他们会自己去追问，自己去思考，自己去探寻。

我们常听人说"有佛缘"。佛缘是个啥？不是佛偏爱你、关爱你、点化你，而是你也会像佛祖当初那样去思考探寻生命的根本问题。

能否长生不老？有没有解脱之道？不受眼前现实所限，不受种种的思想观念所限、不受当下的科学认知所限，而是要用生命的能量去求解，这便是走在"取经"路上，这便是走在成佛的路上。

孙行者大闹五庄观

在五庄观，孙悟空偷吃了人参果，掀翻了灵根树，带着师父、师弟匆忙逃走。那镇元大仙回来，把师徒四人拿回。孙悟空又是好一番折腾。

镇元大仙说："我也知道你的本事，我也闻得你的英名，只是你今番越理欺心，纵有腾那，脱不得我手。"

做人做事，不能欺心，不能不讲道义。否则，你再有本事，可以闹得了天宫，却脱不了天道的约束。这一段故事，大有来头。即使是孙悟空这等修行，也难免欺心，也会误入邪途。为何？忍上的功夫不足也！有大本事、做大贡献的人，忍上功夫，多有不足。

诗云："处世须存心上刃，修身切记寸边而。常言刃字为生意，但要三思戒怒欺。"

"心上刃"是为忍，"寸边而"即为耐，处世修身，心须忍耐、忍耐、再忍耐。无忍耐功夫，决不能行稳致远，断不会成仙得道。忍常人所不能忍，方能成为非常人。

"六波罗蜜"之三，即为"羼提波罗蜜"，也就是忍辱，专度嗔恚。

孙悟空忍不了清风、明月的羞辱，一怒而毁人参果树，酿成大祸。之后，师徒被镇元大仙百般戏弄，孙悟空从不得不忍到幡然悔悟，重新回到取经之路。

孙悟空的开放观

孙悟空为何能从一只猴子,成长为战斗圣佛?他身上有三大要素:开放的视野、强烈的好奇心与果敢的行动力。

美猴王出生于东方,为了让他的猴子猴孙们摆脱生死离别之苦,只身一猴出山考察学习,跨洋越洲,走街串巷学习民间文化,访仙问道钻研"科学技术",开阔了视野,增长了本领。回到花果山后,一方面迅速将学习成果应用于花果山的建设,另一方面继续坚持走出去的基本策略。

美猴王成了孙悟空。孙悟空把目光由东南西北转向了海洋。他到龙王那里要求支援兵器,几乎参观了龙宫里所有的现代化武器,最后带走了如意金箍棒。接下来,孙悟空被小鬼拿到了阴曹地府,说是阎王要给他的生命作结算。孙悟空借机把阎王府的"秘密档案"看了个遍,还给自己销了档。龙王、阎王到玉帝那里去告状,玉帝下令将孙悟空带到天庭以便加强管理。孙悟空又抓住机遇,千方百计地了解天庭的生产与生活状况,长了见识,也长了本事。

无论是主动还是被动,孙悟空都能在好奇心的驱动下,把顺境与逆境同样转化为学习与实践的具体场景。

东、南、西、北,东南、西南、东北、西北,上、下。佛学认为,这是时空存在的十个维度。孙悟空漂洋过海,云游各方,上天入地,十个维度一个也不少。这是一个全方位的开放观。

一个跟头云十万八千里,这对肉体的运行来说是一种"科幻",但对开放的思想意识来说则是一个形象的比喻。

"花果山福地,水帘洞洞天。"孙悟空没有被这福地洞天所局限,才没有成了占山为王的妖精。西行路上，孙悟空坚持"走出去、请进来"，集众智，聚众力，走出了一条开明开放的取经之路。

列位请注意，《西游记》里，几乎所有的妖精，都有一山一洞，吴承恩这是什么意思？

四圣试禅心

过了流沙河，唐僧师徒四人正行间，唐僧问歇处，猪八戒嫌担重，沙和尚说马慢，孙悟空赶马跑。这是什么情况？心躁意散也。因此，就有了四圣试禅心。

四圣搞了一处大家院落，化身为四大美女，专等唐僧师徒前来投宿。待唐僧师徒进得门来，便说家中田产颇丰、物资充盈，除了缺男人，啥都不缺。你们何必辛辛苦苦去西天，何不在这人间自在天里享受一番。

人之大欲，莫过食色。这里要食得食、爱色有色，还有什么好犹豫的？四圣以食色相诱，但真正试的并非食色。只看到色诱，便是未入法门。那四圣是在试什么呢？

一试心是否散乱。心若散乱，则志难坚、意难定，便会朝秦暮楚、心猿意马、见异思迁，时变而心变，景迁而意改，最终必一事无成。世上就有许多聪明人，什么东西一学便会，却心意散乱，转瞬间又喜欢上别的东西，学来学去，好像什么都会，却无一精通，成不了正果。

二试目是否散乱。看眼睛聚不聚焦，能不能用心观察，会不会被假象迷惑。不能用心观察，就不能由表及里，就会认假作真。把假的当真的，行动必然出错。此时，行动方案越正确，出的错误就越大。行动越坚决快速，离目标就越远。眼睛散光，看东西便模糊不清。

一试是根本，二试是兼顾。

四圣在这里既有情景测试，也有情景点化。前期主要是情景测试，后期把猪八戒吊在树上，撤去了宅院，便是情景点化。佛度有缘人，只点化，不点明。此处用的是"六波罗蜜"之中的"禅那波罗蜜"，度的是"散乱"。

情景测试是铺垫，情景点化是目的。

菩萨们作局

继续聊"四圣试禅心"。

四圣化身娘四个，起的姓名很是讲究。风韵犹存的娘，娘家姓贾，夫家姓莫。三个女儿，老大叫真真，老二叫爱爱，老三叫怜怜。

啥意思？莫真、莫爱、莫怜，莫真爱怜是也！看上去是真爱怜，实际上全是虚情假意。

菩萨试的不只是性欲还有情欲。美色不能长久，爱情也不能长久。爱情也好，美色也罢，都是幻相泡影，随时都会破灭消失。

男女之间的烦恼、苦恼与悲剧，都来自一个执念，渴望如胶似膝，追求天长地久。会吗？会，又不会。当你不执着于天长地久的时候，可能会天长地久；当你相信天长地久的时候，便断然不会天长地久。不论是否天长地久，都只是幻象。凡是在媒体上秀恩爱的，都过不了多久就分手。因为这个东西如露如电，见光就死。

人们在给自己作局，却不知道自己在局中，菩萨不过是再现了人们自己制造的局。菩萨不只是考验唐僧师徒，更是在开示众生。

真爱怜与假爱怜，都如梦幻泡影，随时都会变化，随时都会消失。你去分辨真假，其实并无用处。

菩萨心肠，直指要害，毫不留情。

唐僧的 N 种艳遇

自古英雄多好色，好色未必真英雄。这话说得太绕，直白地说，就是大伙都好色，大伙里面英雄很少。

好色是双性动物延续发展的根本动力，若是不好色，双性繁殖动物很快就绝种了。好色是动物的天性，但好淫则是违反天性的。好色与好淫的区别是，前者是为了繁殖需要，后者是追求生理刺激或心理满足。

动物们只有进入生殖季，才忙着交配，且没有什么娱乐技巧，只有人拿交配当乐子。在这件事上，你说人是禽兽不如呢，还是高于禽兽呢？答案不是唯一的，要看从什么角度来认识。

从生物延续的角度来看，好淫是对资源的极大浪费。相互消耗了那么多能量，既不生成食物，也不创造生命，这不是调皮捣蛋瞎胡闹吗？

从生命演化升级的角度来看，好淫也有一定的益处。好色是天性，有力气就行，不用动脑子。好淫光有力气并不行，还得有更复杂的情绪体验系统，才能享受到其中的乐趣；也得有更高水平的智力，才能把这事变成现实。总之，没有脑子是不成的。多用脑子，自然是有好处的。

没有这个"好淫"，人的情绪体验大概要少一半。此处给"好淫"加个引号，是提醒朋友们注意，本书里说到的"好淫"，不是指

— 170 —

乱交，而是指把性爱当作娱乐活动。

正是因为有坏处也有好处，好淫与戒淫才成为长期困扰人类社会的一大问题，戒淫也就成了一个反复抓、抓反复的人间游戏。

佛家把戒淫作为修行的重要功课，并且视为最不容易考及格的课程。所以，西行路上，这一课也是反复上、经常考，还变着花样地搞突击摸底。在全员抓、抓全员的同时，还坚持抓重点、重点抓。

第一次是摸底考试。四位菩萨作了个局，变化成一母三女，娘四个自然个个都跟天仙似的，还在唐僧师徒的西行路上，虚拟了一座大庄园，专等他们入局。

唐僧一行见到庄园，便去借宿。出来接待的是一位半老不老的美妇。美妇说："这个地方是西牛贺洲。小妇人娘家姓贾，夫家姓莫。幼年不幸，公姑早亡，与丈夫守承祖业，有家资万贯，良田千顷。夫妻们命里无子，止生了三个女孩儿，前年大不幸，又丧了丈夫，小妇居孀，今岁服满。空遗下田产家业，再无个眷族亲人，只是我娘女们承领。欲嫁他人，又难舍家业。适承长老下降，想是师徒四众。小妇娘女四人，意欲坐山招夫，四位恰好，不知尊意如何？"唐僧听了，装聋作哑，瞑目宁心，寂然不答。

那美妇又说："舍下有水田三百余顷，旱田三百余顷，山场果木三百余顷；黄水牛有一千余只，况骡马成群，猪羊无数。东南西北，庄堡草场，共有六七十处。家下有八九年用不着的米谷，十来年穿不着的绫罗；一生有使不着的金银，胜强似那锦帐藏春，说甚么金钗两行。你师徒们若肯回心转意，招赘在寒家，自自在在，享用荣华，却不强如往西劳碌？"见猪八戒动了心思，便笑道："可怜！可怜！出家人有何好处？"唐僧道："女菩萨，你在家人，却有何好处？"那妇人道："长老请坐，等我把在家人好处说与你听。怎见得？有诗为证，诗曰：春裁方胜着新罗，夏换轻纱赏绿荷；秋有新醅香糯酒，冬来暖阁醉颜酡。四时受用般般有，八节珍羞件件多；衬锦铺绫花烛夜，强如行脚礼弥陀。"

吴承恩让这位美妇说来说去，说明了什么呢？说明这次摸底考试，核心是美女加丰衣足食的田园式生活。这次摸底，只有猪八戒不及格。这次摸底之后，就分班了。只有唐僧一人进了尖子班，后面的考试主要就是考唐僧。

在女儿国，考的是美女加权力，左边是江山如画，右边是美人如花。

在琵琶洞，考的是美女加风月，花容月貌再加上十里春意、万千风情。

在荆棘岭上，考的是美女加才女，面如杏花加上腹有锦绣、口吐莲花。

在盘丝洞，考的是美女加情网，情丝如织、情欲如炽加上美色如云。

在无底洞，考的是美女加"迷妹"，一往情深加柔情似水，还有一口一个："妙人儿"。

在天竺国，考的是美女加富贵，美娇娘加上驸马爷，既有面子也有里子。

这么多场景，总有一款能够打动你吧？

清风、明月开口骂

孙悟空在五庄观，偷吃了人参果。清风、明月巡查时发现少了四个果子，怀疑到唐僧师徒身上，便找唐僧质问。孙悟空几个只好认了。但只认偷吃了三个，两位仙童说，明明少了四个，你却只认三个，是何道理？两人便拿话来损，越说越难听。把个悟空恨得钢牙咬响，火眼睁圆，几番要使那金箍棒，却忍了又忍，心下道："这童子这样可恶，只说当面打人也罢，受他些气儿，等我送他一个绝后计，教他大家都吃不成！"这悟空，把脑后的毫毛拔了一根，吹口仙气，叫声"变！"变做个假行者，跟定唐僧，陪着悟能、悟净，忍受着道童嚷骂；他的真身出一个神，纵云头跳将起去，径到人参园里，擎金箍棒往树上乒乓一下，又使个推山移岭的神力，把树给连根拔起。孙悟空推倒树，却在枝儿上寻果子，那里得有半个？原来这宝贝遇金而落，他的棒刃头却是金裹之物，况铁又是五金之类，所以敲着就振下来，既下来，又遇土而入，因此上边再没一个果子。他道："好！好！好！大家散火！"他收了铁棒，径往前来，把毫毛一抖，收上身来。

那清风、明月骂了多时，过足了口舌之快，出得门来，清风道："明月，这些和尚也受得气哩，我们就象骂鸡一般，骂了这半会，通没个招声，想必他不曾偷吃。倘或树高叶密，数得不明，不要诳骂了他！我和你再去查查。"明月道："也说得是。"他两个果又到园中，只见那树早倒地，果无叶落，唬得清风脚软跌跟头，明月腰酥打骸垢。那两个魂飞魄散，倒在尘埃，语言颠倒，只叫："怎的好！怎的好！害了我五庄观里的丹头，断绝我仙家的苗裔！师父来家，我两个怎的回话？"

这一小段在讲什么呢？得理也要饶人。或者说，亏损时要懂得止损。

被孙悟空哥儿几个偷吃了东西，而且是特别特别稀罕的东西，一定是令人心痛让人愤怒的。可越是情绪上头的时候，越需要停止言语和行动。因为此时，说的话与做的事，一定是过头的、不恰当的，带来的结果也就必定是你不想要的。亏损时，应最先考虑的是止损，否则就可能血本无归。

你做错了事，人家说些难听的话，也是合理的，应该理解。如果你听了忍不住去报复，那必然要付出更大的代价。孙悟空图一时之快，反让他们师徒陷入了困境，最后不得不请菩萨出面来解困。

鬼也怕恶人

且说唐僧师徒来到宝林寺前，天色已晚，意欲错宿。唐僧就说："我先进去。你们的嘴脸丑陋，言语粗疏，性刚气傲，倘或冲撞了本处僧人，不容借宿，反为不美。"孙悟空说："既如此，请师父进去，不必多言。"

唐僧丢了锡杖，解下斗篷，整衣合掌，正身诚意，走进山门，见三门里出来一位道人。那道人见唐僧丰姿非俗，便紧走几步，施礼道："师傅从那里来？"唐僧说，弟子从大唐来，到西天取经，方到宝方，天色已晚，告借一宿。道人听了，忙说，这事我说了不算，得到里面请示。

道人去报告方丈，说是有人来了。方丈听了急忙换好服装，出得门来，一看外面是一和尚，便恼了，怒道："你真是欠揍！我只接城上来的士夫降香，这等个和尚，怎么报我接他？今日天晚，想是要来借宿。我们方丈中，岂容他打搅！教他往前廊下蹲罢了！"

唐僧听了，满眼垂泪，与那僧人好说歹说，全无效果，反被那僧人奚落了一番。只好忍气吞声，出来见了徒弟。孙悟空哥几个见唐僧面含怒色，急问情况，唐僧只说是"这里不方便"。悟空便说："你不济事，待我进去看看。"

孙悟空进去，自然是动武用粗，吓得那方丈心肝齐颤，只好按孙悟空的要求，把寺里的和尚们全叫出来，出寺门恭请唐僧师徒。那方丈磕头高叫道："唐老爷，请方丈里坐。"八戒看见道："师父老大不济事，你进去时，泪汪汪，嘴上挂得油瓶。师兄怎么就有此獐智，教他们磕头来接？"唐僧道："你这个呆子，好不晓礼！常言道，鬼也怕恶人哩。"

鬼也怕恶人哩！这句话带来了一大问题，那就是要不要以恶制恶？以恶制恶就是正当的正义的吗？这也是人类面临的一个两难问题。不以恶制恶，不给反击反抗赋予正当性，恶人恶行就会横行霸道，可以恶制恶本身也是恶，反而会造成恶的总量的增加。鬼虽怕恶人，但鬼并不会因为有恶人就不做鬼。而恶人比鬼还厉害，人哪里有什么好日子过！

佛祖是怎么回答这个问题的呢？佛祖讲因果与缘起。唐僧遇到那僧人，是他过往的业报。那僧人碰上孙悟空，亦是他过往的业报。即使他当时没碰上孙悟空，将来还会碰上陈悟空，反正迟早是要还的。

因果报应到底有没有，凡夫俗子没法证实，也没法证伪。不过，我们从大自然显露出的规律来看，日出日落、月圆月缺、潮起潮落、花开花谢等等，总体上都是平衡的。从这个角度看，强与弱、得与失、宠与辱、尊与慢等其实是没有分别的。个人作如是观，心态就平和；群体作如是观，社会就和谐；众生作如是观，世界就和平。

乌鸡国王落井

且说那乌鸡国王被化作道人的妖精推入井中，转眼已过三年，恰好唐僧师徒取经路过，便托梦于唐僧，请求帮助除妖解困。这段故事的背后在说什么呢？

乌鸡国的妖并没有找唐僧师徒的麻烦，实际上不算唐僧师徒遇到难处，但他们是在造善业。这一段隐含的"密码"都在乌鸡国王身上。

让我们直接进入正题。那孙悟空举棒要拿妖精性命，就听云端传来一个声音："孙悟空，且休下手！"孙悟空回头一看，原来文殊菩萨，急收棒，上前施礼道："菩萨，那里去？"文殊道："我来替你收这个妖怪的。"孙悟空谢道："累烦了。"那菩萨袖中取出照妖镜，照住了那怪的原身。孙悟空招呼八戒、沙僧一起来见菩萨。却向镜子里看去，那魔王生得好不凶恶：眼似琉璃盏，头若炼砂缸。浑身三伏靛，四爪九秋霜。搭拉两个耳，一尾扫帚长。青毛生锐气，红眼放金光。匾牙排玉板，圆须挺硬枪。镜里观真象，原是文殊的一个狮猁王。孙悟空道："菩萨，这是你坐下的一个青毛狮子，却怎么走将来成精，你就不收服他？"菩萨道："悟空，他不曾走，他是佛旨差来的。"孙悟空道："这畜类成精，侵夺帝位，还奉佛旨差来。似老孙保唐僧受苦，就该领几道敕书！"菩萨道："你不知道；当初这乌鸡国王，好善斋僧，佛差我来度他归西，早证金身罗汉。因是不可原身相见，变做一种凡僧，问他化些斋供。被我几句言语相难，他不识我是个好人，把我一条绳捆了，送在那御水河中，浸了我三日三夜。多亏六甲金身救我归西，奏与如来，如来将此怪派到此处推他下井，浸他三年，以报吾三日水灾之恨。一饮一啄，莫非前定。今得汝等来此，成了功绩。"行者道："你虽报了甚么一饮一啄的私仇，但那怪物不知害了多少人也。"菩萨道："也不曾害人，自他到后，这三年间，风调雨顺，国泰民安，何害人之有？"孙悟空道："固然如此，但三宫娘娘，与他同眠同起，玷污了她们的身体，坏了多少纲常伦理，还叫做不曾害人？"菩萨道："玷污她们不得，他是个骗了的狮子。"八戒闻言，走近前，就摸了一把，笑道："这妖精真个是糟鼻子不吃酒——枉担其名了！"

佛家讲六根本烦恼，烦恼即迷惑，迷惑便出错生祸。你道是那六根？贪、嗔、痴、慢、疑与不正见。那乌鸡国王心善行善，做了许多好事，佛祖十分满意，拟晋升为金身罗汉，派文殊菩萨去宣布。文殊菩萨在宣布前做了一个情景测验，结果就把乌鸡国王给考糊了。

文殊菩萨测验的是什么呢？六根之一：慢。乌鸡国王没有经受住别人对自己的轻慢，自己也轻慢了别人。因没有经受住考验，就又经历了三年的大难。

那妖精竟然是如来佛安排来执行任务的。就是说，做坏事的，不一定是自己想干的，他可能是执行任务，也可能是出于无奈。

这段故事告诉人们两点：要经受得住别人的傲慢轻慢，但不要对别人傲慢轻慢；尽量理解那些跟你过不去的人，或许他的日子比你更难过，或许他执行的是一件光荣的特殊任务。

三打白骨精打的是啥

孙悟空三打白骨精的故事，因被改编成了电影、电视与连环画等而流传很广。在这些作品中，唐僧的是非不分、真假不辨，很是让人着急上火，而孙悟空的本领与果敢亦很是令人痛快过瘾。

可孙悟空打的是什么？唐僧分不清的又是什么？

那白骨精想吃唐僧肉，可又惧怕孙悟空，便想法来智取，使了一个连环计。白骨精先变成了一个小媳妇儿，说是给在田里干活的老公去送饭，恰巧遇上唐僧师徒，正饿得肚子"咕咕"叫，便要施舍些干粮。恰好悟空回来，发现是妖怪，当头就是一棒。

这一棒打的就是假慈善。今天，这样的情况也是时有发生的，而且花样越来越多。表面上在做公益搞慈善，暗地却在偷吃"唐僧肉"或在算计"唐僧肉"。比如，一个地方出了天灾，或发生了水灾，或遇上了地震，他忙着捐款捐物，但他的企业呢，却在那时制造人祸，或违规排放，或欺行霸市等。

接着，白骨精又变成了一位老妇，来寻女儿，看到女儿的"尸体"，便假意哭啼。孙悟空看得清楚，举棒便打。这一棒打的是假弱小假凄惨。这世上有一类人，专门利用人们的同情心，把自己弄得可怜兮兮的，去骗人财物。如今，这一招已经不太好使了，却又演化出"碰瓷"来，弄些老幼病残，专门往人车上蹭。世界上，假扮弱者讨巧的人和事，每天都在发生。

白骨精"卖惨"失败，再生一计，变成了一位痛失妻女的老翁。这妖精再怎么变，也骗不了孙悟空。尽管唐僧百般阻挠，孙悟空打妖的决心毫不动摇。悟空再举金箍棒，把妖精打回原形。这一棒打的是假受害。老百姓有句俗话，叫作"恶人先告状"。有些人，或者是害别人的，或者是占了便宜的，却把自己装扮得跟受害人似的，以期让别人受到更大的伤害或者给自己赚来更多的好处。

一打假慈善，二打假弱小，三打假受害。这"三打"在现实世界里都是高难度的动作。他们是妖，一般人是干不过妖的。所以，多数情况下，唐僧会有很多，悟空就难找了。

唐僧为何分不清是非黑白呢？唐僧此时还没有成佛，还是凡人。凡人有分别心，好用"二分法"，比如对人分善恶、好坏、贵贱、美丑等。有了这个分别心，是很麻烦的。因为这颗心一定要区分，而这种主观上的区分经常会真假不辨、是非颠倒。只要回想一下人类历史，就会发现所有的人祸都有这个"分别心"在作怪。

你只要有善良之心，你就很难识别恶；你的心如果是黑的，你必定把好人当恶人。在社会生活中，明明身边有个"白骨精"，却以为是"唐僧"的人不少；明明自己是个"白骨精"，却硬给别人扣上"白骨精"的帽子，并往死里整的人，也经常见。

师父错怪你了

《西游记》里，若干人物都会经常说某一句话，这是为什么呢？

有这么几句话是唐僧经常说的："悟空，你在哪里？""悟空，快来救我！""师父错怪你了！"这三句话，说的是人与人之间尤其上下级之间相处的基本逻辑。

啥意思？

当你遇到困难的时候，想起朋友来了；看到朋友来了，便希望朋友出手相助。朋友帮忙之后，你们的关系就更近了，近了之后呢，分寸感就没了，就会嫌弃或猜忌，然后就是疏远。可今后还是会遇到困难，这时候就是"你在哪里""快来救我"，接着就是"我错怪你了"。

这种现象在上下级之间尤其突出。领导有了重要目标、重要任务，需要精兵强将，或者碰上了自己无法解决的困难，需要具备独特优势的人，就想起你来了，然后问秘书："某某某现在哪里？把他给我找来。"你来了之后，领导说："现在有个任务，难度很大，我思来想去，只有你才能做好！"你历经千辛万苦，把事做成了。你是不是很风光？可问题很快就像风一样来了。

干事、干成大事，潜藏着巨大风险。

成大事者受人尊敬亦遭人嫉妒。多半是远者尊敬近者嫉妒、位低者尊敬、位高者嫉妒。在所有的嫉妒者中，同僚占的比例最高。

那么多的同僚嫉妒，必定有人会采取行动，行动的方法之一，就是向领导打小报告。

多干事、干大事出成绩亦出岔子。所谓挑水多砸罐子多。目的虽然达到了，但你可能走过弯路；事情虽然办成了，可过程未必没有瑕疵；结果虽然圆满，但思路方法未必都与领导的要求一致。

这两个方面加起来，你的"天气"就是晴转阴了。

成大事者受领导喜爱也让领导戒备。成事之初，领导是开心的。可如果你的名声变大、口碑变好，有点盖了领导的风头，领导就不那么开心了。

此时，三个方面相互作用，你的"天气"就是：今天夜间到明天白天，阴，北风六到七级，间有雷阵雨。你不知道什么时候，就会碰上领导的"雷阵雨"。

世事难料，领导又碰上困难了，就有"悟空，你在哪里？"接着是"悟空，快来救我！"后面当然是"悟空，我错怪你了！"

然后呢，会接受教训吗？不会的，这是一个循环播放的故事。

偷吃人参果

万寿山偷吃人参果的这段故事，特别有意思。其中一个特别之处，就是在讲"缘"。我们经常讲缘分。佛家讲十二因缘，强调"此有故彼有，此无故彼无。"

这人参果三千年一开花，三千年一结果，再三千年才得熟，前后要一万年才能吃。在这万年里，只结三十个果子。可巧就在果子能吃的时候，唐僧师徒来了。你说怎么就这么巧？

就在唐僧师徒到来的时候，镇元大仙受元始天尊的邀请，带着徒弟们到上青天上弥罗宫听课去了,只留下两个小徒弟看家。你说怎么这么巧?

如果果子还不熟,孙悟空就没的偷;如果镇元大仙和众徒弟都在,孙悟空就没机会偷。恰巧果子熟了,镇元大仙和徒弟们走了,这就是缘生。也就是因缘成熟、果报生起。

这个缘生,并不是必然,而是无常。元始天尊请镇元大仙去听课,并不一定是什么时候,镇元大仙也并不一定去。一位男生和一位女生,可能非常有眼缘,可他们并不一定能见面。我们说千里有缘来相会、千里姻缘一线牵,说的是可能性,而不是必然性。如果是必然性,那这世界上就没有那么多不如意了。世事无常,才是正常。

因缘成熟,果报生起,谁是受益者?答案是没有受益者,佛学里叫作无受者。孙悟空三兄弟吃了人参果,可以长生不老,难道不是受益者吗?孙悟空只是个名号,并不是实有其人,因此并没有一个孙悟空在受益。这是其一。其二,当下的果,便是后来果的因,因果循环,没有一个最终的受益者。一位男生喜欢一位女生,终于追到了,那么是这位男生得到了吗?不是的,是他的欲望得到了满足。之后,这位女生可能"出轨"了,这是受益还是受损呢?

因果报应,报应来了,谁是施予者?答案是没有施予者,佛学里叫作无主宰。尽管镇元大仙临行前,对两位徒弟千叮咛、万嘱咐,人参果还是被孙悟空给偷吃了。没有人能决定这件事发生或者不发生。一对男女相爱了,在一起了,或者不爱了,分手了,没有任何人能主宰这些事情的发生或者不发生。

没有人能害你,也没有人能救你,因此也没有恩人或仇人。你害不了任何人,也救不了任何人,因此你不是任何人的对手或恩人。一切都是缘起缘生而已,是一系列联系与发展的过程。这显然和我们的实际感受是不一致的。因为我们的感受是虚幻的、不真实的，是"无明"造成的结果。

孙悟空为何干不过红孩儿

弄伤了孙悟空的，不是火，而是烟。

当初，孙悟空被判了死刑，一般的行刑手段都没弄死他，太上老君就把他收进炼丹炉里，烧了多日，他还在里头说笑，迫使太上老君祭出三昧真火。结果呢？孙悟空不但没有被烧死，还炼出了一双火眼金睛。

孙悟空是不怕火的。

取经途中，唐僧团队遇上了红孩儿。这娃娃也想吃唐僧肉。一个娃娃，有何本事，助他生此妄想？这娃娃是牛魔王的儿子，他曾在火焰山修行了三百年，炼成三昧真火。在火焰山修炼了三百年，还是个孩儿，这里还是在强调时间。

红孩儿掳走了唐僧，孙悟空去索要师父，红孩儿自然是不给，双方就动起手来。两个直杀得天干地燥、云彩都要冒火，还是难分胜负。猪八戒看孙悟空已经渐占上风，便欲上前助阵，也要分点功劳。那红孩儿见猪八戒来打，自知难敌猴猪合力，急忙跳出阵外，逃到洞口，祭出三昧真火，挡住了孙悟空与猪八戒的进攻。

沙和尚对两位师兄说："妖怪弄火，师兄何不用水？"悟空说："这法子不赖！"便驾起云头去请龙王来帮忙。龙王来了三兄弟，孙悟空又去叫阵，红孩儿先前胜了一阵，自然不怕，又来交手。战不多时，红孩儿故技重演，悟空急叫"龙王！"龙王三兄弟一齐降水，可那火却越浇越旺。孙悟空使出避火诀，冒火去追红孩儿，那红孩儿又弄出一团烟雾来，差点把悟空熏死。

水克火。龙王的大水怎么就灭不了红孩儿的火呢？要知道，那红孩儿有五辆喷火车。五辆又能怎样？它有五种元素：金木水火土，形成了某种结构。通过元素及其结构关系的变化，改变了单一元素的性质。因此，龙王的大水再多，也灭不了红孩儿的三昧真火。

孙悟空能扛得住烈火，却受不了浓烟，为啥？我们常说烟熏火燎。它们攻击的方式和重点是不同的。火燎，最先燎的是皮肤与肌肉，伤害的是肌体；烟熏，直接熏的是呼吸系统，损害的是气血。

唐僧师徒西行路上，多次遭遇到火难，但每次都有不同的属性，有着不同的含义，这些都是不同的修炼。

悟空为了救师父，只好去南海观音菩萨那里求助。见了观音菩萨，说明原委，就见观音菩萨将那净瓶扔了下去，不见踪影。不一会儿，又见一只神龟将净瓶驮了过来。观音菩萨对悟空说："拿瓶来！"悟空上去一试竟如蜻蜓撼石柱一般，只好说："弟子拿不动！"观音菩萨就说："常时是个空瓶，如今是净瓶抛下海去，这一时间，转过了三江五湖，八海四渎，溪源潭洞之间，共借了一海水在里面。你哪里有架海的斤量？此所以拿不动也。"

观音菩萨又吩咐弟子惠岸去托塔天王那里借罡刀。惠岸是托塔天王的二儿子。他到了父亲那里，说是受观音菩萨之命来借罡刀。托塔天王就让哪吒取了三十六把交与惠岸。惠岸回到南海，捧与菩萨。菩萨接过来，抛出去，那罡刀化作一座千叶莲台。菩萨纵身上去，坐在中间。

观音菩萨为了拿住红孩儿，做了一系列准备工作，核心还是元素及其结构。山东泰安有三宝：白菜、豆腐、水。其实核心就是水。不同地区的水，含有的元素并不相同。菩萨把三江五湖的水采到净瓶了，这水便不再是普通的水了。但是，菩萨觉得这还不够，又用三十六把罡刀化作一座千叶莲台。

三江五湖的水，形成一个结构。三十六把罡刀，组成又一个结构，也可以说是一个阵形。两个结构，形成双保险。陆军万一拿不下，海军陆战队便来助阵。

在实战中，观音菩萨只用千叶莲台，就把红孩儿给降服了。

孙悟空两次吃了红孩儿的亏，主要原因有两个：一个是不知道利用结构，或者说不懂得要素重组可以改变事物的性质；另一个是没有预留后手，事前没准备好备用方案。

借力降河妖

大闹天宫的孙悟空，谁也打不过，那些天兵天将全不是孙悟空的对手；西天取经的孙悟空，谁都打不过，是个妖精都把孙悟空折腾得够戗。但是，那个时候的孙悟空才是真厉害呢！

借菩萨帮忙，收了红孩儿之后，师徒又西行了一个多月，忽听得水声震耳，唐僧大惊道："徒弟呀，又是那里水声？"孙悟空笑道："你这老师父，忒也多疑，做不得和尚。你把那《多心经》又忘了也。"唐僧说："《多心经》乃乌巢禅师耳传，至今常念，你知我忘了哪句？"孙悟空道："老师父，你忘了'无眼耳鼻舌身意'。我等出家人，眼不视色，耳不听声，鼻不嗅香，舌不尝味，身不知寒暑，意不存妄想。如此谓之祛退六贼。"

唐僧"六根"未净，果然又引贼来。

师徒行至一条大河，但见黑水滔天、一望无际。师徒几个过河无方，正发愁间，就见一人棹下一只小船儿来。沙和尚高喊："来渡人！"那人将船棹近崖，说道："我这船小，你们人多，怎能全渡？"猪八戒便使心术，就说："悟净，你与大哥在这边看着行李马匹，等我保师父先过去，却再来渡马。教大哥跳过去罢。"孙悟空点头道："你说的是！"

猪八戒保唐僧上船过河，一去就没了动静。沙和尚说："莫非是翻了船？"孙悟空说："不会。方才见那棹船的有些不正气。"沙和尚闻言便说："哥哥何不早说！等我下水找寻去来。"孙悟空说："这水色不正，恐你不能去。"沙和尚道："这水比我那流沙河如何？去得！去得！"

沙和尚到水下找到河妖，打了几个回合，觉得赢不了，便假装不敌，败阵而逃，可那河妖并不追赶。沙和尚跳出水面，向孙悟空介绍情况，说那河怪像一只大鳖，不然就是条鼍龙。孙悟空道："不知那个是它舅爷？"正说着，河口内真神来，对孙悟空说："那妖怪旧年五月间，随大潮来此，占了我的河神府。他舅舅是西海龙王，不准我的状子，教我让与他住。"

孙悟空听完，驾起云头，去了西海，见了西海龙王，说了情况和来意。西海龙王就安排自己的儿子带队出征，拿下河妖，帮唐僧师徒过河。

列位，那棹船人来路不正，孙悟空看破了；猪八戒耍小心眼，孙悟空也看破了；但老孙看破不说破。

在处置危机的整个过程中，孙悟空没有动手，没有安排师弟动手，只是跑了趟腿、动了动嘴，就把危机化解了。

自己不动手的孙悟空是不是更厉害呢？高人都是让别人给自己打工的。

懒人如何有懒福

猪八戒好偷懒，做事还动不动就打退堂鼓，但他照样修得正果，果然是懒人自有懒福。其实不然，猪八戒能得福报，自有他的高明之处。

来看这么一段。

唐僧一行来到平顶山地区，孙悟空打探到此山有个莲花洞，莲花洞里住着两个妖怪，本领了得，还拥有几件秘密武器，威力无穷。悟空听了，心里也没底，面上不免露出愁容。猪八戒看出端倪，便叫道："沙和尚，歇下担子，拿出行李来，我两个分了罢！"沙僧道："二哥，分怎的？"八戒道："分了罢！你往流沙河还做妖怪，老猪往高老庄上盼盼浑家。把白马卖了，买口棺木，与师父送老，大家散火，还往西天去哩？"长老在马上听见，道："这个夯货！正走路，怎么又胡说了？"八戒道："你儿子便胡说！你不看见孙行者那里哭将来了？他是个钻天入地、斧砍火烧、下油锅都不怕的好汉，如今戴了个愁帽，泪汪汪的哭来，必是那山险峻，妖怪凶狠。似我们这样软弱的人儿，怎么去得？"

猪八戒是真要散伙吗？害怕是真，散伙是假。他们已经走了三分之一的路程，经历了千辛万苦，付出的成本是巨大的，这时候散伙，可是亏大发了。再说，真想散伙，唐僧能放他，悟空却放不过他。那他在这里瞎嚷嚷啥呢？我没本事，还没胆子，别让我打头阵。

孙悟空更是猴精，看透了猪八戒的小九九，便戏弄他。说道："有两件事，一件是看师父，一件是巡山，你选哪件？"猪八戒知道，妖怪都想吃师父，看师父责任重大、风险巨大，就选了巡山。唐僧说骂悟空："你这个泼猴，兄弟们全无爱怜之意，撮弄他去寻什么山！"悟空说："你看猪八戒这一去，决不巡山，也不敢见妖怪，不知往那里去躲闪半会，捏一个谎来，哄我们也。"

猪八戒走了有七八里路，把钉钯撇下，掉转头来，望着唐僧，指手画脚的骂道："你罢软的老和尚，捉掐的弼马温，面弱的沙和尚！他都在那里自在，捉弄我老猪来跑路！大家取经，都要望成正果，偏是教我来巡甚么山！哈哈哈！晓得有妖怪，躲着些儿走。还不彀一半，却教我去寻他，这等晦气哩！我往那里睡觉去，睡一觉回去，含含糊糊的答应他，只说是巡了山，就了其帐也。"

你看，猪八戒懒归懒，脑子可不是猪脑子。猪八戒有自己突出的特点。

孙悟空经常拿他开涮，天天"呆子、呆子"地喊着，但他依然一口一个"猴哥"地叫着。他知道，要让大哥出头，就得自觉地低大哥一头，还得让大哥弹猪头。

不承担责任，就得低头。能干的事，抢在前头，干不了的事，缩在后头，知道自己几斤几两，却不是一贯耍滑头。没有金刚钻，硬揽瓷器活，自己坐蜡，还给哥们儿添麻烦。猪八戒做事是有度的。

明白自己入了一个好团队。虽说这份工作是观音菩萨介绍的，但猪八戒并不是只看菩萨的面子，他知道跟着这个团队有前途。领导心地善良，大哥能力超强，三弟任劳任怨，白龙马忍辱负重，这样的团队可不好找啊！

车迟国猴王显法

在车迟国，孙悟空与三位国师斗法，搞了四个回合，猴王以四比零完胜。他是靠什么取胜的呢？这可以从不同的层面来解读。

第一轮，比的是祈雨。虎力大仙率先登场。大仙出了令符，念了咒语，眼见得风已来，雨要下，可孙悟空悄悄找了风神、雷神、龙王，说："我保唐僧西天取经，你等要助我，怎能助他？"几位一听，知道惹不起，便转向悟空这边，虎力大仙也就失败了。

你可以理解为，孙悟空的关系更硬，也可以理解为孙悟空的任务更神圣，还可以这么理解：我们看到的一切都是假象，可其中又有真实。雨是真雨，法术却不是真法术。所以孙悟空虽然赢了，却对国王说："这些旁门法术，也不成个功果，算不得我的，也算不得他的。"

第二轮，比的是登坛坐禅。那边依然是虎力大仙出场，这边是唐僧登坛，悟空暗助。那鹿力大仙见两个不分胜负，便将脑后短发拔了一根，捻成一团，弹至唐僧头上，变作一条臭虫，咬住头皮。唐僧一时疼痛难忍，便缩着头，就着衣襟擦痒。孙悟空见了，飞到唐僧头上，见是一条臭虫，知是那道士在害师父，便灭了臭虫，又飞到虎力大仙头上，变作一条蜈蚣，来到道士的鼻凹里叮了一下。那道士疼得坐不稳，一个筋斗翻将下去。

你可以理解为"猪队友"帮倒忙，可以理解为以邪治邪，也可以理解为唐僧的定力更强，还可以这么理解：禅定是入智慧法门，而不是寻方便之捷径。不能入定，自是输定。正人行邪法，邪法亦归正；邪人行正法，正法亦归邪。

第三轮，比的是隔板猜枚。这次是鹿力大仙出场，仍然是唐僧应战、悟空暗助。首局，娘娘在柜子里放了一件宫衣，叫山河社稷袄、乾坤地理裙。大仙猜得正确。可悟空却让唐僧说是："破烂流丢一口钟。"次一局，皇帝亲自摘了一颗大桃子，放在柜子里。大仙说是一颗仙桃，唐僧说是光桃核子。第三局，弄了个仙童放在柜里，大仙说是道童，唐僧说是个和尚。唐僧以三比零大胜，拿下第三轮。可是，唐僧说的全是假的，怎么就赢了呢？

你可以理解为孙悟空更聪明，或者孙悟空的法术更胜一筹，也可以这样理解：不住相。山河社稷袄、乾坤地理裙，就是"破烂流丢一口钟"，不在破烂时，便在破烂中；仙桃就是"光桃核子"，自是一体；道童亦是和尚，本无分别。

此时，已是三比零，三位道士已然败了，可他们还不甘心，依然"我执"，要求再来。这一次，不是比，而是赌。赌什么呢？砍头、剖腹、下油锅。一旦输急了眼，啥都敢赌！

这一回是孙悟空独自战三位道士。结果，虎力大仙成了无头的黄毛虎，鹿力大仙成了一只死了的白毛角鹿，羊力大仙只在油锅里剩下几根羊骨头。

你可以理解为道士们碰上了高手，也可以理解道士们不作不死，还可以这样理解：孙悟空里里外外清理得干干净净，洗心革面，改头换面，革故鼎新，又一次完成了升级换代。

如今实不要你了

孙悟空将唐僧从琵琶洞里救出，唐僧又是一番谢之不尽。师徒四众前行，转眼又到夏季。这一日，行至一座高山，四众上山，过了山头，下西坡，乃是一段平阳之地。

教沙和尚挑着担子，他双手举钯，上前赶马。那马更不惧他，只是照旧不紧不慢前行。孙悟空道："兄弟，你赶他怎的？"猪八戒道："天色将晚，肚里饿了，大家走动些，寻个人家化些斋吃。"行者闻言道："既如此，等我教他快些。"把金箍棒幌一幌，喝了一声，如飞似箭，顺平路往前去了。唐僧挽不住缰口，让那马儿一气跑了二十多里地，方才缓步。

列位，这师徒心意一散，就是要出事儿。

唐僧在前面碰上了一伙毛贼，是专劫浮财的。幸亏悟空及时赶来，救了师父，打死了毛贼的两个头儿，其余的毛贼撒丫子就跑。唐僧见悟空伤了两条性命，甚为不满。悟空救了师父，又遭埋怨，很不爽叠加上很不爽。师徒西行不久，看到一户人家，便去借宿。哪承想，那帮毛贼之中，就有一个是这户人家的儿子。儿子与同伙夜半回家，发现了唐僧师徒，密谋将唐僧师徒杀了，为头儿报仇。老者不忍，悄悄叫起唐僧师徒，放他们从后门走了。这伙毛贼不知死活，又去追赶，当然是自寻死路，就让悟空给灭了。

唐僧见悟空连伤人命，念了二十多遍《金箍咒》，硬是撵悟空回去。悟空不忍离去，求师父原谅，唐僧说："如今实不要你了！"

你说这唐僧也忒不地道了。刚刚谢完人家，之前还因赶走悟空，由猪八戒请回之后，连说"师父错怪你了"，如今怎么就翻脸不认人呢？

列位，不是唐僧太昏，这里大有分别。

之前，悟空打死的是妖，如今打死的是人。降妖是业绩，打人是罪过。

即是如此，那群毛贼又奈何不了唐僧一行，悟空又为何毫不留情，棒棒要人命呢？不是孙悟空心狠，是作者要棒喝梦里众生。

明里要的是人命，实则灭的是人心。人心不灭，道心不起。道心者，先天之气。人心者，后天之器。

道心为一，人心二分。毛贼要杀唐僧师徒，是人心之恶；老者叫醒唐僧师徒，让他们从后门逃生，是人心之善；唐僧不分青红皂白，赶走悟空，是执人心之善行人心之恶。可见，人心有多么不靠谱儿。

唐僧不要的不是悟空，实乃道心也。悟空见了菩萨，放声大哭。哭什么？哭师父再失道心，哭自己与师父走岔了道也。

无火处无经

唐僧师徒被那火焰山阻断了西行之路，沙和尚说："似这般火盛，无路通西，果怎生是好？"猪八戒说："只拣无火处走便罢。"唐僧道："那方无火？"猪八戒答："东方、南方、北方俱无火。"又问："那方有经？"猪八戒道："西方有经。"唐僧道："我只欲往有经处去哩！"沙和尚道："有经处有火，无火处无经，诚是进退两难！"

列位，"经"是何物？经典的经验，惊艳的经典。"经"从哪里来？从经历中来。惊人的经历，惊艳的经过。因此，对待经典，我们要尊敬、敬仰；至于经历，我们便只能亲自经过。经过各种惊险，将经过变成惊艳，这便是得真经了。所谓"纸上得来终觉浅，绝知此事要躬行"。

平淡处无经，平凡处无经，安乐处更无经，经只在那高处、深处、危险处，以及未知处、未去处。美猴王在花果山上多舒服多自在，但那里没有"经"。猪八戒在高老庄上多舒坦多开心，可那里也没有"经"。唐僧在京城里讲个课、颂个经，没有风险，还受人尊重，可他天天念的都是些老经。这便是"有经处有火，无火处无经"。有平凡的世界，并没有平凡的英雄。凡是让人感动的人物，凡是令人尊敬的英雄，都经历过无数磨难，都走过常人没走过的路，都蹚过常人没蹚过的河，都见过常人没见过的风物。

平淡不是错误，平凡不是不好，安乐也不丢人，只要不像猪八戒那样，一会想向西，一会想东回，来来回回地纠结就好。就如沙和尚所言："诚是进退两难哩！"进退两难处，取经必经处。

孙悟空三借芭蕉扇

为过火焰山，孙悟空三借芭蕉扇，费了好大周折，误了许多工夫。从双方实力对比和三借芭蕉扇的过程来分析，孙悟空是犯了许多错误的。他就像一名球员，把已经踢到对方门线上的球，又自己给"解围"了。

孙悟空找铁扇公主借扇子，公主不借，双方动了手。公主不是对手，便腾出玉手，拿出扇子一扇，就把孙悟空扇出了五万多里。孙悟空运气不错，正好落在了灵吉菩萨的宝山之上，从灵吉菩萨那儿得了一粒"定风丹"。回去再找公主，二次交手，公主又拿出扇子，扇了两扇，却不管用。公主又惊又吓，急回洞中。悟空变了只虫儿跟进洞中，见公主喝茶，便飞进去，让公主喝进了肚子里。

悟空在公主肚子里闹腾，公主疼痛难忍，只好给了悟空扇子。悟空高高兴兴带回来，忙去灭火，哪承想那火竟越扇越旺。原来悟空让公主给骗了，拿回来的是一把假扇子。

孙悟空只好再来。他变成公主的丈夫牛魔王，把扇子与口诀都骗到手。岂料，牛魔王回来，得知情况，就如法炮制，变作猪八戒来骗悟空。孙悟空正洋洋得意，完全没有注意，就把扇子给了猪八戒。牛魔王现了原身,孙悟空大叫上当,扇子得而复失。

第三次拿到扇子,成本可是太高了,动静也太大了。如来佛、玉帝都下了"军事命令",菩萨、金刚都上了阵,天兵天将都布了网,铁扇公主这才不得不交出了芭蕉扇。

其实,孙悟空原本自己就能把这差事办了的,原本在得了灵吉菩萨的"定风丹"后,就可以把事情搞定的,可孙悟空却犯了两个低级错误。第一个错误叫轻敌。骄傲必定大意。老孙压根没有把铁扇公主放在眼里,所以完全没有想到铁扇公主会骗他。第二个错误叫嘚瑟。老百姓说"得胜的猫儿欢似虎"。脑袋一撒欢,理性就"下岗"了。所以,孙悟空就愉快地被牛魔王骗了。

唐僧扫塔的讲究

唐僧扫塔,本是平常事。但在祭赛国金光寺扫塔,作者专用一回来铺排,因为这次扫塔,别有讲究。

唐僧以往扫塔,是敬佛爱寺,表达的是诚心;这次扫塔,则是护佛救僧,表现的是决心。

唐僧沐浴已毕,换上了工装,拿一把新笤帚,对众僧道:"你等安寝,待我扫塔去来。"悟空说:"塔上既被血雨所污,又况日久无光,恐生恶物;一则夜静风寒,又没个伴侣,自去恐有差池。老孙与你同上如何?"唐僧道:"甚好!甚好!"

这修行,为啥他行你不行?差别就在"你等安寝",而他在"扫塔"。扫塔就是扫尘心之尘。尘心必染尘埃,日久无光,定生恶物。自己来扫,看不清、除不尽,所以需要有个伴,才可靠。结伴去扫,甚好!甚好!但人们往往会说:"不要!不要!"

唐僧、悟空到了大殿，点起琉璃灯，烧了香，拜了佛。扫尘心之尘，贵在一个"诚"字。唐僧扫了一层，又上一层。从基层扫起，每一层都不敢马虎。有诚心，还得有笃行，才可能心想事成。

扫至第七层，唐僧渐觉困倦，悟空要替扫，唐僧问："这塔是多少层数？"悟空道："怕有十三层哩。"唐僧又扫了三层，腰酸腿痛，就于十层上坐倒道："悟空，你替我把那三层扫净下来吧。"

还有三层，为何不坚持扫完？扫了十层，便是圆满了。但这个圆满，还是形式上的圆满，不是本质上的圆满。所以，你得让伙计向高处观察、于细处详查，把同行者的作用发挥到极致。

于扫塔上相互帮助，于扫心上互为镜子，妖魔鬼怪才会被照出来、扫出去。

在行者掌上写了一个"禁"字

电视剧《西游记》里，有一段表演很没有"意识流"。

事情的经过是这样的：弥勒佛让孙悟空把妖怪引出来，好收拾他。孙悟空怕那妖怪不会上当，弥勒佛就笑着说："你伸手来。"孙悟空伸出左手，弥勒佛将右手食指，蘸着口中神水在行者掌上写了一个"禁"字，教他捏着拳头，见妖精就当面放手，他就跟来。

电视剧是怎样把此段变成画面的呢？孙悟空到雷音寺与妖怪交手，战不多时，假装败退，然后伸开左手，手中放出一道光波，这光波似乎有无穷魔力，把那妖怪给吸引过来。这种呈现实在是太过直白，像喝白开水，没什么咂摸头。

小说中的孙悟空是怎么做的呢？孙悟空单手抡棒打那妖王，妖王忍不住笑道："这猴儿，怎么一只手使棒支吾？"悟空道："儿子！你禁不得我两只手打！若是不使搭包子，再着三五个，也打不过老孙这一只手！"妖怪闻言道："也罢！也罢！我如今不使宝贝，只与你实打，比个雌雄。"即举狼牙棒，上前来斗。孙悟空迎着面，双手抡棒。那妖怪着了禁，不思退步，果然来赶。

妖怪犯的是什么禁？分明是在"忍"字上犯了禁嘛！孙悟空用行动、言语激他，说他没啥大本事，他就想拿真本事来比试比试。人皆有攀比心，都想比别人好、比别人强，特别怕被别人瞧不起。攀比心是贪心的主要来源之一。常人皆会在这上头犯禁，由于大多数人着实没什么大本事，所以犯了禁也出不了什么大事，但是能力超级强的人，则多是败在这方面。比如三国时期的关羽就是死在这上头。

一切法术，都起于心，落实于心。心外无魔，心外无法。

好道也羞杀人

唐僧师徒到了驼罗庄，在李老头家住下。李老头说，这二三年，村上常有妖精出没。悟空说，妖精好拿，只是你这方人家不齐心。李老头问，怎见得人心不齐。悟空说，妖精闹腾了这么长时间，你们也不凑凑钱，寻个法官把妖拿了。李老头说："若论使钱，好道也羞杀人！"

咋就"羞杀人"呢？他们花了钱，妖精没拿下，还落下一堆麻烦。

悟空就问："是怎么拿的？"

李老头就说，头一回请了个和尚。

"那个僧伽，披领袈裟。先谈《孔雀》，后念《法华》。香焚炉内，手把铃拿。正然念处，惊动妖邪。风生云起，径至庄家。僧和怪斗，其实堪夸：一递一拳搞，一递一把抓。和尚还相应，相应没头发。须臾妖怪胜，径直返烟霞。我等近前看，光头打得似个烂西瓜。"

李老头说，第二回，又请了一位道士。

"那道士，头戴金冠，身穿法衣。令牌敲响，符水施为。驱神使将，拘到妖魈。狂风滚滚，黑雾迷迷。即与道士，两个相持。斗到天晚，怪返云霓。乾坤清朗朗，我等众人齐。出来寻道士，湾死在山溪。捞得上来大家看，却如一个落汤鸡。"

作者是在说妖精厉害吗？非也！与孙悟空交过手的妖精，这个蛇精算是最不济的了。这里是在讽刺那些招摇过市的和尚道士。背得些经书文章，耍一些俏皮语，抖一些小机灵，都不过是些自欺欺人的把戏。敲令牌、施符水等小手段，都是些表面文章，妄想欺世盗名，实则害人害己。

世上这样的人多得很哩！

把那《论语》《道德经》等背得滚瓜烂熟，讲得天花乱坠；把"心灵鸡汤"炖得有滋有味，让人喝得如痴如醉；还有些精神"鸦片"、文化"冰毒"，令人"吸"得如梦如幻。这类表层表面表演的行为，都不过是在欺世盗名、失德取货、舍命谋利，迟早会落得个"落汤鸡"似的下场。岂不羞杀人也！

变得好

唐僧正扬鞭策马而行，忽有一老者，远远地立在那山坡上高呼："西进的长老，且暂住骅骝，紧兜玉勒。这山上有一伙妖魔，吃尽了阎浮世上人，不可前进！"

唐僧闻言大惊。悟空说："你且坐地，等我去问他。"唐僧说："你相貌丑陋，言语粗俗，怕冲撞了他，问不出个实信。"悟空说："我变个俊儿的问他。"说着，摇身一变，变做个干干净净的小和尚，向唐僧道："师父，我可变得好么？"唐僧大喜道："变得好！"

悟空这一变，唐僧这一句："变得好"，可是大事不妙！不就是整个型美个容嘛，怎么就大事不妙啦？开始热衷于搞形式主义了嘛，问题当然严重了。孙悟空上前与那老者交流了半天，半句有用的信息也没问得出来。你以假相示人，企图获得真相，这便是离本心远了，与尘心近了。

形式主义的实质是什么？是住相。把形式当作重点，视表象为真相。如此一来的结果，就是不断地用形式来包装形式，将幻象掩饰幻象。然后，实情则会被视为假象，没有人会相信真话，指鹿为马者就成了最"诚实"的人。

猪八戒以真身再去寻问，那老者便把妖精的情况说了个大概，可孙悟空却认为那老者没什么见识，被山里的小妖精吓着了，不必大惊小怪。直到他发现那老者是太白金星时，才认识到这里的妖精一定真是不好对付。

一个人，有了权，或有了钱，开始要排场、重行头、好面子，便是看不到真相的时候，也是今后吃苦头、栽跟头的起始阶段。

把一头拴在妖怪的心肝系上

在狮驼岭，孙悟空哥仨遇上了三大魔头。在与大魔头交手时，孙悟空被其吞进肚子里，把猪八戒吓得掉头就跑，回去对唐僧说，大师兄被妖怪给吃了。

孙悟空是故意的。

到了别人的肚子里，自己就掌握了主动权。可是在别人肚子里，又会让自己失去更广阔天地的使用权。在替别人做主，或者控制别人的时候，也是失去部分自我、失去更多机会的时候。所以，进了别人的肚子，还是要出来的。

孙悟空进了大魔头的肚子，一通折腾，大魔头哪里承受得了！就答应送唐僧师徒过这山岭，恳求孙悟空赶紧出来。孙悟空知道，自己从他肚子里出来之后，他必定反悔，便用毫毛变了根绳子，将一头拴在大魔头的心肝系上，另一头从大魔头口腔里送出。

在别人的肚子，终归还是要出来。出来之后，怎么继续控制呢？用绳子去拴人家的心。

这根绳子是什么？欲念。只要你有欲念，就会被人拴住。这魔头要不是想吃唐僧肉，哪里会被孙悟空拴住了心肝？庄子不去当宰相，俗众觉得他太牛了！可庄子并不觉得如此，因为他看重的是自由。在庄子那里，当官的与囚犯是一样的，只是服刑方式有所不同。苏轼被皇帝罢了官，同时也剪断了拴着他心肝的那根绳子，这才放飞出超级大文豪苏东坡。

孙悟空在大魔头的心肝上拴上一根绳子，管用吗？管用是管用，但是条件一变就不管用了。孙悟空把绳子一松，大魔头就犹豫了，再经两兄弟一怂恿，大魔头就变卦了。人心是无常的，没有什么东西能拴得牢靠。

欲念相当于绳索，这个是不变的。一方面是你有欲念，容易被拴住；另一方面是别人会利用你的欲念，拴住你的心，令你为他所用。当今世界大多数所谓的恋爱，就是双方欲念相互对接的过程。供需对路，进入热恋；供需错位，渐行渐远。如果有一方别有用心，另一方就有可能被其拴住了心肝。所以，热恋中感觉最甜蜜的一方，未来必定是最失落或者最痛苦的一方。

世界上所有的奖惩激励制度，都是试图拴住人心的。世界上绝大多数文化思想，也都是力图拴住人心的。真正着力于解放人心的理论观念极少。

任何一种制度、任何一种文化，都不可能对所有人有效，都不可能时时有效、处处有效。原因很简单，人的欲念是变化无常的，不同的欲念需要不同的制度、不同的文化才能"拴住"。

分瓣梅花计

在隐雾山上，悟空哥仨中了妖精的"分瓣梅花计"，让妖精抓走了唐僧。

"分瓣梅花计"是个什么计？就是让三个善变的小妖精，都变为妖王模样，先后引猪八戒、孙悟空、沙和尚出战，真正的妖王亲自去拿唐僧。其实就是"调虎离山计"的三连发。孙悟空为何会轻易上当？本回的题目交代得很明白："心猿妒木母，魔主计吞禅。"

孙悟空知道前行路上有妖怪，可他动了小心眼。他想着：教猪八戒先与这妖精干一仗。若是他有本事，打倒这妖，算他一功；若无手段，被这妖拿去，等我去救他，才好出名。

孙悟空此时，又起了尘心。尘心一起，便看不到真相。此处又验证了那句话：一念是菩萨，一念是妖精。在现实生活中，我们天天都在面对着一念与一念善恶转换的同事们。孙悟空对猪八戒并不坏，可他也会委屈，也会戏耍猪八戒，也会偶尔耍个坏心眼。

"分瓣梅花计"能够得逞，并非这计策有多高明多漂亮，而是唐僧团队成员的心自己分了"瓣"，也就是堡垒早已从内部攻破了。孙悟空有自己的小算计，猪八戒也算计着差不多能立下一功。这哥俩算计来算计去，就被别人给算计了。

所有的计策，其成功的根源都不在施予者那里，而在被遭受者身上。

心猿木土授门人

在天竺国玉华州，唐僧升级啦！悟空兄弟三个都收了徒弟，唐僧有了徒孙，升了一辈。

这哥仨收徒弟的过程，表面上看，跟黑道的情形十分相似。

那玉华洲的老大回府，满脸都写着"惊吓"。三个小王子见了，就问："父王今日为何有此惊恐？"王爷就把唐僧师徒的情况说了，三个小王子听了，便道："莫敢是那山里走来的妖精，假装人象，待我们拿兵器出去看来。"三个王子，不分好歹，闯到暴纱亭，喝道："汝等是人是怪，快早说来，饶你性命！"一番言来语去，话不投机，那二王子双手舞钯，便要打八戒。八戒嘻嘻笑道："你那钯只好与我这钯做孙子罢了！"即揭衣，腰间取出钯来，晃一晃，金光万道，瑞气千条。孙悟空从耳朵里取出金箍棒来，晃一晃，碗来粗细，有丈二三长短，往地下一捣，捣了三尺深浅，对大王子笑道："我把这棍子送你罢！"即丢了自己棍，去取那棒，用尽力气，莫想动得分毫。使乌油杆棒来打，被沙僧一手劈开，取出降妖宝杖，捻一捻，艳艳光生，纷纷霞亮。三个小王子一齐拜道："神师！神师！我等凡人不识，万望施展一番，我等好拜授也。"

悟空说，这地方太小，不好施展，等我到空中，耍一路儿，你们看看。说罢，驾起五彩祥云，在半空中耍开了如意金箍棒。随后，猪八戒与沙和尚各亮兵器，升至半空，三兄弟各显神通，好一番耀武扬威。

三位小王子见了，急回宫中，告知父王，欲拜悟空三兄弟为师。王爷自是欢喜，父子四人急忙步行到暴纱亭，向唐僧师徒表达了拜师学艺的愿望。经唐僧批准，悟空、八戒、沙僧各收了一名徒弟。

整个过程，与各种影视作品中的黑社会行为如出一辙。有没有不同呢？有一处不同，且正是关键之处。黑社会玩这种把戏，是有限场所、有限人员，害怕被某些人看见，悟空却不是。他要跳到半空，突破边界，突破现场，希望让更多的人看见。看见什么？不是个人，而是佛法。

许多组织都会经常强调保密。保密需要不需要？重要不重要？十分需要，相当重要。可是我们还要知道，保密之所以必要、重要，正是因为良心不彰、尘心太盛。本回的标题："心猿木土授门人"，意思就是金木水火土相生相克，是共生共存的关系，没有什么秘密要保，只有共同传承光大，才是果正菩提之路。

人类的秘密越多，人们的日子就越差。

假合真行擒玉兔

妖精刮起妖风，将天竺国公主卷走，自己变成了公主，尽享人间富贵荣华，如今年方二十，搭起了彩楼，抛绣球，招驸马。

招驸马是个幌子。那妖精听说唐僧至此，必到朝廷倒换公文，故而搭起彩楼，专等唐僧经过，以招婿为名，吸取其真阳，以和真阴。

孙悟空便将计就计，让唐僧假装同意，以接近公主，辨其是人是妖。最终发现，假公主与真公主，其实都不是凡人，她们都来自同一个地方：月球上的广寒宫。一个是玉兔，一个是素娥。

这是一个假中套假、以假对假，真真假假、由假归真的故事。妖精以假乱真，国王不辨真假，唐僧外真内假，悟空打假还真。

公主果真是两个人吗？未必。《西游记》里，有真假两个悟空、真假两个唐僧、真假两个国王等等，为何要讲这么多真假？因为"真假"来自我执，很难分辨清楚。源于一个执念，一个人就会变成另外一个人。比如由善良变得残忍，或者由粗暴变成温柔。即使没有执念，每个人的脑袋里，也经常有不同的念头在打架。究竟哪一个为真哪一个为假？实际情况是：非真非假，即真即假。都是广寒宫里的同事嘛！这里的要害是，自己并不知道自己是真是假。我们的念头，多是被"别人"左右的，可我们误以为是自己的想法，因此，我们的所谓奋斗，就成了为"别人"做嫁衣。

国王完全不知道自己身边这位女儿是个假女儿，是因为妖精的本领高强吗？非也。世上的父亲与母亲，真正了解自己儿女的又有几人？儿女真正认识自己父母的又有多少？彼此"认识"的可能都是假象。

唐僧与公主成亲，表面上是真，实际上是假，但是唐僧心里都是假吗？唐僧想起自己的父亲与母亲也是因绣球结缘而成亲的，这说明唐僧也有那么一丝心动。他是假中有真、真中有假。理性上清楚这是在配合悟空演戏，潜意识里也有被美女相中的几分得意。

如何分辨真假？怎么才能不看错了自己？像孙悟空那样，静下来，接近自己，体察自己。那个孙悟空并不是孙悟空，而是你内心世界里的"第三方"。

见上溜头泱下一具死尸

在凌云渡，唐僧师徒上了无底船，就见上溜头泱下一具死尸。唐僧见了大惊，悟空笑道："师父莫怕。那个原来是你。"猪八戒也道："是你，是你！"沙和尚拍着手道："是你，是你！"那撑船的打着号子，也说："那是你！可贺，可贺！"

唐僧分明在船上，那死尸如何会是唐僧？怎么就："可贺，可贺？"

列位，可记得唐僧的来历？唐僧是佛祖的二弟子，法号"金蝉子"。此时，可想起"金蝉脱壳"的成语来？那金蝉在土里生长若干年，千辛万苦来到地上，再经千难万险爬上树身，在此脱下外壳，由地上爬的变成天上飞的，由默不作声变为高唱枝头。"金蝉子"在此脱胎换骨，由求道者变成了布道者，完成了人生的质变跃升，因此可贺也。"脱壳"者，悟道也。"悟道"者，摆脱了肉身的拘役，能够以慧识观世界察万物也。

老子、庄子、孔子等诸子，苏格拉底、柏拉图、亚里士多德等先哲，爱因斯坦、海森堡、玻尔等大科学家，阿基米德、欧几里得、欧拉等大数学家，都不是只用肉身观世界的。我等以肉身来阅读他们的言行，皆是只得皮毛，不得要领也！

一具臭皮囊，拖得我们好苦也！

还差一难

唐僧师徒取经回程，菩萨与佛陀察看他们的经历，见已经经过了八十难，还差一难，不符合规律，便立即做了安排，要求补上这一难，这就有了唐僧师徒在通天河落水。

唐僧已经"金蝉脱壳"，证悟大道，为何还要补上一课？道是看不见摸不着的，不易得，却容易丢。得道之后，仍需仔细体察，好生养护，略微一嘚瑟，道便丢了去。那唐僧师徒得了经书，有诸神护佑，腾云驾雾而行，正在春风得意之时，忽然跌落在地。幸亏老鼋帮助渡河，岂料因唐僧未完成老鼋所托之事，一怒之下将唐僧师徒撇在河中。

为何这最后一难是落水？在河里，你不赶紧忙活，那人与经书就沉没了；可你倘若不仔细谨慎，就把那经书弄坏了。要守住道，用好道，不抓紧不行，不小心谨慎也不中。既不能急躁又不能松劲。

"九九八十一难"并非实指，而是在说得道、守道、循道的规律。如果你用心体会，那"九九八十一难"，也并非都困难、灾祸，其实就是行走，就是向前，就是做事。

对待道之本是如此，对待道之用亦是如此。比如，你升了官，发了财，考上了理想的学校，获得了某种奖励，得到了某些荣誉，这时便需要冷静，冷静之后就得用心养护，但常人往往做不到。此时此刻，最需要高人指点；有些人点不透，就需要当头一棒；有些人一棒打不醒，就得"落水"，弄成个"落汤鸡"。

须知"落难"亦是得救。佛祖、菩萨为啥任由妖精去难为唐僧？成就唐僧是也！

只要你还活着，就永远还差"一难"。春风得意之时，便是"落难"之机。菩萨心肠，杀中取生。

妖怪为何都回了原单位

孙悟空一路上打怪，怪辛苦的，可那些妖怪呢，基本上都回到了原单位，这和尘世上的规矩好像不一样。在尘世间，犯了大错，是会被开除的。可那些妖怪，本是瞒着单位，偷偷出去开公司，惹出事来后，老板们不仅不处罚，还把妖怪们带回原单位安排工作，难不成这就是天理？

是的，这就是天理！

在尘世，凡事都要分个是非对错、功过得失，在佛界，根本就没有什么是非对错、功过得失。

遇见就是缘分，争斗也是度化。竞争、斗争的双方，如同两支球队比赛，没有哪支球队是对的或错的，也没有哪支球队是胜利的或失败的，有的只是共同成长与共同成就。只要带着本心去踢球，无论是什么样的比分，都会收获踢球的快乐。胜负不是目的，享受足球才是。

要是唐僧师徒一路上要风得风、要雨得雨，遇到的都是嘘寒问暖的人，没有任何困难和阻碍，会有啥进步？会有啥意思？一路上都是好人好事，到处都是莺歌燕舞，那还取个什么经？修个什么行？

唐僧团队一路向西，不停地打怪，其实也可以看成是东土大唐运动队出访，沿途与各国家队、俱乐部队进行交流比赛，有时候也会临时请外援助兴。比赛双方都开阔了眼界，提升了本领，也都有了新的目标。

　　足球比赛中最强大的"敌人",就是足球事业中最好的朋友。人生亦是同理。因此,佛那里没有敌人。做任何事,都是"服役",也都是修行。用现在的话说,就是只有分工不同,没有高低贵贱之分。

　　一阴一阳谓之道,阴阳相搏万物生。妖精与取经人,一阴一阳,阴阳相交,大道生焉。兴妖与打怪,都是在修行。所以,都可以去天庭。

第五章　理非理

伊壁鸠鲁说："财富的本质不是减轻烦恼，而是变换烦恼而已。"《上堂开示颂》中有这样一首诗："尘劳迥脱事非常，紧把绳头做一场。不是一番寒彻骨，怎得梅花扑鼻香。"

前者是讲哲学的，后者是讲佛学的。但两位讲的都还是尘心，而不是佛心。尘心是如意心，佛心是如如心。如意心的理与如如心的理，不是同一个理。两种理各有所用。

一路向西

唐僧从东土大唐出发，一路向西而行，到达西天之后，又迅速向东，返回大唐。其中大有深意！

我们评价一个人或事物，有时就用两个关键字：东、西。比如，这个人不是东西，那是个好东西。

华夏文明，兴盛于东，传播于西，西秦发力东进，使东西成为一统，成就伟大之中国。东方、西方，构成世界。一部世界史，主要就是东西方的历史。世界文化也是从东方流向西方，在西方生发，反过来又影响东方。东方文化是道之本之空之虚，西方文化为道之显之用之成。东方为木，是初生之地；西方为金，是收藏之地。东方文化如树木之本固枝柔，西方文化为花繁果丰。得东取西，方为好东西。世界上并没有纯粹的西方文化或东方文化。

我们说东西，很少说西东。东西为道之顺，西东为道之逆。顺为生，逆为用。一顺一逆，得好东西。孙悟空一路向西，生出一身本事，回归东方，闯龙宫、搅地府、闹天宫，是为用。然则，再次向西，从有为而入无为。再返东方，东西和合，合二为一，成为"真一"之体。

没有东西，不是东西。

征服还是招安

孙猴子未经批准，擅自离职，回到花果山，自称齐天大圣，触犯了天条，冒犯了天尊。出现了这种情况该怎么办？纪律条例都写得清清楚楚，照章办事就行了。但事情并非如此简单，无论天上与人间。

天庭依法要治孙猴子的罪，派天庭第一战神托塔天王李靖率十万天兵去捉拿其归案。太白金星建议劝降，李靖认为如此有损天威，玉皇大帝坚持以法办事。李靖领命而去，无果而回。孙猴子本事了得，一时拿他不住。李靖返回天庭，奏请玉帝增派兵力，一举拿下猴子，从此以绝后患。太白金星再次建议招安，李靖再次反对，玉帝再次坚持。太白金星便说："增兵拿下那猴子固然好，可第一战神亲自带队都没拿下，这万一增兵后还拿不下，面子可就丢大了。"玉帝听了，犹豫片刻，便同意给予孙悟空"齐天大圣"荣誉称号，并赐予齐天大圣府一座，令太白金星即刻前去招安。太白金星不辱使命，顺利地把孙悟空带到天庭继续上班。所谓奋斗半生，不如叫一声"大哥"。

第一战神带十万天兵没能解决问题，太白金星孤身一人便哄得那孙猴子屁颠屁颠地到天庭来上班。这是几个意思？不战而屈人之兵，乃上上策，这是其一。其二，柔弱胜刚强，动硬的来武的，多是两败俱伤，胜也是惨胜，不划算。其三，能力越强的人，越好面子，给他面子，大家便都有面子；面子这个东西是取之不尽用之不竭的。如太白金星所言，给个虚名算什么？"齐天大圣"又算什么？

话说回来，孙悟空犯了错误，不给处分，还给荣誉，这天庭以后可怎么管理啊？这是个问题，但不是大问题。因为没有几个人会跟孙猴子搞攀比。原因有两个：首先，没有孙猴子那么大的本事；其次，孙猴子得到的毕竟只是一个虚名。再说了，所有的条条杠杠都不是死的。它们的确是"高压线"，却是有时候带电有时候不带电的"高压线"。真正的高压线一定是有时带电有时不带电的，一直带电的高压线是不存在的。带电使高压线具备有用性，不带电是为了更好地保持高压线的有用性。

所有的条条杠杠都应放在此时此地此情此景中，加以分析，并灵活运用。这也是对诸行无常、万法皆变之基本规律的认识与运用。

无常有恒，才是真相。

顺而知止乎

美猴王自打走出花果山，寻求长生不老之术，可以说要风得风、求雨得雨，一路开挂。

在灵台方寸山，得了祖师真传，有了七十二般变化，长了一个筋斗十万八千里的本事，得了孙悟空的名号。端得可谓幸运。这种幸运是哪里来的呢？是寻来的。千万里，我去寻你追你。

重回花果山，孙悟空灭了混世魔王，收服了近处的小山头，让花果山呈现出一派崭新气象。可孙悟空并不满足。他开始操练群猴，置办武器，不断壮大实力。然后，又到龙宫搞了一身行头和如意金箍棒，又到了地府销了生死簿。至此，他才觉得心里踏实了，可以放心了。

孙悟空心里踏实了，可玉皇大帝就觉得要出大问题。龙王、阎王到天庭反映了孙悟空的情况，玉皇大帝感到问题严重，就想收拾收拾这只不知天高地厚的猴子。事情就是这样，你自己踏实了，一定会有人不踏实。就像当今世界局势一样，你想再安全一些，他也想再安全一些，然后就打起来了。怎样才是彼此都安全的状态呢？你觉得安全又不太安全，他也觉得安全又不太安全。这就是阴阳平衡。这也和我们的身体健康类似。你要想让自己舒服，就得适当不舒服，比如锻炼身体就得吃点苦头，比如吃东西就不能随心所欲，否则，你的身体就会出故障，弄得你非常不舒服。

当领导、当老板、当专家、当朋友、当家长等，甚至是当一个普通员工，都受同样的规律支配。当领导的，放个屁都能获得齐声喝彩；当老板的，可以随意地吆五喝六；当专家的，身边跟着一群拍马屁的；当朋友的，从来不尊重朋友的感受；当家长的，只由着自己的心思行事。是不是觉得很顺心特舒坦？但这种局面是暂时的，情况是会反转的。这时候就需要知止。

如意金箍棒并不如意。如意金箍棒如意的时候，恰是孙悟空走近灾难的时候；如意金箍棒不如意的时候，正是孙悟空走近佛的时候。顺风顺水的时候，是特别危险的时刻，特别需要"小心使得万年船"的智慧。对此，不得不察。

顺而不止又如何

　　孙悟空两次在天宫里闹腾，搞得玉帝无可奈何，孙悟空很是得意，觉得天界不过如此，没有谁能管得了俺老孙。玉帝没有办法的时候，忽然就有了主意。那就是到西天去请佛祖。注意，不要把人往黑暗里逼，你把他逼急了，他可能会开天眼。

　　这就是天外有天，神外有神。宇宙有无数个三千大千世界，谁也不知道大千世界的真相，谁也主宰不了任何一个大千世界。即使是佛也掌管不了大千世界的所有事情。

　　如来佛来了，让孙悟空蹦跶了半天，仍然没有跳出如来佛的手掌。最后被如来佛压在了五行山下。这一压就是五百年。孙悟空开挂的猴生从此终止了五百年。你不知止，自然有人能让你止。如来佛到底来没来？如来。来不来都一样。如来是啥？是规律，是规定性。违反了规律，规律就来规你。

　　开个玩笑。你说乌龟为啥能活那么多年？因为它特别自律，始终自己"龟"自己，只是偶尔出一次头，所以才有机会活成精。

　　不知止就一定是坏事吗？如是。是也不是。这也和炒股类似，你很难弄明白什么时候清仓才能抓住最高点，所以有时候冒险也能获得大收益。所谓风险和利润是结伴而行的。孙悟空不知止，可也有不少收益，比如：吃了蟠桃，喝了琼浆玉液，吞了太上老君的仙丹，炼出了火眼金睛等等。这也为他日后东山再起积累了丰厚的"资本"。

　　如此说来，好像那所谓的规律也没有什么根本的用处。这么看对不对呢？对也不对。凡事都要具体问题具体分析。所有的规律都是有边界的。比如，相对论在大尺度的宇宙世界里是正确的，但在微观宇宙世界里，就不再是规律。量子物理在微观世界里是科学，在宏观世界里就不起作用。请注意，这里所谓的宏观与微观，是以当下人类的认识能力为边界的，将来一定还会发现宏观的宏观与微观的微观，在宏观的宏观世界里，相对论就不科学了；在微观的微观世界里，量子物理也会失去作用。

同样的，在一些人身上的规律性，在另一些人身上就没有作用。这也和中药一样，这个人吃了管用，另一个人吃了就无效。原因是他们的体质不同。孙悟空在炼丹炉里炼出了火眼金睛，猪八戒进去就成烧全猪了。

反过来看，所谓不顺、逆境，就是坏事吗？同样是不确定的。孙悟空就在逆境中长了不少本领。这里有一个个人承受能力的问题。还拿锻炼身体这个例子来说，同样的运动量，有的人可能使自身的能力增强，有的人可能就弄伤了身体，落下终身残疾。逆境是一种压力，有人会被压垮，有人会转化为能量。

规律背后还有规律。你要不知止，就得有冲破当下这个规律的本事。没有金刚钻，别揽瓷器活；要是有金刚钻呢？那就看自己想要什么吧！

唐僧说假话了吗

"出家人不打妄语。"这是佛家戒律，唐僧经常挂在嘴边。可唐僧有没有说过假话呢？

我们来看下面这一段。

孙悟空听龙王讲罢张良的故事，立马回心转意，回到唐僧身边，对唐僧说："师父，你若饿了，我便去与你化些斋吃。"唐僧道："不用化斋。我那包袱里，还有些干粮，是刘太保母亲送的，你去拿钵盂寻些水来，等我吃些儿走路罢。"行者去解开包袱，在那包裹中间见有几个粗面烧饼，拿出来递与师父。又见那光艳艳的一领绵布直裰，一顶嵌金花帽，便问道："这衣帽是东土带来的？"三藏就顺口儿答应道："是我小时穿戴的。这帽子若戴了，不用教经，就会念经；这衣服若穿了，不用演礼，就会行礼。"悟空道："好师父，把它与我穿戴了罢。"三藏道："只怕长短不一，你若穿得，就穿了罢。"行者遂脱下旧白布直裰，将绵布直裰穿上，也就是比量着身体裁的一般，把帽儿戴上。三藏见他戴上帽子，就不吃干粮，默默地念那紧箍咒一遍。孙悟空叫道："头痛！头痛！"唐僧不住地又念了几遍，孙悟空痛得打滚，抓破了嵌金的花帽。

这衣帽明明是菩萨给的，可唐僧却说是自己小时候穿的，这是不是在说假话？是，又不是。

要谨记，我们的眼睛等感官感知到的，都是假象。我们看到菩萨把衣帽给了唐僧，孙悟空看见衣帽并听了师父的介绍。这些看到的、听到的诸般情况，都是虚的、假的。那么，真相是什么呢？

这就涉及那衣帽究竟是啥？那衣帽虽是菩萨送来的，却都是佛祖的东西。本质上是佛心。唐僧原本是佛祖的二徒弟。唐僧说那衣帽是自己小时候穿戴的，穿上之后会念经、会行礼也就不能算是说假话。如果单从表象上来看，唐僧的确说了假话。

佛祖说的真相，是形而上学，是究竟根本，而我们依赖感官感知的东西不过是表象。一个人，说的和看到的完全一致，可以叫说实话，但同时也是在说妄语。那个实话是表象的"实"，因而是虚妄的。

做一天和尚撞一天钟

做一天和尚撞一天钟。撞钟，是和尚的职责之一。天天撞钟，是履职，却未必尽责。

唐僧与悟空到了观音禅院，唐僧参拜，悟空撞钟，参拜毕，悟空仍撞钟不止。和尚问："拜毕了，还撞什么钟？"悟空道："你那里晓得，我这是做一日和尚撞一天钟哩！"

孙悟空这话，可有两个解。其一，功课无止境。不能把老师布置的作业做完，就无所事事了；其二，只做样子，不管功效，心里想的，和面上做的，完全不是一回事。

事实上，这座观音禅院里住着的就是一群见财起意、图财害命之徒，多是假和尚、真盗贼。

咱看看当今世界，高楼何其密、殿堂何其多，里面的"僧众"亦是熙熙攘攘，昼夜灯火通明，个个日日忙碌，干吗呢？"做一日和尚撞一日钟"。起什么作用？有什么效果？"撞钟"的次数越来越多，"撞钟"的时间越来越久，而真正的"和尚"却越来越少。他们穿"僧衣"吃"斋饭"，正经事能不干就不干。"僧众"以形式应对形式，以无用之实回应繁杂的检查。检查愈细愈多，形式愈盛愈繁，检查与应对检查形成严密闭环。

履职者众，而尽责者寡。岂不痛哉悲哉？

"巍巍佛堂，其中无佛。"怎不令人惊出一身汗来！

抓风而闻

刚过浮屠山,便遇黄风岭。浮屠山上得"心经",黄风岭上又心惊。世事无常,修行艰难;又因无常,所以要修行。

忽然一阵旋风来袭,唐僧在马上心惊,道:"悟空,风起了!"悟空道:"风却怕他怎的!"猪八戒就说:"十分风大!我们且躲一躲干净。"悟空道:"等我把这风抓一把来闻一闻。"猪八戒笑道:"师兄又说空头谎了,风又好抓得过来闻?"悟空躲过风头,把那风尾抓过来闻了一闻,有些腥气,道:"果然不是好风!"

唐僧是执心用心,猪八戒是常识外显,孙悟空是知心而无心。唐僧见旋风异常,依据过往经验,知道有风险。猪八戒依据民间常识,认为遇到大风躲一躲,没什么坏处。孙悟空知道这风不一般,他要弄明白风背后的东西。不能为表象所迷惑,不可被表象吓倒。

问题是,闻能闻出什么东西?孙悟空的闻,是无心之闻。啥意思?他用的是我们平常所说的"第六感",也就是眼耳鼻舌身意之外的"灵觉"。道家讲的灵力也是这个意思。玄幻小说就常用到灵力。人人都有"第六感",也有人称其为"直觉"。但这"第六感"时有时无,大多数时间不"上班",因为我们日常更依赖自己的感官,只有在特殊情况下才能被激发出来。

此时,孙悟空已是真一之体,因而灵觉是长期值守的,所以他可以抓风来闻。此闻乃非常"闻"。

说出取经人

高老庄里，孙悟空和猪八戒，一会儿戏闹，一会儿打斗，折腾了许久许久，因孙悟空"说出取经人"，猪八戒就不打了，跟着孙悟空找唐僧拜师去了。

流沙河中，猪八戒和沙和尚，打得鱼心惊虾胆颤，水花花儿直冒汗，谁也没有弄服谁。木叉"说出取经人"，沙和尚就从水中出来，拜了唐僧为师。

孙悟空一路上忙着打妖拿怪，很是心烦，便对菩萨发牢骚，菩萨说："若肯说出取经人，他自早早归顺。"

"说出取经人"，即为沟通在先，斗争在后。所谓以德服人，所谓先礼后兵，所谓不战而屈人之兵。争斗无赢家，沟通存双赢。没有"说出取经人"之时，双方白白消耗力气、浪费时间；"说出取经人"之后，各有所获，皆大欢喜。

孙悟空是自强者，菩萨是自在者。

自强者用蛮力，但人可能被打败，却是无法打服的；自在者用慧力，"梦中人"虽叫不醒，但有缘人是可以说服的。前者出自勉强，迟早会遭反噬；后者出于自愿，终能得其所愿；一念之差，天地之别！

要沟通，戒心急。猪八戒把沙和尚引出水面，孙悟空急着去打，沙和尚便缩回水中。猪八戒就说，猴哥你太着急了，该等我把他引上岸来。坐在"案"边，泡上一壶香茶，或者煮一壶咖啡，才能静下心来，好好说话。据心理学家研究，男女交朋友，初次见面，喝热咖啡比喝冷咖啡更容易相互产生好感。

所有的矛盾冲突，都源于自心，不在别处，但自心需要点化。世上没有平衡不了的利益，也没有化解不了的矛盾，只有参不透真相的人心。心与心之间的桥梁是沟通。沟通便是相互"取经"，便都成了"取经人"。

诗曰："真土匿藏流性中，恃强戒定不成功。若非伏气行柔道，彼此何能言语通？"

好苦啊

人生是苦。苦从何来？看不透，想不开。金银财宝，可以济身，却不能济心。哲学思想，虽能济心，又徒生分别，也不得解脱。因此就有说不尽的烦恼，道不完的苦闷。

唐僧在高老庄收了二徒弟猪八戒，师徒三人继续西行。吴承恩在此处安排下实与虚两种场景，集中来说一个"苦"字。

唐僧师徒晓行夜宿，这天又至傍晚。唐僧就说："悟空，你看那日落西山藏火镜，月升东海现冰轮。幸而道旁有一人家，暂且借宿一宵，明日再走。"八戒听到歇息就开心，马上附和道："说得是，我老猪也有些饿了，且到人家化些斋吃，有力气，好挑行李。"悟空道："这个恋家鬼！你离了家几日，就生出抱怨！"八戒说："哥啊，我可不像你这喝风呵烟的人。我从跟了师父这几日，长忍半肚饥，你可晓得？"唐僧听了不高兴了，便说："悟能，你若是在家心重呵，不是个出家的了，你还回去罢。"猪八戒听了慌得跪下道："师父，你莫听师兄之言。我不曾报怨甚的，他就说我报怨。我是个直肠的痴汉，我说道肚内饥了，好寻个人家化斋，他就骂我是恋家鬼。师父啊，我受了菩萨的戒行，又承师父怜悯，情愿要伏侍师父往西天去,誓无退悔,这叫做恨苦修行,怎的说不是出家的话!"

人生是苦,修行也是受苦。

这里正在说苦诉苦议苦,哎!好事来了。路旁这户人家很是热情。一家人给他们师徒好生准备了斋饭,让那猪八戒吃了个痛快。用过斋饭,唐僧和主人聊天,唐僧问老者,您为什么说西边去不得。老者说西边不远有座黑风山,山上有许多妖怪,不过,你那徒弟有些手段,倒也去得。

你看,没本事,得受苦;有本事呢,就要找苦吃。因为一个人往往本事越大,想法就越多,欲求就越盛。

唐僧师徒路过黑风山,碰上了巡山的虎精。猪八戒举耙来打,那虎精竟撕开了自己的皮囊,露出了血淋淋的肉体。吴承恩弄出这么个段子,是什么意思?人家正打你呢,你要么还击,要么躲避,干吗把自己的皮揭开了?我们知道,皮肤、皮毛有触觉,"触"是"六根"之一,也是烦恼与痛苦的来源之一。揭开皮囊,也是斩断"触"根。除了这个隐喻之外,也为后面这虎精使用"金蝉脱壳"之计埋下了伏笔。

那虎精用"金蝉脱壳"之计,骗过孙悟空与猪八戒,悄悄把唐僧给掳了去,献给了黑风山大王。孙悟空来寻师父,那虎精出来应战,打了三十多个回合,虎精没了力气,寻了个机会就逃,恰好撞上看行李的猪八戒,被猪八戒兜头一耙,弄了个脑浆迸裂。

好不容易修炼成精,不过是为了弄口鲜肉来吃,却招来灾祸,一命归西,你说苦是不苦。

孙悟空把虎精的尸体弄到黑风洞口,继续讨要师父。那黑风山大王只好出来迎战。两位一番大战,又是难分胜负,孙悟空使出分身术,无数只猴子围住妖精。大王见势不妙,也亮出绝招来,只见一阵黄风起,把那些个悟空的化身吹得四散飘摇。孙悟空赶紧收了法术，逃了出来，与猪八戒会合一处。哥俩一商量，说是先找个人家歇一晚，明天再想办法。就听得南山角下有狗吠之声，便径走过去，见是一户人家，有一位老者，还有几位年轻的农夫。

悟空眼睛被那黄风熏了，难受得很，便向老者寻眼药。老者说："老汉也有些迎风冷泪，曾遇异人传了一方，名唤三花九子膏，能治一切风眼。悟空听了，低头唱喏道："愿求些儿，点试，点试。"那老者应承，即走进去，取出一个玛瑙石的小罐儿来，拔开塞口，用玉簪儿蘸出少许与行者点上，教他不得睁开，宁心睡觉，明早就好。点毕，收了石罐，径领小介们退于里面。八戒解包袱，展开铺盖，请悟空安歇。行者闭着眼乱摸，八戒笑道："先生，你的明杖儿呢？"悟空道："你这个馕糟的呆子！你照顾我做瞎子哩！"猪八戒哑哑地暗笑而睡。孙悟空坐在铺上，运转神功，直到三更后，方才睡下。不觉又是五更将晓，行者抹抹脸，睁开眼道："果然好药！比常更有百分光明！"

孙悟空叫醒猪八戒，仔细看时，那房子、老人、农夫都不见了。原来是菩萨安排的神仙们来帮忙的。

此前遇上的人家，是真实的；当下碰上的人家，是虚假的。前一个人家，给了吃的，解的是"口"之苦；后一个人家，给了眼药，解的是眼之苦。你说，这虚与实、真与假，有分别吗？

孙悟空的眼疾是怎么好的呢？关键不在那"三花九子膏"，而是"教他不得睁开，宁心睡觉，明日就好"。心静则眼自明也。

那唐僧被绑在柱子上，听妖精商量着等搞定了孙悟空、猪八戒，就把他给蒸了吃，不禁叹道："徒弟啊！不知你在那山擒怪，何处降妖，我却被魔头拿来，遭此毒害，几时再得相见？好苦啊！你们若早些儿来，还救得我命；若十分迟了，断然不能保矣！"一边嗟叹，一边泪落如雨。

唐僧在这儿，一面是身体受束缚之苦，一面是肚子受饥饿之苦，还要在精神上受恐惧之苦。所以，他说："好苦啊！"

"眼、耳、鼻、舌、身、意"，这"六根"不净，烦恼不绝，苦痛不止。

你这老儿忒没眼色

人不可貌相，海水不可斗量。一看就不是个好鸟。这两句话，你相信哪一个？

先回到《西游记》里。话说唐僧、悟空、悟能师徒三人行至傍晚，到路旁老王家去借宿。老王对唐僧说："你那个徒弟，那般拐子脸、别颏腮、雷公嘴、红眼睛的一个痨病魔鬼。"悟空听了说："你这个老儿，忒也没眼色！似那俊刮些儿的，叫做中看不中吃。想我老孙虽小，颇结实，皮裹一团筋哩。"待那猪八戒走过来，老王一见八戒这般嘴脸，就唬得一步一跌，往屋里乱跑，只叫："关门！关门！妖怪来了！"八戒上前道："老官儿，你若以言貌取人，干净差了。我们丑自丑，却都有用。"

孙悟空与猪八戒哥俩说的话，就是一个意思：师父长得俊，可啥事也干不了啊！我们生得丑，可全指望我们去保他去取经哪！

一分为二式的两选一，都是陷阱。可为什么我们经常会用到一分为二的说法？为什么我们在两选一的时候，会有人告诉我们选对了或者选错了，考试的话会有加分或减分，而事后我们也觉得他们判的有道理？

因为我们受到了感知、认知能力的局限。我们用以感知认知事物的"眼耳鼻舌身意"并不能认识真相，我们只能把感知的信息用理念组织起来，以应付现实生活。理念是从哪里来的呢？通过感官感知的信息，加以归纳整理出来的。感官感知的信息是不真实的，依据不真实的信息加工出来的理念更是不客观的。所以，我们时刻都能接触到不同的理念，甚至是完全对立的理念，我们会觉得都有道理。

信息影响理念，理念决定"事实"。理念一变，"事实"就变。发现新的事实，又会形成新的理念。在这一种维度上，事实为实，理念为虚；在那一种维度上，理念为实，事实为虚；在另一种维度上，理念与事实皆为虚幻。那还有没有真实？如果有，什么是真实呢？真实就是虚幻，虚幻就是真实。像有些物理学家所提出的，宇宙万物的最小构成，不是基本粒子，不是任何实体，而是振动，也有人说就是一个数学公式。所以，佛家说，我们感知到的一切皆是妄念。

美与丑皆为形，同是虚。并无我相、人相、众生相。丑相亦是异相，异相即为妙相。看着丑，行动妙。

话虽可以这么说，但一个人的外貌还是和他的内在联系在一起的，好像并不能说没有关系。各位，这里说的"虚"具有这样的意思：变化。

猪八戒在路上就和唐僧说："跟了师父这几天，还真是变俊了不少！"

要还要

既要马儿跑得快，又要马儿不吃草。说不给条件，还要把活干好，这完全不切实际。

我们经常从一些文章中看到这样的句式：既要……又要……还

要……。这种表达如果讲的是系统设计、统筹谋划，就没大毛病；如果是目标要求，就需要考量一番。有些目标是可以兼顾的，有些目标兼顾起来可能会影响主要目标，有些目标是完全无法兼顾的。

唐僧和悟空走到鹰愁涧，突然蹿出一条龙来，把白马给掳走了。唐僧就让悟空去寻马，悟空要去执行任务，唐僧又说，你走了，我怎么办？

孙悟空说："你忒不济！不济！又要马骑，又不放我去，似这般看着行李，坐到老罢！"

唐僧的要求不合理吗？合理，又不合理。

孙悟空去寻得马来，若是唐僧被妖怪吃了，唐僧就无法完成取经的承诺。不去寻马，以唐僧的小身体，根本就去不了西天，还是完不成取经的任务。如此说来，唐僧的要求是合理的。

悟空守护唐僧，就寻不来马；去寻马，就无法保证唐僧的安全。这样看来，唐僧的要求就是不合理的。

我们在生活与工作中，是不是也曾遇到过这样的情况？该怎么办呢？我们看看菩萨是怎么办的。

菩萨首先安排了一队神仙，去保护唐僧，好教孙悟空安心去寻马。孙悟空忙活了半天，没有成功，就去找菩萨，请领导出面。菩萨就随悟空来到现场，把问题给解决了。解决了之后，孙悟空闹情绪了，说保一个凡僧，没前途，说不定还把老命给搭进去了，不干了！

菩萨是怎么应对的呢？菩萨既给悟空讲道理，也给悟空创造条件。什么条件？菩萨说："我许你叫天天应，叫地地灵。十分再到那难脱之际，我也亲来救你。"

遇上这样的领导，哪个不珍惜，怎能不卖力。

外道迷真性

  平顶山、莲花洞，孙悟空与两魔相遇的故事，作者用了四个章回来叙述，实属罕见，为啥？因为这是孙悟空修性了性的关键阶段。自从孙悟空从花果山被猪八戒请回去，已经很少有"举棒就打"的举动了。他已经基本完成了修身，进入修性了性的新阶段。

  银角大王变作受伤的道人，孙悟空早已识破，可既不打，也不说，而是背起来。啥意思？认识有其自身规律，识假辨真需要过程。你一棒子打死，说是妖，没有人信。你把妖"背起来"，妖必自显，由假道人，变为真妖精。

  精细鬼与伶俐虫持宝贝去拿孙悟空。已经在三座大山下脱身的孙悟空，原本可以轻松地从小妖那儿把宝贝抢过来，可他没有这么办，他用了"魔术"，用假宝贝换了真宝贝。为啥如此？由真到假成妖精，由假到真是圣贤。

  西方哲学讲，如果你相信"眼见为实"，那就离哲学很远。眼睛看到的只是假象，哲学上称为现象、表象。真相是什么？是表象背后的、眼睛看不到的东西，柏拉图称为"理念"。"本体论"追问的便是现象背后的东西，通过假设、推理、求证完成确认。

  佛学与哲学有哪些异同之处呢？相同点是，都认为人们看到的、感觉到的、知觉到的都是幻象、假象、表象。差异很多，最主要的一点就是，佛学认为由尘心所加工出来的所有东西，包括哲学在内，都是幻象、幻觉、幻知，皆如露如电，不能长久。就是说，由"色、触、受、行、识"而来的所有感知、体验、想法、行为、观念与知识体系等，都是虚假的，不仅对物质世界的认识是假的，那些经由逻辑体系构建的理念世界同样是假的。怎样才能认识到真实真相？必须"五蕴"皆空。如何做到？"戒、定、慧"。做到了能看到什么？不可言说。那不是骗人吗？你也可以认为是骗人，但也可以如此理解：人类没有见过，所以没有相应的语言来描述。用人类语言来叙述，就失真了，就假了。

孙悟空与两大魔王，不断地变来变去，那些个法器也不停地倒手，真真假假，虚虚实实，变化多端，处处玄机。作者就是要告诉众生，外道不靠谱。何为外道？就是由"五蕴"而生的一切。外道生而真性失，必行邪门歪道，终难成正果。比如，我们相信科学，科学迅猛发展，可我们的残忍行为减少了吗？我们的幸福增加了吗？答案是，没有。真性是什么？就是未染俗尘的先天之性。孙悟空变为"行者孙""者行孙"，万变不离其"孙"。"孙"就是婴儿，是原本，是真性。守真性则变化自如、来去自由。

心理学有性格分裂一说，便是外道入侵所致。用一个比喻来说，就是外交关系失序。我们说外交关系，一般指国与国之间的关系。其实自己与自己也有"外交"关系。心性为外来的道理、观念所迷惑所困扰，自己和自己对抗，不论是哪一方获胜，结果都是毁灭。只有结束对抗，才能获得新生。也就是"劈破旁门见月明"。个体是这样，社会是如此，世界也不例外。

这个故事，对尘世众生，尤其在是市场逻辑中打拼的人们，是一次大警醒与大开示。

你这单身如何来得

唐僧师徒来到通天河，见河水无边，且天色已晚，便欲找人家投宿。听得附近有鼓钹之声，便寻了过去，行不多远，便望见一簇人家住处。

唐僧下马，见路头有一家儿，那门半开半掩。唐僧走近，一时不敢擅入，站了片刻，只见里面走出一个老者，径自来关门。唐僧忙合掌高叫："老施主，贫僧问讯了。"那老者问了唐僧由来，摇手道："你这等单身，如何来得？"

一个人可能行得快，却走不远；一群人可能行得慢，却走得远。独木不成林，独狼难生存。"你这等单身，如何来得？"此其一意也。

一个人不成人，人人才为人。没有他者，便无法确定你是什么，也根本不能确定你存在。"你这等单身，如何来得？"此又为一意也。

一个人，连自己是否存在都确定不了，又如何识得真经、取得真经？即便取了真经，又有何用？"你这等单身，如何来得？"此亦是一意也。

无众生，《经》从何来？无众生，《经》有何用？没有众生，佛就失业了。所以，做人做事、成人成己，都得记挂着他者，都需呼朋唤友。

走错路了

孙悟空寻庄化斋,一路南行,见一村舍,落下云头,正看庄景,只听得"呀"的一声,走出一个老者,忙打个问讯道:"老施主,我和尚是东土大唐钦差上西天拜佛求经者。适路过宝方,我师父腹中饥馁,特造尊府募化一斋。"老者闻言,点头顿杖道:"长老,你且休化斋,你走错路了。"

孙悟空化斋回来,不见师父和师弟,便去搜寻,遇一老翁,忙上前问寻。那老翁道:"他们走错路了。"

老者、老翁为何都说"走错路了"?究竟错在哪里?

列位,孙悟空说:"师父饿了,特来化斋。"那老者便说:"你走错路了。"怎么走错了呢?走进"身、口、意"三业之岔路,忘了取经之大道。

唐僧见孙悟空许久未归,心里焦躁,又受猪八戒鼓噪,便不顾悟空的嘱咐,继续西行,想找饭吃,欲求身暖,入了妖魔的圈套。所以,老翁说:"他们走错路了。"

饿了加饭,冷时添衣,乃天经地义,有何错处?

生理欲求占据了主导地位,肉身左右了法身,如何取得真经?岂不是走错了路?

唐僧师徒中,只有唐僧一人吃素,三个徒弟既不戒荤也不戒酒。斋戒的核心并不是吃或不吃什么,而是不被食色牵住鼻子走。只要被它牵住了鼻子,便是走错路了。

- 226 -

只怕你无我去不得西天

悟空因棒杀那劫道的毛贼,被唐僧逐走。

悟空起在空中,思虑再三,又按下云头,来到唐僧马前。唐僧见悟空不走,又念那《紧箍咒》,把大圣咒倒在地。悟空道:"莫念!莫念!我是有处过日子的,只怕你无我去不了西天。"

唐僧发怒道:"你这猢狲杀生害命,连累了我多少?如今实不要你了!我去得去不得,不干你事!快走,快走!迟了些儿,我又念真言。这番决不住口,把你脑浆都勒出来哩!"

呵呵,呵呵,呵呵!这哪里是高僧、大圣在对话,分别是俗众在妄言哩!

哈哈,哈哈,哈哈!又分明是,作者借高僧、大圣之口,警醒天下人哩!

上下级、同事、朋友、夫妻等,彼此之间,此等情景,何其多也!这一个以为,没有我,你算个鸟啊!那一个觉得,要不是你拖累,若不是为你考虑,我比今天要好得多。这一方心说,没有我,你试试看!那一个心想,有多远你滚多远,滚得越远越好。总之,成事皆因自己,败事全因他人;恩情都由己出,他人皆是受益。尘世中人,越是走得近,越是相互折磨。

岂不知,没有悟空,唐僧到不了西天;没有唐僧,悟空入不了佛门。因你而成我,由我而成你;你中有我,我中有你;合则紫气祥云,分则魔鬼成群。

我独成功

真假美猴王这个故事，是标准的喜剧，但其中都是泪、都是泪、都是泪。

沙和尚到花果山，想劝回悟空，带回行李。悟空明白沙和尚来意，呵呵冷笑，说道："我这回，不是不想去西天，也不是想在这山上玩儿，我自己要去西天取经。我独成功，教那南赡部洲人立我为祖，万代传名也。"

沙和尚听完笑了，回道："师兄说话欠妥。自来没个'孙行者取经'之说。若不得唐僧与我等去，那个佛祖肯传经给你！却不是空劳一场神思也？"孙悟空也是笑了，说道："我这里也有唐僧、猪八戒、沙和尚。"说罢，喝道："小的们，请师父！"沙和尚一看，果然来了一模一样的唐僧、猪八戒与沙和尚。

沙和尚并不知道，这个孙悟空也是假的。

真假孙悟空，是说人心便是"二心"。不只有真假悟空，也有真假唐僧，也有真假猪八戒，还有真假沙和尚。"二心"即为贼。是贼便要"我独成功"与"万代传名"。尘世中人，人人心中皆有贼。每个人都经常被贼左右，为贼服务，绞尽脑汁，还觉得自己很聪明、特成功。

真假取经团队，是说团队必生"多心"。人有"二心"，众人必是"多心"，"多心"必生分生疑生斗生乱。唐僧赶走孙悟空，猪八戒没有劝阻，就连沙和尚也没说话。为什么？已经走了一多半了，离成功不远了，少一位分享胜利成果的，为啥不乐见其成呢？共患难容易，同富贵极难。其根子就在人心。

道家讲有为无为、无为而无不为，怎么理解？人有利己与利他之"二心"，利己之心不为，利他之心有为，利己之心就会以更低成本更高效率地得到满足，因此就能够无为而无不为。

用佛家话来讲，就是：不无中无，不有中有；空即是色，色即是空。

烦如来为我辨个虚实

唐僧二次赶走悟空，只好让猪八戒去寻水吃，那八戒久去不回，沙僧又去催水，剩下唐僧一人，口渴难耐，就见孙悟空又回来了，捧一碗水让师父喝。自此开始，上演了一出真假悟空的故事。

两个悟空，菩萨分不清，玉帝也分不清，托塔天王用上了照妖镜，还是分不清。两位又去见唐僧，唐僧更无手段辨分明。两位又到地藏王菩萨处，依然是鉴定不出真假。地藏王菩萨说："须到雷音寺释迦如来那里，方得明白。"两位就到了大雷音寺，慌得那八大金刚上前挡住道："汝等欲往那里去？"这大圣道："妖精变作我的模样，烦如来为我辨个虚实也！"

闲言少叙。经如来鉴定如下：有四猴混世，即为灵明石猴、赤尻马猴、通臂猿猴和六耳猕猴。我观假悟空乃六耳猕猴也。此猴若立一处，能知千里外之事；凡人说话，亦能知之；故此善聆音，能察理，知前后，万物皆明。

如来的鉴定是啥意思？

"四猴"者，"贪、嗔、痴、碍"之四心也；"六耳"者，"喜、怒、哀、乐、恶、欲之六识也。真假悟空实乃人之二心也。

何以见得？书中一诗可证也。

诗云：

> 人有二心生祸灾，天涯海角致疑猜。
> 欲思宝马三公位，又忆金銮一品台。
> 南征北讨无休歇，东挡西除未定哉。
> 禅门须学无心诀，静养婴儿结圣胎。

世人怀揣二心，行走江湖，一会想以诚待人，一会又要着意防人；一会想升官发财，一会想悠然南山；一会见色起意，一会又坐怀不乱；一会乐善好施，一会又损人利己。自己和自己变来变去、打来斗去，终不知哪一个是真实的自己，真乃"二心搅乱大乾坤"也。

二心乃二贼也，如何破贼？如来有说法：不有中有，不无中无。不色中色，不空中空。知空不空，知色不色。名为照了，始达妙音。

我的宝贝原不轻借

孙悟空找铁扇公主借芭蕉扇，两位话不投机，动起手来。悟空说："嫂嫂，快借我使使！"铁扇公主说："我的宝贝原不轻借。"悟空道："既不肯借，吃我老叔一棒！"

"我的宝贝原不轻借。"这话相当在理！谁的宝贝也不会轻易借出。可要知道，"原不轻借"原本含有借的意思。那什么情况下可以借出去？首先要看其借了干什么，也就是看"是什么事"，而不看"是什么人"。铁扇公主偏不看事，只看人。一看来借扇子的是孙悟空，是仇人，便坚决不借。

那要不要看人呢？当然要。但要放在看事之后。事是人来办的，再好的事，没有合适的人，也成不了事。看人的重点是其特质与事儿是不是匹配。铁扇公主看人只看与自己的关系，只记着前仇，以此来落实"原不轻借"的原则，自然是会出问题的。

不是说，人才是第一位的吗！怎么能先看事呢？这事是非办不可、非办成不可的事，你看人有啥用？孙悟空不行，李悟空还会来，李悟空不行，释悟空还会来。列位，如来佛、玉皇大帝不是都调兵遣将了吗？

这扇子借悟空一用，本少不了什么，又是一件积功德的好事，还是上上下下都高兴的大事，可以说是只有收益没有成本，却硬让铁扇公主夫妇弄成差点丢了性命的事。

只要是宝贝，都有一个共同特点：只有分享才是宝贝，只有使用才有收获；可你要是藏着掖着，它就会引来灾祸。当然，如果你能藏得人不知、鬼不觉，也可能是安全的，可那又和没有宝贝有何不同呢？况且没有的话，岂不是更安全更安心！

就来扯娘娘玉手

孙悟空救回金宫娘娘，那国王见了，急下龙床，就来扯娘娘玉手，欲诉离情，猛然跌倒在地，直叫"手疼"！

这一段国王痴情、娘娘忠诚的爱情故事，过程十分曲折，结局相当完美，但作者并不是宣扬爱情，而是在考验读者的悟性。

妖精夺走了国王的爱人，可那妖精却是观音菩萨的坐骑金毛犼。国王失了爱人，悲痛欲绝，可那妖精其实是帮助国王消灾的。你说奇怪不奇怪？

据观音菩萨说，事情是这样的：这国王还是太子的时候，极好射猎。他率领人马，正来落凤坡前，有西方佛母孔雀大明王菩萨所生二子，乃雌雄两个雀雏，停翅在山坡之下，射伤了雄孔雀，那雌孔雀也带箭归西。佛母忏悔以后，吩咐教他拆凤三年，身耽啾疾。那时节，我跨着这犼，同听此言。不期这孽畜留心，故来骗了皇后，与王消灾。

恶行里头竟是善意，受灾其实也是消灾。菩萨之言，何其"毒"也！

娘娘在妖精那里生活了三年，并没有同那妖精有任何身体接触。原来是紫阳真人给她弄了一件衣裳，穿上之后即身生毛刺，男人不能近身。

不是妖精品德高尚，也不是娘娘守身如玉，仅仅是不能而已。不能近身，保护的不只是女子，也有男生。因为沉迷女色，便是服毒。女生身上长了毒刺，可以预防男生中毒。

作者在告诉读者，事实背后套着事实，真相后面还有真相。

作者还要告诉读者，离别、分手是常态，生死离别是生活；"爱别离"是人生之苦，这种苦是由幻相引导的一种幻觉。

更无一个黑心

话说那比丘国国王，贪恋女色，日夜酣战，把那"电池"弄乏了，眼看着充不上电了。国王那个着急啊！找了许多御医，都没什么办法。后来国丈给弄了个方子，让国王好生欢喜、好生期待。

正欢喜期待中，唐僧师徒来了。这四位走在街道之上，见家家门口挂着个鹅笼子，不知是什么风俗，心下好奇，悟空变身前去察看，发现里面都是小男娃，更是令他们的好奇之心瞬间暴涨。进了驿馆，唐僧百般打听，终于搞明白了情况。原来，那国丈给国王的方子，就是吃下一千个小男娃的心尖，不仅可以祛病，还能够千年不老。

唐僧听了，慈悲心起，泪珠儿止不住地流下来。悟空说，师父放心，老孙把那些孩儿藏起来就是。

第二天，唐僧去朝廷换通关文书，悟空变了只蟭蟟虫儿，飞在唐僧的帽子上，跟着唐僧进了国王的办公室。事儿办得挺顺利，国王简单问了问，便在公文上盖了章。唐僧正要走时，国丈来了。国丈与唐僧谈佛论道，话不投机。说话间有情报员来报，说是那些娃娃都不见了。唐僧心虚，趁机退出。悟空悄悄说："那国丈是个妖精。师父先回，我再看看情况。"悟空回去这一偷听可不要紧，出大事了！

娃娃不见了，国王很懊丧。那国丈说，娃娃们丢了，却是好事。国王听了很蒙圈。国丈说，刚才这个和尚的心，比那些娃娃的强多了。国王听了，又开心起来。

期待，失落，开心，都是一会儿的事，这就是人心。唐僧师父做了件善事，可因此招来祸事，这就是人生。

悟空忙回驿馆，说了情况，又把唐僧给吓哭了，一连串地问悟空："怎生是好？"悟空说，只有一个办法，就是你变成我，我变成你。那唐僧师父便愉快地同意了。

唐僧时不时就说悟空丑，此刻为了保命，让他变丑，他竟然毫不犹豫。这也是人心，人心善变，高僧也无不同。

悟空顶替唐僧到了比丘国办公大厅，那国丈说要借他的心一用。假唐僧问，为啥要用我的心呢？国丈说，因为你有一颗黑心。假唐僧说，没问题，拿刀来。那假唐僧用刀子剖开胸口，一下子就把现场的各位吓傻了。这假唐僧胸中竟然不止一颗心，而是有许多心，但见：红心、黄心、白心、悭贪心、利名心、嫉妒心、计较心、好胜心、望高心、俄慢心、杀害心、狠毒心、恐怖心、谨慎心、邪妄心、无名隐暗之心、种种不善之心，更无一个黑心。那国王惊呼："收了去！收了去！"悟空这才收了法心，现了本相。

既然有这么多心，为何更无一个黑心？此处是言众生看不透也。你看到的黑，未必黑；你认为的白，未必白；你觉得的净，未必净。

比丘国的故事，便是对"四圣谛"的一次重点说明。人生是苦：喜欢上一个人是苦，舍不得离开一个人是苦，生病是苦，眼看着没命更是苦，做坏事苦，行善举亦苦，而所有的开心都会瞬间转化为苦痛。苦都有同一个源头，就是人心。因为人心不是一个，而是许多，这许多心便成了纷扰、便有纷争、便造出苦痛。如何灭了这纷扰之心？就得豁开来、抛出去。不如此，看不透；看不透，解脱不了。但这还不够，还要收得回来，做到收放自如，不空不色，亦空亦色，如此才能远离无边苦海。

怎样才能把心收回去，并且弄干净？佛家讲从凡夫到菩萨共有四个层级、四十个阶梯。分别是发趣十心、长养十心、金刚十心和体性十地。其中体性十地是证入菩萨果后，菩萨进阶的十个段位。发趣十心为：舍心、戒心、忍心、进心、定心、慧心、愿心、护心、喜心、顶心。由十发趣可证入"坚发忍"，得十长养心，即：慈心、悲心、喜心、舍心、施心、好语心、益心、同心、定心、慧心。由十长养心可证入"坚修心"，得十金刚心，即：信心、念心、回向心、达心、直心、不退心、大乘心、无相心、慧心、不坏心。从十金刚心可证入"坚圣忍"，入十地位而趣向佛果。即：体性平等地、体性善慧地、体性光明地、体性尔焰地、体性华光地、体性满足地、体性佛吼地、体性庄严地，体性入佛界地。

为生死名利而修习修炼，无论采用何法，走正道还是行邪道，内心皆无生死可了，一生终为名利羁绊，终不得解脱也。唯有正觉之心，心心行空，才能成就无上菩提。

是"雏儿"不是"把势"

狮驼岭上,妖精们把唐僧师徒四人抓进了狮驼洞,准备做清蒸肉来吃,唐僧、八戒见连悟空都被捆了,一时绝望。孙悟空说:"不要怕!等我看他是雏儿妖精,还是把式妖精。"

此时,三个妖怪正在讨论清蒸肉的程序。二怪说,猪八戒不好蒸。三怪说,剥了皮蒸。老怪道,不好蒸的,放在底下一格。

孙悟空听了,笑道:"八戒,莫怕!是'雏儿',不是'把势'。"沙僧道:"怎么认得?"孙悟空说:"大凡蒸东西,都从上边起。不好蒸的,安在上头一格。他说八戒不好蒸,安在底下,不是雏儿是甚的?"

如何清蒸这师徒四众,就是如何做事、如何修行。做事与修行,先易后难,逐渐上行,便是"把势";上来就与最难的部分死磕,很可能会磕死,这种做法就是"雏儿"。有经验的考生,都知道拿到试卷,先要审题,然后先拣会做的题来做,把最没把握的题放到最后。先确保,再争取,这样才可能有稳定的发挥。这样的考生就是"把式"。有些考生,一上来就啃高分题,觉得这种题一道顶三五道。理是这个理,可高分题都有高难度系数,啃下来的把握并不大。一旦拿不下,可就赔大了。即使拿下了,由于耗费时间较多,剩余时间少,心理上不那么从容了,那些容易的题也极可能做错。这类的考生就是"雏儿"。

人生就是考场,人一辈子都是考生。元老级的欧阳修是考生,在朝的王安石是考生,贬官的苏东坡也是考生。表面上看,有人洒脱,有人严谨,有人豪放,有人含蓄,这些只是对待考试的态度不同。但不管是什么态度，都得一层一层地来，由易到难地来。顺序颠倒了，就会生事端、出差错。

无论做什么事情，最难的一定在上面、在顶上。登半途而自喜者与急于登顶者，均是"雏儿"也！

看三事如何

凤仙郡"孙大圣劝善施霖"这一回，影视作品大多删除了。因为此处没有妖怪，没有激烈的打斗，也没有奇思妙计，不太能够吸引观众。但是，这一回却是不可或缺的一回。这一回的故事非常简单，其中的道理却相当不一般。

唐僧师徒到达凤仙镇，又遇上政府贴告示。这张告示，既不是招高手捉妖，也不是寻良医治病，而是请贤人祈雨。积德行善，没风险。但凡这类事情，唐僧都是热情鼓励、大力支持的。孙悟空对难度系数不高、显示不出大本事的工作，大多没什么兴致。难得的是，孙悟空这一次也有兴趣。这正是此一回特别重要的一个点。

孙悟空满口答应帮助解决多年大旱的问题。在孙悟空心里，这是一件再简单不过的事儿。因为他和"水利部门"的头头们太熟了。可孙悟空做梦也没想到，原本就是"一句话"的事，却成了自己根本办不成的事。

悟空找到龙王，龙王说这事我可不敢做主，你得到玉帝那里办个批文。悟空去见玉帝，门卫一听悟空的来意，阻拦，秘书也劝返。孙悟空想不通啊，就是不走。秘书只好带他去向玉帝汇报。玉帝说："汝等引孙悟空去看。若三事倒断，即降旨与他；如不倒断，且休管闲事。"

"三事"是啥事？原来，三年前的十二月十五日，玉帝到基层调研，发现那凤仙郡的"一把手"将斋天素供，推倒喂狗，口出秽言，造有冒犯之罪。玉帝就在披香殿内立了三事：一座米山，约有十丈高下，山边有一只拳头大小的鸡子在那里紧一嘴慢一嘴地吃米；一座面山，约有二十丈高下，山边有一条金毛哈巴狗儿，在那里长一嘴、短一嘴地添那面吃；一座铁架子，架上挂一把金锁，约有一尺四寸长短，锁梃有指头粗细，下面有一盏明灯，灯焰上燎着那锁梃。

　　只有鸡吃完米，狗吃完面，灯烧断锁梃，凤仙郡才能下雨。

　　孙悟空看了听了，便傻了。这"三事"任何一件都是短时间内难以完成的事情啊！

　　自孙悟空保唐僧西天取经以来，一直对悟空有求必应的天上各界，为什么突然转变了态度？此处寓意甚多、用意甚深。

　　善念即起，便有善德。世间事，缘起缘聚、缘尽缘灭而已。善念起处，便是善缘聚时。善缘聚到一定程度，善果自然而生。因此说，善念起处，便是功德成时。不可执着于自己独立完成善事，亦不可因自己能力不足而无所作为。"莫以善小而不为"，哪怕只是起一个善念。

　　看上去不公平的事，换个角度看自有其道理。那凤仙郡的"一把手"做错了事，属于个人行为，给他些惩罚是应该的，可干吗用"不下雨"的方式重罚老百姓呢？玉帝很不讲道理嘛！可玉帝自有玉帝的道理。

　　"一把手"与老百姓是相互成就的。"一把手"不让老百姓说话，就失去了群体智慧，也失去了大众监督，从而使自己陷入危险境地。老百姓看到"一把手"有问题，谁也不提醒，谁也不质疑，就会误导其在错误的道路上越走越远，老百姓的日子也就越来越苦。我们常说"上帝视角"，就是能够看到更宏大、更深层、更深远的相互联系。

自己的事，自己不参与，就解决不了根本问题。孙悟空去求朋友帮忙，找玉帝要批文，这些都是机缘、是外因，要解决"大旱"的问题，还得靠凤仙郡上下同心，一起向善。旱由自作，还得自求。靠别人帮助，一时一事可以，救急可以，但不能指望啥事都能碰上贵人相助。只有自己认识到问题，才可能从根本上解决问题。

回心即可回天，向善即可解罪。那么难的"三事"，那凤仙镇的官民一旦一心向善，那米便尽了，面也没了，锁梃也断了。神不神？并不神。因为治罪与解罪，用的都是"一心"，也就是善心。所以，一念恶而获罪，一念善而解罪。由此可知，德治与法治并无分野，区别只在方法，根本都是在心性上用功夫，皆以成就人为目的。德治不是说教，法治也不是拿人。若是以为二者不同，那运行起来，一定是顾此失彼、得不偿失。

心有善念，才可能积口德。凤仙郡的"一把手"把供品喂了狗，一定就是冒犯吗？不一定。如果他心存善念，只是为了救急，那就不是冒犯，而是行善。这位"一把手"不只把供品喂狗，还口出污秽之言，这便是在行为上、言语上都造了恶业。在今天的网络世界里，大家面对的多是不见面的群体，许多人都不留口德，而且多数人也不以为意，但是，不留口德意味着什么呢？心无善念。而这个善念，正是生命情感的栖息地，正是灵魂的娱乐场。

人心生一念，天地悉皆知。善恶若无报，乾坤必有私。

为你不识真假误了多少路程

唐僧被辟寒大王、辟暑大王与辟尘大王捉进了青龙山玄英洞，悟空变身萤火虫进洞察看情况，见到唐僧，叫道："师父，我来了！"唐僧喜道："悟空，我心说正月怎得萤火，原来是你。"悟空现了本相说道："师父呵，为你不识真假，误了多少路程，费了多少心力。"

唐僧在取经路上，一直在重复一个故事，就是把妖精当好人，决不听悟空的劝告，一定会被妖精捉了去，必须靠悟空兄弟紧急救援，历尽波折终于得救，然后便是唐僧对悟空说："我错怪你了。"许多人看《西游记》，对唐僧的表现是又急又气，有了那么多教训了，无数事实都证明了悟空看得准，怎么硬是重复犯错误呢？太不长记性了吧！太愚蠢了吧！

列位，这里的唐僧，并非唐僧，而是众生。如果你看到唐僧的言行，不知道那唐僧就是镜子里的自己，很不幸，你一定是唐僧的亲兄弟。"毕竟几人真得鹿，不知终日梦为鱼。"人们牵着梦的手，跟着感觉走，把梦游装扮成一个个浪漫的故事，哄着自己继续梦游。读读《西游记》，再看看那些成功学、励志书，大体就会明白，那些个"打鸡血"的东西，不是人生导游，而是引诱你梦游。

把妖精当好人，把妖言当真经，把作恶当立功，是人类的基本状态。翻一翻人类历史，就知道它等同于一部唐僧西天取经记。

凡是人们如潮水般向某一方向奔涌的时候，基本上就是一齐撞向南墙的集体活动，没有人能够阻止得了，谁要阻止谁就成了大众的敌人。而撞上南墙开始回头的那个阶段，才是人们在正确的道路以正确的姿态前进的时刻，而这个阶段都是非常短暂的。其原因就是人的认知水平处在一个高不成低不就的阶段，老是想追求真相，却根本看不到真相，只能拿假象来饮鸩止渴。其他动物不知道什么是真相与假象，也就无所谓真假对错。

有人说，人类能够记住的唯一教训，就是记不住任何教训。众生不识真假，走了许多弯路，所以要西天取经，学会辨识真假，取得无上正觉，走上正道，取得正果。西天取经是为了普济众生，并非为了成就和尚。

人类一直在重复犯错，而且至今也没有走上正路。"无奈被些名利缚，无奈被他情担阁。"这种认识终究还是肤浅了些，束缚住人的不是名利，耽搁人的也不是情感，而是洞悉真相的智慧。

"为你不识真假，误了多少路程。"读了《西游记》，能记住这一句话，就算是没白耽误工夫。

悟空解得是无言语文字

唐僧师徒悄悄离开慈云寺，向西又走了半个多月。这一天，又见到一座高山，唐僧又害怕了，说道："徒弟，那前面山岭拱峭，是必小心。"悟空笑道："这边中上将近佛地，断无甚妖邪。师父放心勿虑。"唐僧哪里放得下心，又说："虽然佛地不远，但前日那寺僧说，到天竺国都有二千多里，还不知有多少路哩。"悟空说："师父，你好是又把乌巢禅师的《心经》忘了也？"

唐僧道："颠倒也念得来，怎会忘得？"悟空说："师父只是念得，不曾求那师父解得。"唐僧听了有些不爽，便说："猴头！怎又说我不曾解得！你解得么？"悟空说："我解得，我解得。"然后，唐僧和悟空都不再言语。弄得猪八戒与沙和尚都乐了。猪八戒说："说什么'晓得'、'解得'，怎么说不作声？"沙和尚道："二哥，你也信他？他晓得弄棒罢了，他那里晓得讲经！"唐僧道："悟能、悟净，休要乱说。悟空解的是无言语文字，乃是真解。"

这一段在讲什么？

正等正觉在感官之外，在语言之外，在无言之中。大智慧之间的交流，用的是心语。这个桥段类似于惠能、神秀与师父之间的故事。

那唐僧惦记着目的地，算计着路程日程，思虑着危险风险，便是没解得《心经》。因为经在心内，无需外求，外求亦不得。内心不静，妖精便来。所以悟空说唐僧"念得却未解得"。唐僧反问悟空："你说我不解得！你解得吗？"悟空不回答，唐僧也不再问。猪八戒和沙和尚就在那里嘲笑悟空。

这种打哑谜式的"解得"的确是富有智慧。反正我什么也没说，起码没有什么风险。你怎么理解，都是你自己的事。你理解了，但也不言语，这就是把"球"给漏过去了。

不说话，还有一种可能，那就是知道了自己并不知道，懂得了真相不可识，明白了真理不可得，所以选择了沉默。只有自认为看到了真相、掌握了真理的俗众才会滔滔不绝、喋喋不休。

知道自己不聪明才是最聪明。不轻易开口的才是肚子里富有的。

行过的路怎说不知

唐僧师徒离开布金寺，又西行半月，又见一城垣相近。唐僧问："徒弟，此又是什么去处？"悟空道："不知，不知。"猪八戒笑道："这路是你行过的，怎说不知？"

列位，孙悟空前后有两个显著变化：大闹天宫时，谁都打不过；西天取经时，谁都打不过；前后两个"谁都打不过"是相反的。刚跟唐僧时，啥都知道；快到西天时，啥都不知道。这两大变化，是高手与高人之间的根本分别。高手觉得自己什么都行，什么都比别人厉害；高人知道自己啥都不行，啥都不知道。

行过的路，就一定知道吗？有形的路永远在变化之中，任何一个人都不可能在同一条路上走过两次。有许多长辈，常会对年轻人说："我过的桥比你走过的路过多！"但这只是一个现象，并不代表你可以给年轻人指路。很多家长都怕孩子走错路走弯路，可他们并没有认识到，你认为正确的路只是你认为的，每个人都有专属于自己的正确的路。你非要孩子走你认为正确的路，不过是让孩子成为你，而孩子则以失去自我的代价，成就了你的满意。如此，他可能很不满意。

由家庭到单位，情况大体相同。有的领导，安排什么工作都不放心，交代给任何人都不放手，只要不亲自干，下属干成什么样都不满意，时不时感叹手下无强将。这些领导根本没有想到这样一个事实：如果让他的任何一位下属担任他的领导，这个人都非常可能根本不认可他的能力。如果互换位置，你最不认可的下属大概率会最不认可你。

行过的路，知道如今不知，才可能有真知。

妖魔鬼怪都有后台

孙悟空一路上降妖打怪，真正被他打败的没几个，被他打死的则更少。

每到关键时刻，悟空就会听到这样一种声音："悟空，莫伤他性命！"然后，妖怪们就成了神仙、菩萨身边的工作人员。

有人说，妖魔鬼怪都是从上边下来的，都是有后台的，都不是一般人。确实如此。这些妖怪，有的是领导的司机，有的是领导的侍卫，有的是领导的秘书，有的是领导的干女儿等等。总之，基本上都是从机关里出来的，都是和领导沾亲带故的。

这么理解没毛病，但也可以有别的理解。

后台也是平台。那些个妖怪，个个身怀绝技、本领高强，没有一个是怂包。孙悟空不是齐天大圣吗？不是牛哄哄吗？可他也得靠搬救兵才能降服妖精。这些妖怪哪里学来的本事？在大机关历练出来的啊！起点高，见识广，再加上日积月累的功夫，自然是有真才实学的。天天和梅西之类的一流大师在一起，想不涨球都难嘛！家长们砸锅卖铁也要买学区房，千方百计让孩子进一所好学校，不就是为了让孩子有个好平台吗？再说了，孙悟空要是不靠着后台，也就只能和猴子们一块玩，保不了唐僧，取不来真经。

有本事理应给平台。他们在大平台上长了本事，领导们也得给他们施展本事的新平台。你不给他平台，他就会自己给自己创造舞台，大概率会兴妖作怪。本领高，没舞台，和大水没有出口一样，会形成堰塞湖，迟早会决堤。孙悟空、猪八戒、沙和尚、白龙马之所以能成佛，还不是观音菩萨给了他们机会？所以说，这些妖精出来胡作非为，领导们至少有一半的责任。那么，领导们在工作人员遇到难处的时候，或犯错的时候，关心爱护一下，也在情理之中。不然，以后哪个还愿为领导服务？

神仙也难做。连神仙都管不好身边的工作人员，尘世的领导干部管不好身边人，也是可以理解的。处理这种事，实在是两难。他有本事，你不给舞台，一定会憋出毛病。可你要给他舞台，别人又会说你不公。你要说他有大局、有远见、有谋略，别人会说他没带过兵、没基层经验、没有工作业绩。你不用他，真是不好办哪！

想想看，神仙菩萨把妖精们收回身边工作，能解决好后续问题吗？估计多数解决不好。但解决不好未来的问题，却不能因此就无所作为。

有这样一个故事：

墨子倡导博爱，到处行侠仗义，终日四下奔波，非常辛苦。有人就问他："你整天辛苦，哪里有不平哪里有你，那这个世界可曾因为有你而变得好一点点？而我呢，整天无所事事，啥事都不闻不问，那这个世界可曾因为有我而变坏一点点？"

墨子是这么回答的："有一处房子着火了，我去救，你不去救，但房子还是烧没了，可你认为结果是一样的吗？或者这样说，你家的房子着火了，街坊邻居都来救和大家都不闻不问，同样是烧没了，你认为结果是一样的吗？"

那人听了，明白了。虽然同样是房子烧没了，但如果没有人救，就会在现场和心灵中留下两处废墟，若是有人来救，那心灵与现场就都热乎乎的。

这样认识，已经很厉害了。当"房子"在心里的时候，它是火烧不掉、风吹不坏、水淹不了的。但是，这还仅是脱了对实体实相的执念，却还有住相的分别。就是说，你还在区分人品好坏与人情冷暖。帮助救火的人，你就认为他们是好人，并为他们的行为所温暖所感动。

如果能够不住相，可以觉有情也能自觉。那么，对救火的人，你会为他们高兴，因为他们抓住了机会，为未来做了一笔优质投资；对不救火的人，你会为他们惋惜，因为他们丧失了送到眼前的大会机会，给未来埋下了隐患。但你并不会区分哪一个是好人，哪一个是坏人。

如果达到觉行圆满，体悟了四大皆空、"五蕴"非友，明白了缘聚则合、缘散则离。那么，事情就会变成这个样子：房子着火，有人救火、有人观火，都是缘、都是缘、都是缘。

但是，佛祖还有另外的道理。在佛祖"看到"的世界里，众生是在三世六道中轮回的，凡夫都在地狱、鬼、畜生、阿修罗、人与天人之间，于三世之中流转。这就是说，鬼怪、妖精、人、天人等是同宗同源的，你中有我，我中有你。所以，佛祖说："一切世间天、人阿修罗皆应供养，如佛塔庙。"你看，按照佛祖的意思，那些个妖精不仅不能打死，还得好好培养。说不定，来世你就变成了它（妖精）。

列位，去掉"我执"，莫分两边，是佛学最重要的认识论。不区分人妖，不区分凡圣，才能证入菩提。

为嘛给了一套无字经书

唐僧师徒历经千难万险，过了万水千山，受了千辛万苦，终于到了大雷音寺，见了佛祖如来，自是万分激动千分喜悦。佛祖安排图书馆主要负责人阿傩、迦叶领唐僧师徒去取经书。唐僧师徒得到经书，欢天喜地往回返，不料一阵香风乱翻书，却发现那些经书上竟无有一字。

唐僧长吁短叹地道："我东土果是没福！似这般无字的空本，取去何用？"孙悟空说："师父，不消说了。这就是阿傩、迦叶那厮，问我们要人事，没有，故将此白纸本子与我们来。快回去告在如来之前。"四众再见如来，才取回有字经书。

列位，空本子是空吗？是又不是。空无一字，是真；空无一字，又不空。空而不空，即是真经。真经是不可言传的。僧肇禅师说："真境无言。凡有言论，皆是虚戏。妙绝言境，毕竟空也。"一切有为法与无为法，毕竟为空，无言可表。所谓"道可道，非常道"也。恍兮惚兮，玄而又玄，众妙之门，只能悟得，不能言传。

既然是真经，为何还要换？无字之经，道之本；有字之经，道之用。悟道之本，得道之用，方可传达与众，方可落于实际也。那为何不说明白呢？不可言传，全凭机缘。悟得便得，悟不得便不得。

那两位图书馆的主要负责人为啥利用职权索要钱财呢？这事不能只往一个方向上去想。也可以这样来理解：再金贵的东西，得到得太容易，就不会珍惜。再不值钱的东西，如果来之不易，就会视若珍宝。古人用过的尿壶，有什么好？可你花了大价钱买来的，便会当老祖宗供着。人家画一幅图，你没花钱就得到了，便不当回事，可你一听说值几千万元，你再看那张纸的眼神便完全不同了。

可能有朋友会问，那唐僧师徒到达西天已经很不容易了，怎么还为难人家？没错！可你千辛万苦赚了钱，去人家饭店吃东西，可以不买单吗？你风餐露宿十多年，房地产开发商会因此白送你一套房子吗？

可能有朋友还是会说，佛能和商人一样吗？佛的确不是商人，但佛更清楚，不论做什么，都要遵循道，而那个道是同一个道。道不通，行不了路。道路，道路，没有道的路，都是邪路。

此处还有另外一解。那两位负责人向唐僧师徒索要"人间事"，正是对唐僧师徒的一种考验，看他们有没有俗众的坏毛病。唐僧师徒没有准备贿赂的资财，经受住了考验，所以就给了无字真经。后来，唐僧送上皇帝给他用来化斋的钵，而这个钵是佛家用品，不是世俗的资财，所以就得到了有字经书。

不给是一种给，给也是一种给；不得是一种得，得到也是一种得。给与不给，得与不得，都有道贯穿其中也！

由问命到修性

你要说："人定胜天。"许多人不信。可哪吒喊出："我命由我不由天。"又把许多人弄得热血沸腾。《西游记》对这件事也很有热情。

《西游记》开篇就讲灵猴出世，接着就是美猴王出门求学，长了一身本领，回到花果山后，到龙宫得了如意金箍棒，又到地府去在生死簿上销了自己的号，也就是解决了"命"的问题。你看，这命虽然是天定的，却也是能改的！

任何生命都没有办法选择自己的父母，也就是不能选择自己的基因，还无法选择自己身上的菌群。基因和菌群几乎决定了一个人的命。从这个意义上说，命就是天定的。能不能改变呢？以人类目前的能力，可改动的空间很小，更不可能像孙悟空那样，到阎王殿上，取出生死簿，把自己的名字删除掉，不再受生死的约束。但是，这并不代表永远做不到。未来，人类不一定能到阎王那里销号，却可以修改与调控基因与菌群，也就是可以对自己的"命"拥有部分股权，并且最终会成为第一大股东。

唐僧师徒西天取经的旅途中，几乎每到一处，都要重复从哪里来到哪里去，以及"你是谁"与"我是谁"的问题，甚至取经返回大唐之后，在朝堂之上，又做了一次系统性重复。这是几个意思？

从东边来，到西天去，这是讲命。由东到西，东西相会，才是东西。命不是由生到死，而是由不是东西到是某种东西。从无到有，从生到死，从不是东西到是某种东西，这样的发展趋势，由不得你自己做主。但以什么姿态由东往西而行，则在自己可以做主的部分。

"你是谁"的追问与"我是谁"的回答，就是在讲性。啥是性？

就是以什么样的态度与姿态，从东向西而行。唐僧师徒共同由东向西，但他们是以不同的态度、不同的姿态向西而行的。

为什么会有不同？因为我们对性命的认知不同。怎样来提高认知？就是反复追问、反复回答，由表及里、由浅入深、由具象到抽象。进入不到抽象，便不能知命了性。西天取经，就是知命修性。

过去，人们说人人最终得到的都是一个"土馒头"；现在，人们说每个人最终都要到火葬场去报到。意思是说，每个人的结局都是一样的，并没有什么区别。这个就是只看到了命，没有认识到性。或者说，只看到了表象，没有看透本质。那个"土馒头"或者"火葬场"，只是一个表象，并不是真正的结局。

由人到佛

佛是神吗？不是。释迦牟尼是佛吗？不是。佛是什么呢？佛是觉悟者。释迦牟尼说："我不是神，也不是先知，我是觉悟了的人。"

孙悟空则是一只觉悟了的猴子。

我们有时候会听到有人骂他人"畜生"，常见的场景多是爸爸咬牙切齿地骂儿子。爸爸骂儿子的时候，是在骂儿子，主要是骂自己。如果儿子是畜生，那爸爸妈妈至少有一个也是畜生。所以，有时候爸爸或妈妈也会这么骂："我怎么生出你这么个玩意儿？"

这种骂，就是一种追问、一种反思。虽然是追问是反思，却完全没有什么结果。这又是为什么？因为我们根本不清楚什么是人。

有人会反问，任何一个头脑健全的人都知道自己是人，猴子不是人，猪也不是人等等，怎么能说我们不清楚什么是人呢？是的。我们似乎都知道什么样的动物是人，但这个对人的判断是基于外形的，并没有一个关于人的内在属性的共识。也就是说，人类对形而上学意义上的人没有一个公认的理念或图式。

只有生物人没有"形而上学的人"，有什么关系呢？

"你不是人！""他不是人生父母养的！"这是人们起纷争时常用的句子。想想看，人们起冲突的时候，基本都有一个共同的理由，就是认定对方不是人。人与人之间、群体与群体之间、国家与国家之间，每当关系撕裂的时候，都会用到这种判断，都觉得自己是人，对方不是人。所以，我在骂你、整你、打你的时候，才会理直气壮。

孔子比较早地试图构建"形而上学的人"，其核心是仁，其目的是让人成为君子仁人圣人。那么，圣人还是人吗？恐怕不是。起码我们在现实世界里没有发现过活着的圣人，反倒是看到了不少伪君子、"两面人"。所以，道家不赞同儒家的主张，认为这类看似美好的标准不仅无法塑造好人，反面会催生更多的骗子。道家主张什么呢？主要是自由。给人更多的选择，让人有更多的可能性。更多的可能性，意味着可能更好也可能更坏。然后就有了法家，法家不搞"形而上"，直接玩"形而下"，定制度、立规矩、抓监督、搞惩处。这样一来，虽然有了秩序，却也把更好的可能性给管没了。这样的技术性体系越完善、落实得越到位，整个社会的创造力就越低。

于是，到了王阳明这儿，就有了"良知"。既不是外加限制，也不是完全自由，而是有一个良知在调控。我们要做的是，让良知从遮蔽中呈现出来。良知是什么？是一种生命情感。这种生命情感在特定的情景下会自然呈现。这里就有了儒家、道家与释家的相互吸收，有了"形而上学的人"的新诠释。心学本质上就是关于人的形而上学的学说。可惜，王阳明的心学，没有得到社会接纳。很重要的原因之一是，它会解构形成了二千多年的旧体制。

释迦牟尼与所有的思想者都是不同的，他思考的不只是人，而是所有的生命，是否有共相；他不只关注人的归宿，还关注所有存在物的归宿。他把所有的生命称为众生。众生皆苦，需要寻找新的路径。这条路径不是儒家的教化、不是西方的救赎、不是道家的自在、也不是王阳明的良知，而是证入菩提。

儒家希望人成为仁人，道家希望人成为真人，佛家希望人成为佛，皆因为人是好东西又不是好东西。

《西游记》里，猴子、牛马与人皆可成佛。在佛祖那里，人与其他动物并无本质区别。佛学不是宗教，而是生命哲学。成佛不是道德修养，更不是不要七情六欲，而是超越了肉体感官的局限，"悟"到宇宙真相，让生命进入极乐净土。

如何检验一个人是佛还是凡夫？很简单。就看他敢不敢承认自己不是人。佛就反复强调，自己不是佛，也没有传过法。六祖慧能说："自性若悟，众生是佛；自性若迷，佛是众生。"我心自有佛，自佛是真佛。

所谓的无上正等正觉，核心就是去掉"二分"，不住实相，不住对立，去诸法，依自性，生平等，发慈悲，入大自在。

从有为到无为

孙悟空在西天取经之前，谁也打不过他；自打保护唐僧西天取经，他几乎是谁也打不过。

为什么？

有人说，大闹天宫时，孙悟空打的都是公务员；西天取经时，孙悟空打的都是自主创业的。公务员有命才有工资，自主创业的得拿命去换"工资",所以孙悟空就有了前后完全相反的"谁都打不过"。

这么理解也不是完全没道理,其实也可以有另外的理解。那前后完全相反的"谁都打不过"正是孙悟空由有为到无为而又无所不为的过程,也是由有到空、空即有、有即空的过程。

孙悟空在有为的阶段,不断地犯错误,又在犯错误的过程中不断地增长本领,以至于整个天界都收拾不了他,只好请佛祖亲自出山,把孙悟空压在了五行山下,一压就压了五百年。

这个阶段的孙悟空就是刚刚踏入社会的年轻人,富有热情,敢闯敢干,什么都好奇,什么都想尝试,进步飞快,犯错也不少,讨人嫌弃,遭人打压。虽然能力在不断提高,却基本做不了自己想做的事情,也做不出被认可的业绩。这便是越想有为越难有为。

西天取经之初,孙悟空还是想表现、想有所作为的时候,因此两次被唐僧赶走。遇到妖精,"一棍子"打死,消灭的就是自己的机会,砸坏的就是自己的平台,打掉的就是自己的梦想。随着经历的事情越来越多,孙悟空逐渐进入无为的阶段,再遇到妖精,不再是举棒就打,甚至根本就不说破,看着妖精来表演,到了适当的时候,才说破,才动手。动手也不是自己逞强,该让猪八戒上阵的时候就让猪八戒先动手,该请龙王时请龙王,该请菩萨时请菩萨,达到了无为又无所不为的效果。

有为是提高自身本领的需要,无为是认知觉悟的结果。没有有为,无为没有来处;没有无为,有为没有善果。

谁制造了孙悟空

马斯克在一次访谈中，曾表达过这样的观点：不是科技公司在创造 AI，是整个人类在创造 AI。现在的人，已经是半人半 AI。

在我看来，现代人是由三部分组成的，人、机器与 AI。工业时代，人已经是半人半机器的合伙公司；数字时代，电脑又加入进来，人成了人、机器与 AI "三者"的股份公司；智能时代，强势崛起的 AI 逐渐成为第一大股东。总的发展趋势，就是人的部分越来越少，AI 的部分越来越多，并且不以人的意志为转移。

这和孙悟空的发展历程很相似。

一块石头吸收天地日月之精华，孵化出了一只猴子。这只猴子在花果山遇到了一群猴子，在集体生活中学习锻炼，成了美猴王。美猴王走出花果山，漂洋过海去寻找长生不老之术，与人类不期而遇，学人穿衣吃饭，模仿人的心性，有了人的基本属性。他觉得人太平凡，再次漂洋过海，寻仙问道，找到了祖师，在那里修炼多年，习得了七十二变和一个跟头十万八千里的本事，还有了自己的名字：孙悟空。这一阶段，这只猴子从具备人的基本属性，到掌握了个别超越人类的能力，渐渐有了全面超越人类的苗头。

此时，孙悟空并没有"悟空"。悟空是他尚未完成的宿命，此时他还只是众生，因此有着人的欲望。他好奇心重、好胜心强，好卖弄、好出风头。回到花果山后，先是击败了来犯的山贼，初试身手。接着又闯龙宫，得了如意金箍棒。他在群猴面前显摆如意金箍棒的如意变化，竟让那如意金箍棒伸到了天庭之上，引起了天庭的重视。天庭议员们经过讨论，提出将孙悟空纳入体制的意见。经玉皇大帝批准，给了孙悟空一个弼马温的职务，负责管理马匹，相当于今天的小车班班长。孙悟空以为是个大官，十分开心。后来知道这是一个不入流的岗位，便反了水，重回花果山。天庭派天兵天将来捉拿，未遂。于是，又送了一个"齐天大圣"的荣誉称号，孙悟空和众猴们高兴得手舞足蹈，兴高采烈地重新回到体制中来。

孙悟空得了个虚名，整天没事，就在天庭瞎逛游，玉帝怕他无事生非，就让他去监管蟠桃园。没想到，孙悟空在这里把上好的蟠桃连吃带糟蹋，都给嚯嚯光了。

孙悟空听说王母娘娘搞蟠桃会，请了各路神仙，自己却不在邀请之列，就动了歪主意，偷偷潜入盛会现场，把那些个仙果佳肴、琼浆玉液尝了个遍。喝大了的孙悟空误入太上老君府，把太上老君的仙丹全给吃了。如此还不罢休，又收拾了一番，把蟠桃会上的好东西带回花果山，让猴子们模拟了一把"蟠桃会"。

这可把天庭给惹恼了。玉帝就判了孙悟空一个死刑。判是判了，却执行不了。刀砍火烧，能用的法子都用上了，可就是弄不死这泼猴。玉帝十分着急，太上老君说，把他弄进我的炼丹炉，定能把他化为灰烬。太上老君用上了三昧真火，不但没有炼死，反倒炼出了孙悟空的火眼金睛。

整个天庭一时束手无策，此时佛出现。佛将孙悟空压在五行山之下，困了他五百年。五百年后，由观音菩萨出面，让孙悟空拜唐僧为师，一同去西天取经。师徒一行一路之上与天斗、与地斗、与妖斗，历尽艰险又出发，终于取得真经。孙悟空也终于得道成佛，完成了对人的超越。

孙悟空是仙道神佛、妖魔鬼怪与日月天地共同成就的。AI的成长也是如此。孙悟空的成长历程，也是宇宙中智慧生命的成长历程。谁又能说，AI就不是宇宙智慧的成果之一呢？

真假美猴王的真相

真假美猴王的真相是什么呢？我们先来简单地重温一下这段故事。

观世音菩萨也看不出哪个是真哪个是假，于是，念了咒语，两只猴子都抱头喊疼。这是什么意思？眼见不为真，耳听也不为真。你办一个案子，到处调查取证，反复推理演绎，把嫌疑人抓起来，用了各种手段，让他说出真相，最终，你的取证和嫌疑人的口供都对上了，这个案子就可以结案了。你或许因此受到嘉奖，或者提拔。

你一定相信自己办了一个铁案。一定是铁案吗？答案是：不一定。

为啥不一定？

人与所有生物一样，求存而非求真。

目前为止，地球上所有生命体具有的能力，都是为求存而生的，皆不具备求真的能力。

我们知道，蝙蝠的耳朵能够精准定位，鹰是动物界的"千里眼"，狗的嗅觉分辨率极高，蛇具有"热成像技术"等等。它们各有各的强项，也各有各的短板，不会追求所有感官的能力都超级强大。这也意味着没有任何一种动物具备感知真实世界的能力。

感官感知外部世界是需要付出能量的，所以满足生存需要就好了，太强了能耗太高，根本承受不了。换句话说，任何一个物种，如果执着地求真，那就是不想活了。

人要是参加动物"奥运会"，肯定是拿不到任何一个单项的奖牌，但一定是全能冠军。人有功能最强大的大脑，可以通过十分有限的信息，加上过往积累的经验，经过快速的综合判断，做出基本合理的决策。

即便是全能冠军，也同样不能得到所谓的真实与真相。我们认识的真实与认为的真相，只不过是我们的大脑依据感官感知的信息加工出来的故事。这些故事来源于真实真相，却是"艺术化"了的真实与真相。我们的大脑是一位自己并不相信自己是编剧的编剧。

我们每个人，每时每刻都在"编"，我们却误以为我们在"辨"。只要你相信某个人是坏人，你就一定能找到"确凿"的证据；你怀疑某个人是罪犯，只要你掌握着某种权力，你就能让他供认犯罪事实，不管他交代的是否是事实，你都会确信他说了实话。你相信某个人是好人，他即使真的做了坏事，你也会给出善意的解释。

世间有那么多误解误会误判，有意而为之的并不多。故意制造冤假错案的人固然可恨，无意识地制造冤假错案的人则更加可怕；因为我们每一个人都有可能成为后者，可我们不但不觉得，还可能认为自己是一个坚持正义的好人。

佛为啥能分辨真假、发现真相？佛没有立功受奖的欲念、没有自我表现的欲望，更重要的是佛不预设真假、好坏、善恶。最重要的是，佛的感知工具不是感官，佛的认知判断也不是逻辑。佛用的是什么，是空与空空。

心中有了欲念，就容易跑偏。头脑里有了假设，就会把获得的信息扭曲成你自己想要的解释，还会无意识地忽略掉那些不支持预设的信息。

真假美猴王昭示的真相就是：人看不到真相，人间没有真相。

佛提醒人们不辨善恶，不是说没有善恶，而是警告人们，分辨善恶的行为本身，极可能带来恶果。

与缺点共存

唐僧团队里,孙悟空不太服从管理,好逞强斗勇,经常意气用事;猪悟能好色好吃、意志不坚、经不住诱惑;沙悟净资质平平、能力一般,关键时刻顶不上去;唐僧更是连自我生存能力都没有,啥事都得依靠徒弟。

从另一个方面看,孙悟空能力突出、有情有义,关键时刻冲锋在前,是降妖捉怪的主力;猪悟能是一个活宝,是团队气氛的调节器;沙悟净任劳任怨、沉稳平和,是团队成员的黏合剂;唐僧心存善念、信念坚定,是把舵定向的领导者。

正是这样一个由不完美的成员组成的团队,克服了各种困难,经受了各种诱惑,完成了西天取经的艰巨任务。

现在,许多单位选拔人才,都要鉴别所谓的优缺点。这里存在着对人才认识的错误。或者说,用优缺点来评价一个人是不靠谱的。任何一个人都不存在绝对的优点与缺点,所谓优点在一定条件下就是缺点,所谓缺点在一定条件下就是优点。孙悟空不听话是缺点还是优点?他要是听话,唐僧就被白骨精吃掉了,可他偷吃人参果又差点葬送了唐僧的性命。猪悟能好色是不是绝对的缺点呢?他强娶美女,就表现为缺点。后来,菩萨们作局,色诱唐僧师徒,如果没有老猪的好色,个个都见了美女不动心,菩萨们哪里还有乐子?还给孙悟空、沙和尚添了一些乐子不是?沙和尚没多大本事,可他要和孙悟空本事差不多,还会甘心自己一个人搞后勤做服务吗?

也有一些单位,在用人的时候,专看人家缺点。其实,缺点和优点一般是相伴而生的。没有缺点,优点也不会突出;反过来说,优点突出，缺点也就不小。唐僧的缺点又多又大，干事没能力，是非还不分，可他的优点又最突出最重要，只有他能够坚持"西天取经"不动摇。让他当领导就是好领导，让他当员工，他就是个废物。

选人，不是看什么优缺点，而是看其特质。用人，关键是看什么样的特质适合什么岗位、适宜怎样的任务、匹配怎样的环境条件。

存在物都是不完善的，人当然也是如此。生命是与疾病共存的，人是与缺点并在的，社会是与缺陷并存的，演化是与失误并存的，发展是与错误并存的。

承认与接受不完美，个人才有机会，社会才有生机。

小人与贵人

挣钱不容易，有一种骗钱的方式就容易多了，比如看相算命。

给人看相，只要夸得巧妙，待对方面露喜色，便说你身边有小人，他必觉得你很神，然后等他讨教，再沉吟片刻，见其颇为急切，这才面授机宜，当然是如此这般之后定当有贵人相助，从此高歌猛进。

此时，你要是不接受"施主"的诚意，他是难以安心的；你接受了，他才能开心；因为你给的是前途与钱图。不过，干这个买卖还是需要智力成本的，说是骗钱有些不太合适。

唐僧团队一路西行，走着走着会碰上"小人"，使什么手段的都有。比如，刮阴风的、点邪火的、打小报告的、搞美人计的、弄障眼法的，还有设局下套的与明火执仗的等等。每一次，唐僧团队都是能使的法子全用上了，再也无计可施了，还是过不了关，眼瞅着走不下去了，连本事最大的孙悟空都心灰意冷了。就在此时，唐僧仍然坚持。正在硬撑，"贵人"来了，神仙菩萨出手相助了。

"贵人"为何不早出手？早出手就不是贵人了！

此话怎讲？

想想你家的孩子，你生他养他，生怕他磕着碰着，啥事都想在前头，为他遮风挡雨，为他消灾避祸，凡事都解决在未发生之前。他会把你当贵人吗？不仅不会当贵人，还会把你当"烦人"。你在他那儿连普通朋友都不如，甚至还可能拿你当外人。只有你没有能力帮他了，或者不愿意帮他了，他历经"小人"折磨、社会暴打之后，他才明白原来父母才是最爱他疼他的亲人。没有伤害，你就难以体会到什么是友爱。

父母多有菩萨之心，却少有菩萨的智慧。

一个人被误解或被伤害，很伤心或很生气。朋友可能会说："不要拿别人的错误惩罚自己。"那这个人就会觉得朋友很贴心。但是，父母会很心疼很心痛，就可能批评已经很受伤的孩子，甚至会骂自己的孩子"傻瓜"等相当难听的话。这样一来，孩子就会觉得父母真的不如朋友。小人即是贵人，贵人亦是小人。他们各自从不同的方向上成就你，也各自从不同的侧面伤害你。

小人与贵人，都是路人。你不上路，啥人也没有；你只要坚持在路上，就一定会碰到小人，也必然会遇上贵人。小人与贵人共同锻造出你这个人。

长本事与持本心

不少人说，《西游记》是在讲修心。九九八十一难，就是在磨难中找回初心本心。对这样的说法，我并不完全赞同。

王阳明讲，事上磨，见心性。可单纯的磨难并不见得能修心，困苦有可能磨砺出本心，但也有可能让人变本加厉、丧心病狂。人类历史上经历的磨难不少吧？可人性究竟有多少变化？人类在教育上的投入不能说不大吧？可人性到底有向好的趋势吗？历史给出的答案是，基本没有本质上的变化。变化的是人类越来越会包装伪装。人们给人性穿衣服的水平与给身体弄时装的水平的确都在与时俱进。

可是，为什么会有那么多人反复强调修身、修心呢？大概是因为，人类经过了长时间的发展，生产力水平持续提高，人们的物质生活不断得到改善，特别是工业革命以后，人类创造的财富呈指数级增长的趋势，但人们的内心世界却显得更加贫穷。有人甚至说，除钱以外穷得什么也没有了。所以，不少人认为科技进步、经济发展并不能解决生活幸福问题，还是得找回本心、本元。

但是，《西游记》的作者也是这么想的吗？我也不知道，我也不清楚。不过，我在《西游记》里看到的似乎并非如此。咱可以从两个方面来看。

先来看看唐僧团队的成员是什么情况。唐僧是佛祖的二徒弟，猪八戒是天蓬元帅，沙和尚是卷帘大将。他们都是上流社会成员，不过是到基层体验生活。可能有人会说，孙悟空不是平民吗？是平民。可是，这个平民是怎么混到上流世界的？首先是长本事，就是不断提升个人的"生产力"水平。七十二变、金刚不坏之身、火眼金睛、如意金箍棒，看看人家掌握着多少"黑科技"。孙悟空掌握了大把的"黑科技"之后，获得了保护唐僧西天取经的资格，才开启了修性的生命历程。就是说，孙悟空是先修身后修性，最终才让灵根呈现出生命的光辉。

再来看看天界的情况。天界的神仙们，也有矛盾，亦有冲突，但他们的问题主要是精神层面的。因为神仙们有着丰富的物质资源，进入了无色天，不用为生存而竞争去拼搏。

儒家讲修身、齐家、治国、平天下。不少人误把修身当成单纯的修心，所以始终是白耽误工夫、瞎折腾生活、空耗费资源，甚至还弄出了大量小人、伪君子。身之不存，心将焉附？神仙能成为神仙，不是因为他们灭了"六根"，而是他们的能力与需求双双超越了"六根"，所以才呈现出"六根"清净的生命状态。

人有灵根，为啥到了尘世就被遮蔽了？原因并不复杂，人得吃饭穿衣、结婚生子，这些都离不开物质资料。可人间的物质资源始终是供不应求，为了生存下去，哪里还顾得上灵根的想法。

孙悟空为啥元气盛、灵根深？他不是人生父母养的嘛！他由天地孕育，日月供养，不缺资源呀！婴儿出生时，自带灵根，因为他不需要考虑生活来源问题。而他的生活来源恰恰是"六根"不净的父母提供的。由此，孙悟空由天地生养这件事，切不可小视！

生存环境是至关重要的，而生存环境的改善高度依靠生产力的发展；生产力的持续健康发展又离不开"身"与"心"的双修。这个双修过程又是，强"身体"去修心性，修心性去见灵根。对此不可不察，不能糊涂，否则，再美好的愿望也会变成难以承受的恶果。

第六章　神非神

未来，今天的科学都不再是科学，智慧生命都将成为"神"一般的存在。未来的智慧生命，比人类过去想象的神还要"神"上千百倍。

智慧生命的视野，必须跳出"三界"之外，也一定能够跳出"三界"之外。

《西游记》用神仙道佛构建了一个超越四维时空的宇宙世界。

三界无安宅

了知三界无安宅，故修学佛法，来出离三界，了生死大患。

三界之中的第一大患是水患。自大禹治水以来，人类在消除水患上取得的进步不小，但至今也没有根治，大旱与大涝依然交替着折磨着生灵。第二大患便是那风灾了，台风、旋风、龙卷风，搞得万物都发疯。排在第三位的大概是火灾了，一把大火就把人们辛辛苦苦创造的财富化为灰烬。还有让人们恐怖的地震等等。

更长远一些来看，有许多超级天灾会降临地球。比如：大型火山爆发，小行星迟早会撞击地球，地球会遭遇极寒或极热气候，太阳会膨胀而烧毁地球等等。总之，地球生命将面临灭绝的厄运。

其实，最大的祸患还是人类自己制造的。排在第一位的是战争，接下来是交通事故、生产事故造成的伤亡与财产损失。虽然人类自认为创造了文明，实际上内心一点也不光明。道家与佛陀比较早地认识到了这一点。

佛陀的多重天论，是他老人家的想象还是他果真看到了高维宇宙？孙悟空一个筋斗十万八千里，依然还在如来佛的手心里，或许并不是佛祖有什么法力，而是老人家看到了高维宇宙。在老人家眼里，人类的活动如同我们看一只努力奋斗的蚂蚁，或者是细菌的活动。

走出三维世界，或许是人类的使命。在高维世界里来看，三维世界便是那"苟苟营"，生活在"苟苟营"里的生命不过是些"马户""大公鸡"与"大母鸡"。

跳出三界外，不是出世，不是故作清高，不是装神弄鬼，而是进入更高维的世界，形成了不同的宇宙观、价值观与生命观。要跳出三界外，就需要我们用哲学科学思维来理解道家学说与佛家经典。

金箍棒为啥如意

如意金箍棒，在孙悟空那儿，可大可小，变化自如。这里说的就是意念的力量。

意识能够参与现实的构建。

在量子物理的发展史上，有两段公案，说的是量子世界的不确定性。这个理论最早是由海森堡提出来的，说的是在量子世界里，要同时知道量子的位置和动量是不可能的。确定了其位置就不知道其动量，确定了其动量就无法知道其位置，但可以计算其概率。直白但不准确地说，量子到哪里去，到了那儿是个什么样子，是随机性的，属于概率性事件。玻尔等人相信量子世界是一个不确定的世界，爱因斯坦等人持反对态度。爱因斯坦说："上帝不会掷骰子！"玻尔说："我们管不了上帝怎么做！"

薛定谔和爱因斯坦持同一立场，为了说明不确定性理论的荒诞，他想出了一个思想实验，也就是大家都熟悉的"薛定谔的猫"。设想一只封闭在盒子里的猫，既是死的又是活的，是死是活完全不确定，可你要看它的时候，它就只有两种可能，要么是死的，要么是活的。

量子物理学家们还搞了一个真实的实验，叫作"双缝实验"。这个实验验证了光的"波粒二象性"。后来，德布罗意王子指出，所有的物质都具有"波粒二象性"。科学家们为了进一步观察光子是怎样运行的，便加了一个观测装置，却发现原来的结果不存在了。简单说，就是测量它的时候，它是一种表现；不观察它时，它又是另一种表现。用我们熟悉的一句话说，就是"领导在场一个样，领导不在场是另一个样"。

这种现象被称为"观察者效应"。

薛定谔的思想实验，本意是想让人们认识到所谓的"不确定性"是违反常识的、不可能的，却给"观察者效应"做了最生动形象的说明。另外，也证明了我们的行动所产生的结果，同样具有不确定性。现在，人们经常用"薛定谔的猫"来帮助理解量子世界的不确定性。如果老薛在九泉之下有知，肯定会生出一些羞愧之情。

我们进一步来想，如果放一只猫或者一条狗来观察实验，会改变结果吗？事实是不会。因为猫没有将意念加入进去，因而不会影响事物的进程与结果。

这个实验出来以后，神学界据此确信了上帝的存在。因为有上帝这个万能的观察者，宇宙才有了确定性的存在状态。而一些科学家认为，不管上帝是否存在，我们看到的宇宙世界都是我们观察的一种结果。我们认识的宇宙世界，只是宇宙世界的一种呈现，并不是真实的宇宙世界。

如果有一天，我们能够突破海森堡的"不确定性"，或许会看到一个更精彩的量子世界。也可能，我们能够像孙悟空操纵自己的如意金箍棒那样，有意识地创建物质材料、生活资源与生存环境，也就是进入了如如之境。

在如如之境还会有不如意吗？当然有。因为那时我们会有新的欲求超出了能力所及。如同孙悟空的如意金箍棒并不能如意降服所有的妖魔鬼怪。

孙猴子与人工智能

孙悟空原本是一只猴子，由猴子发展成人，由人修成了仙，由仙炼成了佛。过程是走了好几步，实质上就是装软件与软件升级那点事。孙猴子出了花果山，四处学习，就是找软件与下载软件。

孙猴子就是大自然的"人工智能"。

人工智能和任何新生事物一样，有人说好，有人说坏，有人支持，有人反对，有人压根不在乎。但是，你看好或不看好，它都会发展；你支持或不支持，他都会进步。没有任何力量可以阻挡。猴子演化成人，和猴子商量过吗？猴子同意了吗？肯定没有嘛！同样的，人工智能的发展也不会取得人的同意。

肯定有人会反对说，这两件事是完全不同的，人不是猴子设计制造的，可人工智能完全是人为产品呀！那我要问，人是自然产物，那么人的创造物是不是自然的一部分？人能够超越自然的规律性吗？这个并没有标准答案，就像还有不少人不相信人是由自然演化而来的一样。

如果我们用佛学理论来讨论人工智能，也许会有另外的收获。比如佛学中有"三法印"，即：诸行无常、诸法无我、涅槃寂静。

发展人工智能，对人类是好是坏是福是祸，并不能确定。但凡断言一定好或一定不好的，都是偏见与执念，都是"住相"的表现。其原因就是诸行无常。任何行为带来的结果，都是不确定的，都是发展变化的。我们在某种程度上可以选择行为，却根本无法选择结果与结局。因果不是一种原因导致某种结果，而是诸般缘分聚合制造的各种可能性，只是在某一特定时刻，呈现某一种结果。即使是这一种结果，在不同人眼里也是不同的；即便是同一个人，在另外的时刻，看到的结果也可能是不同的。

我们或许需要跳出人类中心主义来思考人工智能。大自然创造出人这种高级生命，难道就是智慧生命发展的终点吗？人类有资格终止智慧生命升级的进程吗？人类有什么理由确信只有人才是对生命对宇宙负责任的？秉持人类中心主义的观念，就不可能有开放的胸怀。所以，释迦牟尼强调"诸法无我"。"我"是"无明"的产物。老是想着我，看到的就是假象。人工智能如果超越了人类，无论人类的结局如何，那都是宇宙生命的一次新机会新缘起。

没有毁灭，就没有创新。毁灭是创新的前提，创新是毁灭的成果。这大概也是一种涅槃寂静。没有动，静的意义从何而来？没有最初的大爆炸，就没有宇宙；没有超新星的大爆炸，就没有行星；没有行星上的火山爆发，就没有生命。生命要是没有惨烈的竞争，或许就没有人类的产生。而人类的竞争则必然导致人工智能、超人工智能的产生。

孙悟空成为佛，不是孙悟空追求的结果，也不是孙悟空自己的选择，而是宇宙智慧发展的必然逻辑。人类目前的智慧绝不是终极智慧。

瓶装大海

"飞流直下三千尺，疑是银河落九天。"读李白的诗，常令我惊叹于诗仙那惊人的超级想象力。每每看到瀑布，总会想到李白，可再也想不出任何词语来表达自己的观感，转念一想，古人有现成的佳句在，自己又何必多此一举！如今，再读《西游记》，又觉得真是天外有天、山外有山。吴承恩可以想象把五湖四海都装进一只瓶子里，那"银河落九天"又算得了什么？

把大海的水全部装进一只瓶子里，可能吗？

想想看，一百年前，要说让几十吨重的物体飞上天空，会有人相信吗？如今，我们的航天器，不仅能飞上天，还飞到了月球、火星。

宇宙中有很多奇特的星体，其中一种叫磁星，属于中子星的一种。一颗直径20公里左右的磁星，其质量是太阳质量的几十倍。假如我们从磁星上，挖出一汤匙的物质，其重量就有几百吨。我们可以想象，把几十个太阳压缩成一个城市那样的规模，将是怎样的壮举？如此说来，把大海的水装进一只瓶子里，也就不是不可能的。

可能是可能，但还是有疑问。假如把南海的水装进一只瓶子里，那还是海水吗？可以用它来干啥呢？

我无法回答这类问题，只是在《西游记》里看到菩萨把海水装进她的净瓶里，那水就成了仙水，可以让枯木逢春、生机无限。我也听说，磁星的磁力极为强大，在1000公里的范围内，就可以把人体细胞撕得粉碎。前一个是幻想的创造力，后一个是事实上的破坏力。而宇宙就是一个毁灭与创造相互依存相互转化循环往复的世界。

我们的想象还深受现代物理学的局限，或者说深受我们目前认知能力的局限。在《维摩诘经》中，维摩诘可以运用自己的神通力，把众人送到三千大千世界之外，也可以把三千大千世界内外的任意一个场境搬运到众人面前，而大家没有任何异常的感觉，并不像《流浪地球》中讲述的那样惊天动地。就是说，调运海水这样的事情，那是易如反掌。

不管人们相不相信佛陀的开示，我们可以确信的是，我们对海洋的认识与利用，还仅仅处于初级阶段。海洋占地球面积的70%，太阳送达地球的能量有65%储存在海洋里，那里一定是让地球生命"枯木逢春"、逢凶化吉的所在。大海将会怎样改变智慧生命的生产与生活，非常值得我们放飞想象。

夸父能喝干海河水，我们怎能甘心只饮一瓶矿泉水？我们需要逐渐摆脱爱因斯坦的时间、空间观念，去思考探索浩瀚的宇宙世界，在更高维度的时空里，大海或许就是一滴水。

呼风唤雨

在《西游记》里，啥时候刮风，何时下雨，风力多大，雨量多少，都得根据玉帝下达的指标来操作。孙悟空需要刮风下雨的时候，也得找玉帝申请指标。龙王要是不按玉帝下达的计划指标来落实，那可是犯下要掉脑袋的大罪。

刮风与下雨，事关万物生存，事关人类祸福，所以能够呼风唤雨是人类最古老的梦想之一。那么，人类能够绕开玉帝，自己来调度风雨雷电吗？

人类一直在努力，尽管效果不咋样，但成效的确是有的。在现代科学技术出现之前，人们主要是向神表达意愿，借助神来实现自己的愿望。效果怎么样呢？反正只要你心诚，一直许愿，一直请求，愿望总是会有实现的那一天。在愿望实现之前，只要相信是自己的心还不够诚就可以了。

现代科学技术出现之后，人类对风雨雷电有了越来越多的了解与认识，逐渐掌握了它们的脾气性格与行为规律，如今已经能够比较准确地预测它们的一些活动安排，甚至可以把云撩得哭个鼻子、流个眼泪。虽说如此，要让风雨雷电完全服从调度、听从安排，的确还是一件高难度的事情。

不过，这并不意味着永远做不到。迟早有一天，风雨雷电都会成为人类可调控可开发可利用的物质资源，尤其是能源体系的重要组成部分。

风雨雷电都在现代物理学的范畴之内。开发利用它们，在科学上完全没有任何障碍，剩下的主要是工程技术问题。而开发利用的方向，当然不只是下不下雨、刮不刮风、打不打雷的问题，而是把风雨雷电转化为人类生产生活的物质财富，消其害，兴其利。在更遥远的未来，风雨雷电都是必须听从命令、服从指挥的。

《金光明经》被称为护国经。经中说，只要众生相信佛陀的开示，诸方菩萨、万千佛就会暗中助力，帮助他们实现愿望。佛陀说，众生应相信自己，本性自足，皆具神力。相信本身就是神力。我们需要相信相信的力量。

虚拟现实

虚拟现实，近年来很火，而且你不知道啥时候，又会虚拟出什么玩意儿，弄得人们异常兴奋。虚拟现实并不是新鲜玩意儿，吴承恩早在《西游记》里就玩得异常娴熟了，而且其想法比当下的虚拟现实还要先进许多。

比如：在"四圣试禅心"一回中，菩萨们就虚拟了一座大型农业庄园，还变化出四个绝色美女。要知道，菩萨搞的这个虚拟现实可不是数字化的，而是色香味俱全的，和我们认为的真实世界并没有任何区别。

菩萨们略施法术，口中念念有词，或者用手一指，便会平空起来一处亭台楼阁，还可以配上美女帅哥。想变出什么，基本上都能做到随心所欲。人类能够修炼出这等神力吗？这些玩意儿都是人想像出来的。只要是人能想出来的事，都不叫事。

当前，人类正在研究原子制造，就是通过操纵原子来制造材料与产品。这意味着，当人类可以自由操纵原子的时候，也就可以任意制造出任何东西，包括今天还没有的和人类从来没有想到过的。再往后发展，智慧生命将由机械制造向生物制作转变，最终将可以生产任何形态的生命载体。

未来，智慧生命可能会利用磁场，来建造任何建筑。那时候，瞬间可以起一座现代化城市，瞬间也可以让一座城市灰飞烟灭。至于制造美女帅哥这样的事，都是些不足挂齿的雕虫小技。

佛陀只用念力，便可以任意创建现实，一念即生，一念即灭，随念生灭。你说那是现实还是虚拟？

未来，虚拟现实就是现实。

天庭移动互联网

天庭很早就有互联网了，其移动终端叫千里眼、顺风耳。

话说，花果山上一仙石内育仙胞，这天正好足月，便产下一石卵，似圆球样大，见风而化作一个石猴，五官俱备，四肢皆全。出生后便就学爬学走，拜了四方，目运两道金光，射冲斗府。这可不得了，惊动了高天之上的玉皇大天尊玄穹高上帝，驾座金阙云官灵霄宝店，聚集仙卿，见有金光焰焰，即命千里眼、顺风耳开南天门观看。

二将奉旨出得门外，看得真，听得明。须臾回报道："臣奉旨观听金光之处，乃东胜神洲海东傲来小国之界，有一座花果山，山上有一仙石，石产一卵，见风化一石猴，在那里拜四方，眼运金光，射冲斗府。如今服饵水食，金光将潜息矣。"玉帝垂赐恩慈曰："下方之物，乃天地精华所生，不足为异。"

这大概是天庭第一代移动互联网，有点像我们模拟通信时代，随身携带一台"大哥大"，在哪儿信号都不稳定，要么去室外接听，要么找个高处打电话。如今，人间已经到 5G 时代了，不知道天庭的通信技术现在发展到什么阶段了。

别看当初天庭移动通信还很落后，但其理念是很先进的。因为神仙们使用的是生物科技。我们经常说"敢想敢干"，在科学技术领域，敢想是第一位的。如何叫敢想？就是得有妄想、幻想、梦想、胡思乱想、异想天开、痴人说梦等，这些都是优异的品质。

我们总觉得人类科技很厉害，超越了自然。这其实是一个误判。大自然可以创造宇宙、创造生命、创造人类，其中的科技含量不知道要高出人类科技多少倍。我们只是超越了我们已知的生物，并没有超越自然，也不能确定超越了我们还不知道的生物。

吴承恩想象的通信系统，起步就是以生物为介质的。这也将是人类科技发展的方向之一。生物介质有什么好处呢？它是节能的、可循环的，因而也是经济的、环保的与可持续的。

佛祖对"通信事业"早就做了系统规划与成功探索。这个总规划的名称叫作"神通"，其中有"天眼通""天耳通"与"他心通"等。"天眼通"大致相当于我们今天的"北斗"，"天耳通"大概相当于今天的卫星通信，"他心通"大体相当于即将实现的"脑机"互联。

佛祖有"五眼"，确实看得"全透远"。

四海之内一日游

一日，祖师与众门人在三星洞前戏玩。祖师道："悟空，事成了未曾？"悟空道："多蒙师父海恩，弟子功果完备，已能霞举飞升也。"祖师道："你试飞举我看。"悟空弄本事，将身一耸，打了个连扯跟头，跳离地有五六丈，踏云霞飞行了一顿饭的工夫，返复不上三里远近，落在面前，叉手道："师父，这就是飞举腾云了。"祖师笑道："这个算不得腾云，只算得爬云而已。自古道：'神仙朝游北海暮苍梧。'似你这半日，去不上三里，即爬云也还算不得哩！"悟空道："怎么为'朝游北海暮苍梧'？"祖师道："凡腾云之辈，早辰起自北海，游过东海、西海、南海、复转苍梧，苍梧者却是北海零陵之语话也。将四海之外，一日都游遍，方算得腾云。"

人类如今有了高铁，有了快艇，有了飞机，有了火箭，行动起来已经很快了，但是，这些在祖师看来，只能算作爬行而已。要四海之外，一日游遍，差距还大得很。况且，人类还要探索那无尽的大千世界，大千世界有多大？简略而言，约直竖说，一个大千世界，有二十八层天，如是上下各有此等世界。约环周言，一个大千世界为若干小世界集成，如是环周各有无量大千世界。虚空中之器界，无量无边、重重无尽。要在这无量大千世界中行走，没有更快的交通技术怎么能行？如果不能突破光速，智慧生命就无法走出自己的恒星系。

但是，科学界认为，光速是不可逾越的。正如悟空所言："这个却难！却难！"祖师是怎么说的呢？他说："世上无难事，只怕有心人。"悟空闻得此言，叩头礼拜，启道："师父，'为人须为彻'，索性舍个大慈悲，将此腾云之法，一发传与我罢，决不敢忘恩。"祖师道："凡诸仙腾云，皆跌足而起，你却不是这般。我才见你去，连扯方才跳上。我今只就你这个势，传你个'筋斗云'罢。"悟空又礼拜恳求，祖师却又传个口诀道："这朵云，捻着诀，念动真言，攒紧了拳，对身一抖，跳将起来，一筋斗就有十万八千里路哩！"大众听说，一个个嘻嘻笑道："悟空造化！若会这个法儿，与人家当铺兵，送文书，递报单，不管那里都寻了饭吃！"师徒们天昏各归洞府。这一夜，悟空即运神炼法，会了筋斗云。

祖师说，腾云驾雾并不只有一个姿态一种法儿。物理学也不只有当下这一种物理学，必定有未来的物理学。当下之物理学认为光速是极限速度，未来的物理学或许会认为光速就是起步速度。又或者，速度只是我们的一种幻觉，时空也不过是我们的一种错觉，其实我们可以在任意一个地方。如来佛在无量大千世界中行走，无论从哪儿到哪儿，都是一念之间的事，和"量子纠缠"十分相似。

佛祖对"交通事业"亦有系统规划，名字叫作"神足通"，也叫"身如意通""如意通""神境通"等。规划的目标，就是飞天入地、出入"三界"、变化形态等,都可以随心所欲。

未来,智慧生命能够做到的不是四海之内一日游,而是星系之内一日游。他们可以像佛祖那样,随时可以看到无量大千世界的情况,随时可以出现在无量大千世界的任何地方。

神仙们的玩乐

《西游记》里,天界的神仙们是没有生产活动的,除了管理一下人间的事,大部分时间都在吃喝玩乐。下棋、听曲、观舞等是生活日常,还时不时地搞个蟠桃会之类的大型宴会,也经常搞一些文化学术类的研讨会。总之,主要就是精神生活。

神仙们的生活就是人类的未来生活,而且是很快就要到来的现实生活。

人类即将由工业时代进入智能时代。农业时代,人被土地绑架,天天围着农田转。工业时代,人被机器绑架,天天围着机器转。智能时代,人类将第一次从生产活动中解放出来,进入全面自由发展的新阶段。生产是智能系统的事,人们可以像神仙那样,天天玩乐。玩乐即生活,玩乐即价值;越是会玩就越有价值。"劳动"这个词用不了多久就会光荣"退休"。

人类生活的重点即将向精神领域转移,体育、文艺等文化娱乐活动将成为基本的生活方式。越是今天看来没有多大用处的事情,越是将来最有价值的东西;越是今天看来最有用的东西,越是未来被看轻的东西。"有"与"无""实"与"虚"之间,将相互转化。如今,人们热衷于健身塑形、美容养颜;未来,智慧生命主要是养魂魄。

另外,《西游记》里没有记述神仙们结婚生孩子的事情,人类将来也不会再从事这样的"生产"活动。在《无量寿经》中,极乐世界的生命,不需要父母的"双人运动",也不再是胎生,而是"莲花化生",由愿力与能量合和而成,全都是清净无碍的妙身、寿限无极的妙体。

《无量寿经》还对极乐净土的生活环境与生活方式进行了详细的描述。用四个字来概述,就是:超世稀有。

那里的环境是这个样子的。宝树遍地,清风时发。宝树遍地,金树、银树、琉璃树,黄金为要、白银为身、琉璃为枝;水晶树、琥珀树、美玉树,水晶为梢、琥珀为叶、美玉为花、玛瑙为果。清风时发,出五音、和宫商、应心意、传福音。菩萨道场,有菩提树、清泉池。那菩提树,高四百万里,枝叶四布二十万里,徐风吹动树叶,演出无量妙法声音,清新明快,微妙和雅。那清泉池,清澈湛净,芬芳四溢,深浅皆如心,温凉都随意,开神悦体,妙用无穷。

那里的住所是这个样子的。楼堂房阁,或大或小,或方或圆;或悬于虚空,或落于平地;或华贵,或素雅;无不与心意相合,皆与环境相适,令人安乐和畅。其中的花草树木,色彩缤纷,如绵如绘,每天随时辰而变化,或含蓄,或盛放,或飘荡,或隐灭,可变化无穷。

那里的衣食是这个样子的。随心所欲,应念现前,无不立时满足。欲享美食,七宝餐具,自来面前,各种美味,盛满盘碗。饭后身心柔软,口留余香,餐具自然消失。衣服装饰,皆由众宝合成,无须剪裁,自然而成,庄严美丽,美轮美奂,说换就换,只需一念。

那里的众生是这个样子的。容貌色相,美妙至极,超世间常态。样貌随意变化,神通自在无碍。

孙悟空的七十二变

孙悟空可以有七十二种变化。"七十二"并非实数，而是说有千万般变化。

这事很难吗？以人类目前的宇宙观及物理学来看，的确是不可能的事情。佛陀有"生空智"，他观一切众生，都无实在的体性。没有实在的体性，自然可以无穷变化。

我们是通过光，再加上视觉与大脑的创作活动来观察与理解外部事物的。光并没有颜色，食物也没有味道，我们感知到的颜色、味道与形状等，主要是我们的感官与大脑相互配合，共同创作的结果。大体上说，这和作家创作小说类似，来源于生活，却并不是真实的生活。这也就是说，我们看到的物体，包括我们的身体，都是幻象。就像一只虫子，它看到的人，只是会移动能变化的一条线。在更高维的世界里，或许生命体是可以任意变形的，人人都是"变形金刚"。所以，孙悟空的咒语，或许就是连接高维世界的一种意念。

从我们已知的科学技术来看，万物都是由基本粒子构成的，是若干"子"的不同组合。未来的智慧生命，或许能够破解这些复杂组合的根本逻辑，找到其中的规律，并通过工程技术，任意地进行重新组合，以满足生活之需要，并开辟更有趣的生活。

科学是"破"神的，科学又是造"神"的。"破"旧神，造新神，越科学，越神。科学从神学中来，成为造神的基本力量。

佛祖曾经发下四十八大愿，其中第三、四、五愿分别是身悉金身愿、三十二相愿、身无差别愿。"金身"就是不坏不病不老不死。

"三十二相"就是你想多么俊美就可以多么俊美,可以尽情地臭美。"身无差别"就是谁的身体也不会输在"起跑线上"。

佛祖的愿望正是众生想又不敢想的事情。就地球生命而言,这些事情都在实现的过程之中,已呈加速变现的趋势。或许,在其他星球上,智慧生命早已完成佛祖大愿,并向新的目标迈进。

定

武侠小说里,武林高手大都会点穴,点了某人的穴道,那人便动弹不得。《西游记》里,孙悟空有定身法,一个咒语便可把人或妖精定在原地。

小说中的东西并不是凭空而来的,我们都是经常被"定"住的,只是没有意识到。或者说,我们被我们的意识迷惑了。

我们习惯追求真实,着眼于实相、实体、实在,这种习惯也是具有两面性的。一方面,催生出了哲学、科学等思想理论体系,极大地拓展了人类生产生活的物质世界与精神世界;另一方面,这些思想理论也"定"住了我们的视野与行为,拘住了我们的价值观念与生活方式。因此,也可以说,我们都是科学之井与观念之井里的一只"青蛙",并没有多少自由可言。

孙悟空"定"的不是身体,而是意念。意念不运作了,行动就停止了。

如何破?道家的方法是"为道日损"。就是把你装进脑子里的东西空出来。就像我们的电脑,装的软件越来越多,内存不足,运转不畅,得卸载部分软件,电脑才好用。佛家的方法是破"我执"。"我执"来自哪里?后来学习来的。"我执"类似于我们迷上了某一款游

- 276 -

戏，沉醉其中，不知道还有更好玩的游戏，不知道还有比游戏更有趣的东西。

道家与佛家的方法，对于俗众大都不太管用。毕竟我们学到的东西都来自活生生的社会现实。还有没有其他出路呢？或许我们还得依靠科学。目前来看，只有科学能够让我们认清自己与外部世界，也只有科学能够更有效地改变我们的世界观与生命观。

当科学证明了当下科学的不科学，我们才能从此一"定"中恢复意识，进入另一个"定"的新天地，然后再谋求新的突破。

本身、法身与分身

"大圣把毫毛拔下一把，每一个和尚给他一截。都叫捻在无名指甲里，捻着拳头，只寻走路。若有人拿你，攒紧拳头，叫一声齐天大圣，我就来保护你，就是万里之遥，可保全无事。众僧中有胆量大者，捻着拳头，悄悄的叫声'齐天大圣'，只见一个雷公站在面前，手执铁律，就是千军万马也不敢近身。"

《西游记》中有许多关于孙悟空变身、分身、现了本身之类的描述，其用意并不只是说孙悟空有多么高超的本领，而主要是告诉读者，不可执着于外在的表象。本身、法身、分身等都是孙悟空的外在形象之一，都不是孙悟空的自性。孙悟空的自性是什么？是众生皆有的天性。天性、本元呈现出来，就会无所畏惧，就会自在光明。所以，你相信"齐天大圣"，呼唤"齐天大圣"，你的面前就会出现一个"雷公"。

佛陀强调不执着于外相，并不是否定"相"的存在；肯定"性空"，也不否定"幻有"。"空"不是无，而是破除一切名相执着而呈现的真实。

在杭州亚运会开幕式上,有一位虚拟火炬手,从杭州城的上空跑来,从西湖的水面上踏波而来。这个火炬手便是人的"法身"。在虚拟世界里,我们也可以像孙悟空那样,以各种各样的外相参与活动,这些不同的形象就是我们的"法身"与"分身"。这些"法身"和我们的真身一样,都是"幻有",并没有"真假"的区别。

AI同样是人类的"法身"。对于AI的发展,可以说是几家欢乐几家愁。其实这都是我们自身的投射,都是住相,皆为"我执"。我们的欢喜,来自我们内心;我们的担忧,同样来自我们内心。根本的问题并不在AI身上,也就不可能在AI身上找到出路。

孙悟空的"法身"比他原身厉害,可依然还是孙悟空。孙悟空不干坏事,他的"法身"便不会干坏事。

虚拟世界的现实生活

《西游记》有天庭、龙宫,也有仙山妙境。在那里生活的都是神仙道佛,没有普通人。

吴承恩想象的世界,用今天的背景来理解,就是一个虚拟世界;用发展的眼光看,也是未来世界的一幅草图。

随着"元宇宙"的建设与逐渐成熟,人类将再建一个数字智能的虚拟世界。这个世界将与在自然发展起来的所谓现实世界,共同构建起人类生活的客观世界。虚拟世界是我们这些当代人的认识,对于那些从小就在"元宇宙"中成长起来的孩子们来说,"元宇宙"就是他们生活的客观世界。

大运河是人造的,黄河是天造的,这并不妨碍它们都是河,都可以养育生命。宇宙与"元宇宙",一个是天造的,一个是人造的,都是服务于人类生活的。

都服务于人类生活是确定无疑的,但如何服务于人类生活是值得想象与思考的。黄河与大运河都养育生命,受益的却是不同的生命群体。那么,虚拟世界呢?

在《西游记》的虚拟世界里,神仙们也是有区别的。他们有的住在天宫,有的生活在海洋,有的居住在江河;有的能吃上蟠桃,有的能享用人参果;有的整天享受高级娱乐,有的只能搞服务,跟着蹭点眼福。仙界的资源分配,一要看能力,二要靠关系。孙悟空有能力,没关系,所以上不了蟠桃会的嘉宾名单。当然,这并不能说明关系比能力重要。能力有一个展现、提升与被认可的过程。孙悟空慢慢也得到了认可,并逐渐形成了自己的关系网,后来也可以和天界那些"中层干部"称兄道弟。

从人类发展的历史过程看,生产力水平每发生一次质变跃升,个人拥有的可支配资源就随之发生指数级的变化,掌握大量财富的人越来越少,少数人掌握的财富数量却越来越大。其原因大概主要有两个:一个是生产力水平越高,能够驾驭它的人就越少,能够把握住机会的人就越少;另一个是生产力水平越高,越需要更大范围整合资源,这样才能将生产力的潜能充分地发挥出来。如同一个人,能力越强,越需要更大的平台,才能让他的能力转化为现实成果。

再举一个电力系统的例子。随着技术进步,我国电力系统中发电机的容量越来越大,从改革开放前的最高12.5万千瓦,发展到30万、60万,今天已经到了100万。在这个过程中,资源都是向大机组集中的。因为大机组的能耗低、效率高,在市场中的竞争力强,社会整体的资源利用水平得到了极大提升。今天,百万千瓦机组已经是超大机组了,未来还会有千万机组、万万机组。

未来虚拟世界的生活也是有差别的。平等是追求，差别出动力。没有对平等的追求，差别就会形成一个一个的"堰塞湖"；完全没有了差别，就是一潭死水。这就是矛盾，有矛盾冲突才有发展进步。"元宇宙"是一个开放的世界，但个人在这个世界里能够使用哪些资源、可以享受怎样的生活，主要看自己具有什么能力。能力越强，可支配资源越多，日常生活越丰富。

其实，这种差别在今天已经显现，只是因为我们依然以现实世界的生产生活为主，感受不到，体会不深，或者不太在意。同样使用智能手机，年轻人可支配的资源就比老年人多；同样是使用移动互联平台，有些人能够日进千万，大部分人只能享受到花钱方便。

即使有一天我们可以脑机合一，差别也依然存在。要知道，AI也是有差别的。AI的能力，一要看自身的软硬件水平，二要看自己的"关系网"。这也是今天的人工智能类公司，拼命联结用户的原因。

智慧生命，只要一"躺平"，就失去智慧了。这就是不变的大道，也是不确定性世界的确定性。

天庭的生活

天庭里的神仙过的是怎样的生活？

天庭的生产力发展水平是超级高的，神仙们不用劳动，也是应有尽有。老百姓都想过神仙过的日子，主要是因为神仙们不用受劳作之苦，也可以吃穿不愁。

天庭的神仙们是财富自由的，所以他们主要做两件事，一个是吃喝玩乐，一个是无事生非。这两件事其实是一枚硬币的两面，只有吃喝玩乐，必然无事生非。

玉皇大帝不是听曲子，就是看仙女们跳舞，有时也和神仙们下下棋。想热闹了，就搞个宴会、弄个论坛之类的，都是在玩上玩花样。啥是修仙？核心就是会玩。王母娘娘搞了个瑶池，其实就是美容养颜的高级会所，在那里自我修养自我欣赏。太上老君喜欢科研，弄了个炼丹炉，天天搞实验。有时候，神仙们还会作个局、设个套，找个对象考验考验其是否尘念未净、凡心未了。比如，猪八戒就上了菩萨们的当。菩萨们那么高的道行，怎么会不知道呢？知道归知道，游戏归游戏，那就是玩个趣味罢了。反正是各有各的玩法。

不会玩的，就会生非或者生病。天蓬元帅就不太会玩，见了嫦娥，就硬泡。嫦娥就给组织作了汇报。组织及时采取断然措施，免去天蓬元帅之职，打回尘世服刑。

天庭里也有不少患抑郁症的。七仙女就是一群抑郁症患者，整日闲着无聊，日子过得没意思，就从天台上跳了下来，没有摔死，还意外发现了男人，觉得很有魅力，便不想死了非要一起过日子。此处可以想象白天鹅遇上了黑鸭子。

托塔天王只会练武，不太会玩，所以有些狂躁。一听见打架、骂人，就非常兴奋。

他们的段位都还不够。菩萨与佛就没有他们的焦虑、烦恼与偏好。因为菩萨看到的世界辽阔得很，有趣的事情也多得很。佛陀看人类生活，就像我们看猴子、狮子等畜生的生活，甚至和我们看虫子、水草等差不多。所以，佛陀发慈悲心，不断地开示众生，希望众生提高看世界的能力，过上智慧生活。

如今，AI 这个熊孩子正逐渐长大，个个争先恐后地帮大人们干活，用不了多久，它们就长大成人。那些个"大人"就要升级为神仙，可以不用劳动也衣食无忧。人的日子，我们过习惯了，可神仙的生活我们还不知道如何过。所以，做梦都想不上班的我们，开始害怕未来失去工作。一些误以为自己是先知的人，就出来安慰我们，不用害怕，旧的工作没有了，新的工作就会到来。

我们发明机器、创造AI，不就是想让自己从必要劳动中解脱出来吗？我们求解放的重要内容之一，不就是获得财富自由吗？但真是在"监狱"里过久了，不用"服刑"就不知道怎么活了。然后，听到有人说，"监狱"会有的，便心安了。

人要有菩萨心肠、佛的澄明，怕什么AI？人不坏，AI就没有坏处。也不要怕人没有事情可做，世界上还有许多可干的事、有趣的事，佛还没有告诉我们呢！

感谢吴承恩！他给我们科幻了一张未来生活的草图，就看我们有没有智慧建设一个地上天堂、人间天上。但是，这个想象还相当有限，还需要人们接续想象、持续创新。

构建超验世界

《西游记》构建了多重世界。当然，这不是作者自己的发明，而是佛学建构的无量三千大千世界，也是多重宇宙观。佛陀的宇宙观，和今天物理学界提出的多重宇宙论颇有相似之处。

在佛家的学说体系中，宇宙有无数大千世界，像恒河的沙子一样数不清楚。众生所住的地方分为三界：欲界、色界与无色界。众生在这三界生死轮转。单说三界之内的世界，就是一个异常庞大与复杂的体系。

大体上来说，三界共有二十八层天。"初界"由六层天构成，依次为：四王天、忉利天、夜摩天（时分天）、兜率天（知足天）、化乐天、他化自在天。四王天处在须弥山腰，忉利天处于须弥山顶，五趣杂居众生则居须弥山下的诸星球上。此界众生，皆有男女、饮食之欲；众生自认为"食色性也"，乐享食色之娱；故名欲界。

"中界"最为复杂，共有四禅十八层天。初禅三天：梵众天、梵辅天、大梵天。二禅三天：少光天、无量光天、光净天。三禅三天：少净天、遍净天、无量净天。四禅九天：无云天、福生天、广果天、无想天、无烦天、无热天、善见天、善现天、色究竟天。此界众生，具诸禅定，虽有身、器、形、色，却由业果化生，无有男女阴阳性别，无饮食性爱之欲，以禅悦滋养身心，故名色界。

"上界"包括四层天，即：空无边处天、识无边处天、无所有处天、非想非非想处天。此界众生，依四空定，不但无男女饮食之欲，亦无业果所生身、器诸形色，只有空果色，故名无色界。

三界众生，有着不同的环境，过着不一样的生活。欲界、色界有形器，无色界无形器。无形器者即如虚空，遍于前二界中，统为娑婆三界。此之三界，即为六道凡夫所居，生死流转，秽恶充满，故法华经喻为火宅，为不安稳处也。

二十八层天中的生灵，有着不同的世界观、不同的生命形态与不同的生活方式。每一重天上的生灵，都有各种享受，而又各不相同。三界中共有六道：地狱、饿鬼、畜生、阿修罗、人和天人。阿修罗、人和天人为三善道，地狱、饿鬼和畜生是三恶道。人道中众生，苦乐参半，贤愚对分；天人则多享快乐，但终有堕落之苦；阿修罗有天人之福，却有嗔心而有争战之苦。

道家也有与佛家类似的多重世界观，比如天堂、地狱与人间，神仙、鬼怪与人类等。佛家与道家都致力于为人类构建一个超验的世界体系。这个超验的世界，是来自先贤们的想象，还是先贤们体察到了常人没有感知到的世界，我们还不好妄下定论。

有人说，儒家教人"拿得起"，佛家教人"放得下"，道家教人"看得透"。此话虽有道理却欠些火候。儒家说的是三维世界的事。佛家与道家则是既说三维世界的事，也言高维世界的事。说三维世界的事，为的是引导人们体察高维世界。儒家试图解决的只是三维世界的那些事，而道佛两家在说，如果在更高维度上看三维世界的那点事，就是"天空飘来五个字：那都不叫事！"

由于我们无法理解高维世界，后人便把道家与佛家的思想观点往三维世界里下拉。这样的做法，固然有扩大传播范围的积极作用，但也曲解了其思想观念的内涵，降低了其价值意义。佛在人间，但佛是在更高的维度上看人间的。如果不能理解这一点，空谈开悟就是扯淡。道佛的核心思想，是超越人的感官世界的，是超越三维或者爱因斯坦的四维世界的，是给未来准备的。

人与动物的区别之一，是可以想象另外的世界，通过想象建构一个现实之外的世界，给生命建构新的意义。人与动物的另一个区别是，可以借助科学技术，突破感官的限制，突破时空的限制，体验到与过往完全不同的世界。比如：目前人类可以在130亿光年的尺度上，来认识宇宙世界，建立崭新的宇宙观，开启探索与开发宇宙的新征程。人类也可以通过数字技术，建构虚拟世界，突破时空限制、力学限制，获得只消耗能量便可得到各种享受各种体验的新能力。"元宇宙"便类似于"无色界"了。

三界仅是宇宙的一小部分。佛陀的宇宙观大得很。我们知道，"世"指时间，"界"是范围。佛家的世界观是包含时间与空间的多维世界。佛学讲劫，认为宇宙已经经历了无量无数劫。一劫相当于大梵天的一白昼，是人间的四十三亿二千万年。以须弥山为中心，以铁围山为外廓，在同一日月照耀下的四大洲及其中的七山八海，合为一个单位，称为一世界。一千个一世界，为一小千世界；一千个小千世界，为一中千世界；一千个中千世界，为一大千世界。宇宙由无数三千大千世界所构成。

《西游记》给我们构建了一个超验的世界，以及超验世界的生命状态与生活方式，为智慧生命的未来生活勾勒出一幅草图。如果我们只把《西游记》当作神话故事来理解，或者当作修仙成佛的道理方法来认识，那就太可惜了。

《西游记》是走出去、请进来的"开放记"，是开天辟地的"发展记"，是探索更多可能性的"冒险记"，也是智慧生命发展的"演化论"。

实践与叙写《西游记》，恰逢其时。

主要参考书目

《无量寿经》赖永海主编　陈林译注　中华书局
《金刚经》赖永海主编　陈秋平译注　中华书局
《金刚经》李安纲编著　中国社会出版社
《般若波罗蜜多心经》赖永海主编　陈秋平译注　中华书局
《梵网经》赖永海主编　戴传江译注　中华书局
《解深密经》赖永海主编　赵锭华译注　中华书局
《金光明经》赖永海主编　刘鹿鸣译注，中华书局
《维摩诘经》赖永海主编　高永旺　张促娟译注　中华书局
《楞严经》赖永海主编　刘鹿鸣译注　中华书局
《法华经》赖永海主编　王彬译注　中华书局
《楞伽经》赖永海主编　赖永海　刘丹译注　中华书局
《圆觉经》赖永海主编　徐敏译注　中华书局
《解深密经》赖永海主编　赵锭华译注　中华书局
《四十二章经》赖永海主编　尚荣译注　中华书局
《西游原旨》（清）刘一明著　中国致公出版社
《西游记》吴承恩著　人民文学出版社

后记

我在和朋友们聊到正在试着解读《西游记》时,有位小朋友说:"《西游记》都写出来了,干嘛还写?"我想,这个追问便是"还写"的理由吧!

生命都要求存。大多数人除了求存,还要追问。即便还是一个小孩子,也有追问的本性。但是,这个本性也可能在生活中逐渐被遮蔽,变得只有习惯、只有接收、只有接受,鲜有追问。没有追问,生活就停止了。有追问、有追寻,是活着与生活的重大区分。

别人写出来的文章,你为什么还要读?别人搞出来的定理、公式,你为什么还要背?别人做过的事情,你为什么还要做?

答案是什么呢?为了升学,为了学习生存本领,为了掌握生活智慧等,都可以是答案,但并不是全部答案。答案是没有穷尽的,每一个答案都会催生新的追问。这便是生命延续的必要性,这才有了智慧生命演化的内在逻辑。没有终极答案,生命才有更多可能性,智慧才能够动态展开。

学习别人的东西,重温尝过的东西,重复做过的事情,都有一个很重要的目的,那就是更好地追问,进而找到新的答案,并进行新的实践。目前,所有人类发现发明的科学知识、思想观念,都不是真知真理,都会被推翻、被再造、被更新。

我们为什么不愿意吃别人嚼过的东西?别人嚼过的食物,虽然营养还在,却已经失去了滋味。人除了满足生存需要之外,还需要一个滋味，这便是文化，这就是人文。文化让人与其他动物有了区别，也让人与人有了分别。于是，就有了仁人、真人、菩萨与佛。仁人、真人、菩萨与佛，都是开放性的，没有僵死的标准。

我们为什么乐意嚼别人嚼过的知识与思想？因为它的滋味还在。自己嚼过了，为什么还愿意反复嚼，因为还可以嚼出新的滋味。能够把食物加工成美味的叫厨师，能够把知识思想加工出美味的叫智者。

别人已经活过了，你为什么还要活着？因为别人活的是别人的滋味，你要活出自己的滋味。自己的滋味从哪里来？可以从"西游记"中来。《西游记》也是智慧生命的成长记。何为成长？就是品尝"九九八十一"种滋味，从中品出新的滋味，知道并乐于继续尝试新的滋味。

朋友发来这样一句话：和舒服的人在一起，就连沉默也是快乐。什么样的人让人舒服？活得有滋有味的人，应该就是其中一种吧！

孙悟空勇于品尝各种滋味，猪八戒乐于品尝自己喜欢的滋味，沙和尚自觉地跟着别人品尝滋味，白龙马默默地助力别人品尝滋味，唐僧坚持寻找新的滋味。

佛陀体察到的不是真假、善恶、美丑，而是生命的滋味。活得有滋有味，便是入了佛门。正是对于滋味的孜孜追求，让佛陀跳出了"三界"，体察到更高维的宇宙世界。理解佛陀的开示，就必须试着摆脱三维世界的束缚，突破感官的局限。这对于常人来说，只靠修学佛法是难以做到的，还必须依靠科学技术。

缘于科学技术的质变跃升，二十一世纪的"西游记"已经拉开序幕，"九九八十一难"刚刚展开，谁是唐僧、谁是孙悟空、谁是猪八戒、谁是沙和尚、谁是白龙马？谁是妖魔鬼怪、谁是神仙道佛？目前还没有答案。

没有答案没关系，重要的是要追问，关键是要走起！